JOY

享受讀一本好小說的樂趣

第七屆皇冠大眾小說獎決選入圍作品

同窗

法爾索[著]

〈推薦序〉

戀愛是一種天賦

張曼娟◎文

戀愛是一種本能？或是一種天賦？經過了一些情感體驗，我才明白，原來，愛的衝動是本能，戀愛，卻是天賦。就像有的人有音樂的天賦；有的人有烹飪的天賦；有的人有運動的天賦；有的人有裝潢與設計的天賦……擁有戀愛天賦的人，將戀愛當成一種藝術創作，對於情感生活中的每個細節，都那樣熱烈投入，充滿創意。他們對於戀愛的滋味體會最深，要求也相對提高，戀愛即是人生，他們可能是這麼定義的。

這只是非常少數的人，大部分的人，只有愛的衝動，如飲食之衝動；如競爭之衝動，莽撞粗糙，不求甚解，意思到了也就罷了。

至於戀愛的書寫，那更是稀奇珍貴的一種天份。

因此，好看又動人的愛情小說，其實很難尋覓。好看的愛情小說，是舒緩而緊密的；動人的愛情特質，是悠長而深刻的。我在法爾索的《同窗》裡，竟然看見了這樣的結構與人物。

從小學的同窗開始，愛情就已經初初萌芽、具體、細微，不斷生成。這樣的經歷，似乎將影響一生一世。

兩個聰明的女生，對男主角的影響，應該是一生一世的。小蕙的愛相當細膩纏綿，發揮到淋漓盡致時，甚至會有背後靈的錯覺。然而，當他們長大，真的相戀，小蕙在愛情裡要求的獨立與自我完整，卻成為愛情的終結者。周令儀看似大剌剌，卻另有一股穠豔烈香，總強烈吸引著男主角，哪怕是在他頭一次與小蕙的肉體交接中，腦中仍閃過周令儀的畫面，彷彿是他靈魂中消不去的雜訊或干擾。小蕙如此癡纏，卻又有瀟灑的決斷；周令儀如此爽颯，卻有著欲藏還露的深情繾綣。這就是迷人的角色了，如果沒有迷人的角色，愛情小說怎麼能蠱惑人心呢？

我被法爾索的文字所迷惑，乃是因為他的感官描寫。愛情，絕對感官，卻很難表述。讓我挑幾個並不是最重要，卻已令人心旌動搖的片段吧。

和周令儀激情擁吻時：『那樣細緻柔軟的觸感倏地攫取了我，令人舒服得迷惑起來。我忘情的停下動作，感受著她鮮滋飽水，宛若果肉一般的唇瓣。』這是觸覺的描繪了。『我鼻尖被她溫熱的吐息呵得發癢，有些濕濕、暖暖、刺刺的，才發覺周令儀的味道很好聞。不是那種肥皂或口香錠的好聞，而是口腔與唾液的味道，帶點微汗淡菸，像是某種激素分泌，是活生生的、會激起心底慾望的、肉體的味道。』瞧，這不是嗅覺的描述嗎？並且是極具戀愛天賦的人才能體會的。至於對小蕙的印象則是：『她鼻尖吐息的聲音很輕，有種空渺的氣聲，聲線的末端微微顫抖著，好像會飄走一樣，既含蓄又催情，簡直是某種可愛的小動物。』用聽覺來刻劃人物，確實很有催情效果。

愛情這件事，是很難歸納整理的，很難預測掌握的，就如同法爾索說的：『這樣的感覺像閃電一樣，但發生時你並不覺得意外。也許我們被空置了一輩子，就是為了等待一個正確的時刻。』許多人並不知道自己的生命是被空置的；很多人更不能覺察到那個正確的時刻。

讀完《同窗》，我還是要說，戀愛是天賦；創作愛情小說，更是難得的天賦。

評審意見

以寫實的風格，平樸的敘述，寫幼時同窗在時空中成長與變化，自然而真實，深乎『大眾小說』之意旨，對不同人物之性格，更具出色的掌握能力。

——司馬中原

幾個當年同窗好友，引帶出一段生命與愛情的悲喜劇，寫原來的激情可能最後變成朋友，尤其擺脫愛情小說的老套，深獲我心。

——李昂

《同窗》以六年級的口吻，寫出一個真實感十足的故事。其中在情感與慾望的著墨與描寫，最是讓人驚豔。

——侯文詠

『同學會』是成長的標誌，它是人們由懵懂到成年的印記，由於世事多變，『同學會』裡當然難免會有很多成長過程所留下的苦澀滋味。

《同窗》即是這樣一部成長小說，而焦點則放在那挫敗了的初戀上。可惜的是，它的重點太著重於人的遇合，而偏廢了人的成長，遂顯得單薄了一些。

——南方朔

感官濃烈，描寫感情的理路清楚，故事中的男主角與幾位女主角，都有型有款，毫不鬆懈，使整部小說的濃度能維持到最後。與男主角最為糾纏的小蕙，懷孕生子而不是男主角的小孩，脫離一般化。

——**張曼娟**

歷經滄桑一男子，充滿情色的懺情錄，也充滿共鳴的悸動。

——**廖輝英**

入圍感言——

陪伴我回憶的，都是我的朋友

這一切始於一個茫然獨坐的夜晚。

當時，我正處於人生的低潮：工作遭遇瓶頸，公司又陷入財務危機，薪水有一搭沒一搭的發；與朋友的投資慘遭失敗，積蓄付諸東流；最疼愛我的爺爺幾度進出加護病房，沒有病因，徒然衰老而已，誰都知道離開只是時間問題。我一個月內南北往返數次，每回手機在不對的時間響起時總是悚然一驚，生怕錯過了什麼，卻又萬般不願面對……

我坐在電腦前，順手打開BBS連線軟體，本能似的連上了PTT（註）——這是自大學以來就養成的習慣。就像長跑好手蒲仲強利用跑步沉澱思緒；張德培據說在打球時可以思考最多的事情。沒有這些才能的我，只能一頁頁翻著BBS單調的黑白頁，希望從中得到些什麼。

但伸手乞求並不能真正獲得，付出才會。

我開始在西斯（SEX）版上，用文字回憶一段逝去的過往，以及陪我走過青澀歲月的人們。每晚打開電腦，放任記憶，想到哪裡就寫到哪裡，當然其中有真實也有虛構（笑），奇妙的是：很多當年不明白的事，透過鍵盤和螢幕間的反覆沉吟，突然都有了豁然開朗的領會。

就這樣，《同窗》誕生了。BBS即時回饋著讀者的反應，那些素不相識的人們陪著我一起掉淚、一起低迴，共同面對愛情裡曾經有過的創傷，然後再微笑以對……

我不知道自己何德何能，可以擁有這麼棒的陪伴；書寫《同窗》的過程，並不是什麼孤獨的創作之路，我被一群沒有成見、沒有預設，卻願意因著你的分享而敞開心懷的陌生人環繞，在故事的每個段落一起哭或一起笑。

感謝皇冠大眾小說獎評審的肯定，更謝謝曾經看過《同窗》的每一個人。所有陪伴我回憶的，都是我的朋友。

註：批踢踢實業坊（Professional Technology Temple），簡稱ＰＴＴ。以電子佈告欄系統為主體，同時上站人數突破十二萬人，同時上線人數可達到十五萬人，也是全球華文界最大的電子佈告欄。（摘自維基百科）

〈法爾索專訪〉

早慧的戀愛者

當法爾索匆匆忙忙的趕到採訪現場，已經是超過約定時間半個小時之後了。法爾索歉疚的說：『不好意思，我從小學到大學唸的都是士林區的學校，只要一離開士林，連公車都不大會坐，是個徹底的路痴，路痴其實是一種先天的缺陷……』

他滔滔不絕的說。

《同窗》三部曲，PTT上爆紅

法爾索解釋，《同窗》一書原是網路PTT西斯版（SEX版）的連載文章，此版原本是讓有『性』方面疑問的人上網詢問，但是自從有一個『鄉民』（編註：PTT的使用者）連續發文幾十個小時，鉅細靡遺的發表了自己與學姊的愛情故事，在網路上一夕成名之後，開啟了在性版發表長篇故事的風氣。大約一年之前，法爾索面臨了人生的困境，為了轉移注意力，他在網路上發表了一個『CANDY』的故事。他寫作速度相當快，有時候一天就可以寫一萬字。

在PTT，若推薦此文的人數超過一百個人稱作『爆紅』，而法爾索的文章幾乎天天爆紅，由於Candy的故事相當受歡迎，法爾索又繼續發表了兩篇相關的長篇小說，《同窗》則是其中的第三部曲。

小說在網路上瀏覽人數很多，也讓法爾索每天接到許多讀者的來信，他每天上班之餘會抽空回信給網路讀者：

『PTT的網路信箱上限是兩百封，無論我怎麼刪信，信箱中永遠維持兩百封信。來信的內容從發表感想、尋求愛情問題的解答、情書修改甚至要求代寫情書，不一而足。我從這些來信了解到一件事情，原來寫小說可以安慰很多人。』

愛看書，而且『只愛』看書

能言善道的法爾索畢業於東吳哲學系，畢業後從事過編輯、業務與行銷企劃的工作，目前是SOHO族，專接企業行銷的工作。

法爾索說：

『我父親原本是個室內設計師，在他四十歲那年，突然決定要轉行當陶藝家，還召開家庭會議，希望我們能夠支持他。小學二年級之後，我父親開創了「美濃窯」，父母忙於事業，又因為我媽是國中老師，她養育我們的方式，就是買一大堆書把家裏塞滿。我從小就很愛看書，應該說，瘋狂的愛看書，我不需要出去玩。不看書的時候，我自己編劇，擺弄小我三歲的弟弟，從劇本、導演、道具、音效全都自己來；有時候，甚至用紙張摺出一兩百個小人或小馬來演出軍事戰略的戲碼。一直到我弟弟小學三年級，開始喜歡往外跑，而我還是喜歡在家看書。』

法爾索從小就是一個唯長輩之命是從的孩子。

『小時候家中的客廳有個零錢罐子，父母曾說：不准拿這些錢。我就乖乖聽話，從沒拿過一毛錢，相反的，弟弟就會拿這些東西去買零食、吃小吃。等到我高一的時候，父母都在南部工作，我和國一的弟弟在台北獨立生活，每家路邊攤他都很熟，結果反而是小我三歲的弟弟在照顧我。』

林海音的一箱書，打開了眼界

真正接觸到『文學』，是法爾索小學三年級的時候。

『有天父親請了幾個朋友到家裏作客，其中一個客人，就是林海音。席間，父親提及自己有個兒子很愛看書，當時林海音有自己的出版社，後來，她竟然將這件事放在心上，寄了一箱書給我，其中有林海音親筆簽名的《城南舊事》，還有《灰狗公主》、《小太陽》、《爸爸，真棒》……等等，這些書和我以前看的童話故事不同，是比較接近「文學」的書，表象很精采，內在卻蘊含了更深層的意義，而這些書打開了我的眼界。』

法爾索從小就擅長模仿自己喜歡的文體，小學就分析歸納作者的特徵，包括用詞以及文體架構，因此，這一箱書讓法爾索一頭栽入了文學的世界。

從小就有寫暢銷小說的潛力

喜歡閱讀的法爾索，小學六年級迷上了倪匡科幻小說，開始嘗試自己創作，寫了許多科幻小說……（的開頭）；同樣的，迷上武俠小說之後，也寫了許多武俠小說……（的開頭）。法爾索的小說在班上廣為傳閱，後來甚至因為寫作速度趕不上同學閱讀的速度，只好用口述的。

『小時候寫作最大的缺點就是沒有長性，不過從那時候開始，我了解到寫小說和說故事的差別，閱讀是用眼睛看，字數的大小和斷行都會影響閱讀小說的感覺。』

即使沒有科學的論證，法爾索相信小說一行三十七的字與一行三十四個字閱讀起來是不同的。

法爾索對於寫作的熱情不墜，對於未來，他有意朝推理小說發展，他最大的願望是想成為『台灣的東野圭吾』。

《同窗》的愛情

《同窗》的男主角，從小學開始，就對『愛情』有特別敏銳的感受力和觀察力，其中對於身體的接觸、心裡的反應、感官的描寫，絲絲入扣；文字本身是活的，教人能看到、聽到、嗅到、甚至嚐到。讓人不禁懷疑，其中究竟有多少是自傳性的描寫呢？

正如張曼娟在《同窗》推薦序所說：『戀愛，是一種天賦。』

對於一般人在青春期之後才會意識到的『愛情』，早熟的法爾索，早在國小一年級就有『愛情初體驗』。

『國小一年級，我就明白很喜歡一個女孩子的感覺，例如你會想跟她一起玩、很想牽她的手……到了國小五年級，我開始和同班同學互傳情書，可惜那些情書最後全被老師沒收，至今仍非常扼腕。』

十一、二歲的年紀，有些孩子仍然懵懵懂懂，不同於其他孩子，當時的法爾索已和他的初戀情人『交往』了兩年，而這段青澀的回憶，雖然因為法爾索轉學而畫下句點，不過，他將這段回憶寫入《同窗》之中，刻劃得入木三分，如身臨其境。

另外，在《同窗》一書中，洋娃娃般的同班同學，讓中學時期的男主角神魂顛倒了幾年，這也反映了現實生活中的法爾索——從國一到大一進駐法爾索心中的女孩：

『她國中和我同班三年，也和我唸同一所高中，因為很喜歡對方，反而不敢接近，只能在心中幻想，漸漸的，她的形象在我心目中臻於完美。大學的告白失敗之後，過了兩年，有一次偶然在街上看到她和朋友逛街，兩個人看起來很開心，令我驚訝的是，仔細觀察之後發現，都是我喜歡的那個女孩子負責講話，這和我心目中安安靜靜的女孩形象相去甚遠，當時我才知道，原來自己所喜歡的，只是外在的形象，而我喜歡的內裡，都是我自己的幻想填補進去的。』

回憶像是密密包裹的禮物，在法爾索經由戀愛成長，成長之後更不忘細細去檢視那些當時不懂卻極為珍貴的記憶，在真正了解之後，才能繼續往前走。

故事的後來，法爾索和大學同窗在畢業後開始交往，愛情長跑八年之後，終成眷屬，兩人在九六年年底完婚，現居於士林。他始終如一，仍舊沒有離開這一區。

作者簡介

法爾索，七〇年代出生，土象星座。披著行銷人的外皮行走社會，其實骨子裡非常想做編輯——所以大家一定要慎選第一份工作啊！一旦入錯行就再也不能回頭了（淚）。

嗜讀書，有蒐集精裝書及作者簽名的癖好，希望能一輩子看書看到死，一如『遠離賭城』裡痛飲求終的尼可拉斯凱吉。以收藏玩具、外國影集為樂，偶爾打打電動，吃吃美食；少時參加過中廣流行之星比賽，以致步入中年後，仍極其不要臉的以『歌神』自居。堅信人無論處於何種境地，都不能放棄為自己找樂子的重責大任。

每個男人心裡都住著一個孩子，這是真的。住在我心裡的一定是個好孩子。

1

『同學會』是一種很奇妙的東西。

多年後，當你無預警的接到一通陌生的電話，對方報了名字，但你卻能熊一下子想不起來。在恢復記憶之前，必須一邊維持禮貌的應對，盡力不要讓尷尬的氣氛流得滿地都是，一邊在腦海裡搜索『檔案或資料夾』，同時祈禱老舊的記憶體別lag得太厲害……

現在，你終於想起來了。

不僅僅是對方的身分——原來這傢伙是你國中時代的班長——以及他那張十三、四歲時、被青春痘和細鬍根恣意攻佔的臉龐，你們一起上課的那間教室，每天都留到九點多的國三晚自習，巡堂扛著劍道用竹刀、拿尺跟剪刀檢查頭髮的機八訓育組長……

還有你暗戀過的那個女生。雖然她在你精心挑選的畢業紀念冊上，只寫了『努力用功，祝你考上好學校』這種令人心碎的芭樂留言……

突然之間，同學會成了連結過往記憶的甬道。

有趣的是它並不帶你回到過去，而是壓縮這些年來你所錯過的，直接將改變之後的結果一股腦帶到你眼前來。

這種混雜了已知與未知、懷緬與驚喜的狀況，最容易觸發情感上的波動。

出了社會，才漸漸能體會什麼叫『好對象難找』。

一介上班族，每天被操得死去活來，讓工作綁死在辦公室裡，生活中大部分的視野跟關注，都難脫這一塊彈丸大小的空間。大部分的公司行號不鼓勵辦公室戀情是有道理的，工作裡摻雜了太多的情緒，做不好那是天經地義。

去夜店或PUB把妹，或許能找到很好的床伴，但人生大部分的問題，不是打幾砲就能解決。

我們會寂寞、想依靠，希望被愛、被需要，甚至渴望有人一起分享夢想，規劃未來……這些，砲友都不能為你做到。

在選擇不多、出路困難的情況下，從（曾經）熟悉的人裡頭找伴侶，毋寧是一條可能殺出重圍的血路。

所以，現在辦同學會如果不提前一兩個月聯絡，整個就是沒人參加。因為女孩子要把握時間減肥、挑衣服，男生會開始考慮是不是要把年底換車的計畫往前挪。

我跟身邊周圍的朋友們聊到時，大家都一致認為：同學會是最容易讓班對舊情復燃、甚至跟老同學發生新戀情的可怕場合……

大三下學期的某一天，我接到一通奇妙的電話。

『喂！你猜猜我是誰？』很爽朗的女聲，語氣中帶著笑。

那是個電話詐騙還沒有被發明的年代，一切都十分的美好，我們還不習慣用一聲『幹』加掛電話來應付這種開場白。

我愣了一下，回答得小心翼翼。

『呃，我是李明煒耶！』小姐，妳可能打錯電話了，趕快發現吧！

『廢話！』她哈哈大笑，聽起來樂得很，完全就是女土匪的架式：『我自己撥的電話，我會不知道嗎？你當老娘是智障啊！』

我一下子熊熊被嚇到，居然『喀嚓！』一聲，本能的把電話掛掉。

這聽起來可能有點孬，不過我當時身邊周圍可沒有會自稱『老娘』的女生，怎麼想都像是碰到了神經病。我還在懷疑，對方怎麼會有我新宿舍的號碼時，天殺的電話鈴聲再度響起。

『喂……喂！』

『媽的！你敢掛我電話！』老娘明顯是氣炸了。

她越是理直氣壯，我就越怕自己腦筋短路，真的忘了什麼老相好。為了不得罪朋友，只好拚了老命用力回想：這到底是哪一路的強人……

『你該不會聽不出我是誰吧？』女土匪的聲音開始有些陰沉。

『呃，我……我這幾天感冒，耳咽管有痰堵住……』我心虛到不行：『而且妳那邊收訊不太好，要不要大聲一點？再說個兩分鐘之類的……』

女土匪突然安靜下來。

我以為她正在集氣，準備隔空發一招大絕『唰！』切斷我的頭。這種事情並非不會發生：電話可以通往母體，可以接上靈界空間，還可以打到女神事務所，突然來一道斷頭光波應該也是還好而已。

我屏住呼吸，沉重的心跳聲撞擊著鼓膜，耳咽管顯然是夠暢通了，怦怦、怦怦的悶響似乎迴盪在死寂的話筒兩頭……

如果從這裡開始筆鋒一轉，描寫我被光波斷頭後一直書寫文章至今，這就是一個不折不扣的故事。

但，事情的發展卻總是出人意表。

『你這個負心漢！』過了一會兒，她才幽幽的說：

『那年分手之後，你就忘記我了嗎？』

電影或卡通裡的大魔頭，都會犯一種很糟糕的錯誤。

每當反派佔盡上風，打得好人滿地亂爬的時候，就會開始很白痴的哈哈笑，然後卯起來打嘴砲，一直打到主角們集氣補血完畢，呼朋引伴一起來圍爐，一口氣逆轉得勝為止。

我從國中開始，一直到大三當下，從來沒交過女朋友！就算暗戀的女生，也只有一個剛打我槍的黃靜仍而已！

女土匪，在反派的路上妳還只是一個小孩。『言多必失』四個字會不會？回去寫一百遍明天交過來！

超越時代的腳步，我初次感受到詐騙電話的可惡之處；身為正義的一方，頓時理直氣壯了起來。

『非常抱歉，我從來沒交過女朋友！說，妳到底是誰？』

本來以為會有『哼哼，既然被拆穿了，你也滿有一套的嘛！』之類的對白，沒想到女土匪沉默片刻，突然爆出一串清脆爽朗的笑聲。

笑什麼笑？魔王破功就只有領便當而已，誰不是乖乖死掉？妳有看過反派不要臉的一直笑，笑到九局下半逆轉勝的嗎？別說是《新少快》、《星少女》，就連蓬萊仙山都不敢這樣演啊！

『妳再不說清楚，我可要掛電話了！』

『我是周令儀。』女土匪呵呵笑著，帶著一抹狡黠：

『說實話，你剛才根本就沒聽出來，對吧？死撐什麼啊！』

我愣了大約十秒鐘，腦海裡才倏然浮現名字主人的模樣。

記憶裡，周令儀總是用紅緞帶綁著兩條烏黑滑亮的粗大辮子，穿著黑皮面的女用學生鞋，就是腳背橫過一條細帶子的那種，雪白的短襪長度僅到踝上，把綴著蕾絲花邊的襪緣反折下來，清爽中有著說不出的規矩和文靜。

那個時候的女孩子都是這樣打扮，但周令儀可一點也不文靜。

她左邊的眉毛末梢有一條小小的縫線斜疤，據說是爬樹摔的；我記得她那時嗓門就有夠宏亮，好打抱不平，什麼事都要管，會抄起掃把追著一群男生跑遍整個校區，打得人人抱頭鼠竄……

想著想著，我忍不住嘴角上揚。

『我現在聽出來了。好久不見啦，大小姐有何貴幹啊？』

『這個星期天晚上，文化大學後面。』她自顧自說著，像連珠砲一樣：『你如果有機車就騎機車，開車也很不錯，我們六點要先集合……』

我聽得一頭霧水。

『等等、等等！星期天晚上……要幹什麼？「我們」，又是指誰？』

『同學會啊！』周令儀哈哈大笑：『你敢不來，就給老娘試試看！』

陪她笑了一陣，這次輪到我安靜下來。

周令儀似乎看穿了我的猶豫，出乎意料的耐心等待著。

反倒是我自己侷促起來，為了化解尷尬，我試著轉移話題。

『這麼快就要辦啦？上一次我記得是……』

『快五年前的事了。是高二那年辦的。』

她忍不住哼了一聲，我記得她從前似乎有輕皺鼻尖的習慣。

『如果我們的班長勤勞一些，或許你會比較記得我的聲音。』

她難得小心翼翼：『你……會來吧？』

『如果我說不去呢？』

『我會把你綁過來。』

周令儀是個說到做到的女孩子，有著眷村大姊頭的海派。

為了找出失聯已久的我，她打電話回我南部的老家，向我媽問到親戚牌愛心宿舍的電話，還有我的手機。我一點都不懷疑同學會當天，她會到樓下狂按電鈴，直到確定我會乖乖赴約為止。

從她擔任警衛股長的那天起，我就知道這丫頭絕對是狠角色。

『還……還有誰會去？』我垂死掙扎著。

她忍不住笑起來。

『其實，你想問的是「她」會不會去吧？都被我套出來了，原來你一直都沒交女朋友啊！嘖嘖，這麼守身如玉。』

『不要用這種酒醉老頭子的口氣說話！』

『你該不會還在躲她吧？沒用的男人。』

『妳是專程打電話來戰的嗎？』

『你跟小蕙也算青梅竹馬吧？我以為你們一定會結婚咧！』

『……少說風涼話了。』

我有些哭笑不得，周令儀卻很樂，完全得理不饒人。

『小蕙她會去的。這次，你可別再逃走啦！膽小鬼。』

小蕙是我這輩子第一個寫情書的對象。

在我離開她們的生活以前，小蕙一直都是我的『老婆』。我們的課桌併在一起，我是全班作文寫得最好的男生，她是全班作文寫得最好的女生，我們用撕下來的筆記簿紙給對方寫信，對折兩次成小小的一方，就在桌子底下傳來傳去，玩著手摸手的遊戲。

如果只要說出『我愛妳』三個字，就算是某種愛情的承諾、無論是否了解其義的話，那麼小蕙可以算是我的初戀情人。

我們交換承諾的同時也交換了初吻，對我來說那是無比刺激的新體驗，對她的意義卻似乎全然不同。

那年，我們小學六年級。

這是一場小學同學會，我就是那個因為轉學、突然從周令儀她們的青春期裡缺席了的班長。

我原以為這不過是在茶餘飯後，可以拿出來隨興說笑的童年往事，卻不知在我所及之外，它已經悄悄改變了許多人，並在不久以後，將為我們帶來更巨大、更難以想像的改變……

2

從小，我就很有長輩緣。

遠的叔伯親戚、近的社區鄰居就不用說了，媽媽那邊的阿姨、舅媽，爸爸這邊的姑姑、嬸嬸……全都在我的守備範圍內。

老師當然也不例外。

比起漂亮的小男生或小女生，大人們更喜歡心地柔軟的孩子。

希望自己被喜歡、被肯定，不想替別人帶來困擾；遇到好的事情會由衷的高興，當別人遭遇悲傷時，也能夠感同身受……這些，都是『心地柔軟』的證明。只可惜現在的教育並不教小孩這些。

我一直覺得，小時候就懷抱著同理心的小孩，長大後也比較懂得愛——無論是接受或給予。

如果將來，我和我現在的女友琳終於有了為人父母的勇氣，我希望我們能有一個心地柔軟的小孩。

在我的那個年代，小學是以低、中、高年級為界，每兩年重新編班一次；換了新同學，順便賞你個痛快……不，是換給我們一個新導師。

我小學五年級的導師姓洪，是個體專畢業的女國手，專長似乎是手球或羽球。

對比我中年級的導師、剛從師院畢業的正妹陳麗妃老師，已經有兩個女兒的洪老師，顯得非常的幹練而嚴厲，被曬得通紅的面頰閃著一層薄薄的油光，連笑起來的眼神都像箭一樣的銳利逼人。

開學的第一天，整個教室裡異常安靜。

一方面是因為同學們還很陌生，吵也吵不起來，另一方面的壓力則來自教室後頭的導師辦公桌，洪老師低頭振筆，似乎是抄寫學生名冊之類的東西，強大的壓迫感在教室裡逐漸擴散……

等國中開始看《北斗神拳》、《聖鬥士星矢》等漫畫之後，我堅信洪老師那股強大的威壓感就是『鬥氣』——什麼小宇宙、北斗傳承，都是日本人唬爛出來的，但高手，絕對是真真實實存於我們的生活四周，就算潛伏在國民小學裡也不奇怪。

『合理的要求是訓練，不合理的要求是磨練。』

這是洪老師開口對我們說的頭兩句話，然後才轉身，在黑板寫下自己的名字。

『這是我的座右銘。往後，我也會用這兩句話來要求你們。』

全班都嚇傻了，沒人敢隨便吐口大氣。那是我第一次接觸到軍事化管理。

洪老師說到做到。她上課永遠拿著一根拇指粗的長藤條，活脫脫就是從家具工廠弄來的殺人兇器，只比掃把略短。我直到國中才知道有『教鞭』這種東西，但要說到夠威，前身是藤椅扶手的長藤條，才是體罰界的至尊王者啊！

洪老師打學生是不帶一點情緒性的，不會因為越打越high、搞到見血，也絕對不會因為你眼淚汪汪而打得比較輕。

我們在被打之前就已經知道要挨多少下，譬如早自習說話被登記的，要打兩鞭；月考成績沒到八十分的，少一分抽一鞭……諸如此類，公開報價，童叟無欺，你敢犯錯就得要有心理準備。此外，沾水的藤條打人真的是痛到不行！在我印象中，只有交叉編法的鱷魚皮帶能一較高下。

在我們從五年一班變成六年一班、最後由我代表畢業生上台致詞前，沒有一週是沒拿過整潔或秩序名次的。當時，每週評比第一名的班級，學校會把一塊『整潔（秩序）第一名』的牌子掛在走廊的班級牌下，象徵一種榮譽。

星期一朝會宣佈名次時，我的胃總是忍不住一陣痙攣。如果跌出前三名之外，全班每個人都要挨一下長藤條，身為班長的我則要挨三下。

『因為班長的責任比其他人重。』洪老師看著我說。

洪老師把全班分成六組，八張桌子拼成一個小組。全班第一名到第八名一組，坐在導師桌的正前方，這一組同時也是班級幹部，其他同學就混合打散。

我並不是全班第一名。洪老師為什麼挑我做班長，大家始終都不很明白。

『我也覺得很奇怪。』後來閒聊，周令儀總愛揶揄我：

『又不是養小白臉，老巫婆幹嘛一定要選你做班長？』

周令儀的嗓門最大，理所當然做了警衛（風紀）股長；坐在我旁邊的小蕙文靜秀氣，月考幾乎都是班上的第一名，洪老師派她做文化（學藝）股長。

一直到現在，小蕙在我心裡的樣子，都還是那麼樣的白皙安靜，笑起來的時候眼睛微瞇，靦腆中帶有一絲絲難以察覺的慧黠。

我就讀的國小附近，剛好有一個眷村，所以班上有將近三成比例的眷村孩子，周令儀是，小蕙也是。嚴格說來，她們才是真正青梅竹馬的姊妹淘，媽媽們還都是十幾年來同打一桌的牌搭子。

先說在前頭：雖然我是本省人，在將近二十年前的台北市，省籍已不算是壁壘分明的隔閡，現在更不應該是。我只是在述說一段逝去愛情的回憶而已，不希望被任何意識形態的指責與對立所污染。

在我看來，眷村的女孩有種颯烈直爽的特質。

無論是大咧咧的男人婆周令儀，抑或安靜害羞、笑起來柔柔怯怯的小蕙，骨子裡都是一處同生的直率女孩，有一種我無法企及的『剛』，迄今依然如此。

我跟小蕙是怎麼『在一起』的，坦白說記憶已經模糊。

奇妙的是：寫情書、送禮物這些追求的動作，是在我們已經是情侶之後才做的，似乎有些本末倒置。這或許反映了小孩世界裡的某種純真。

說到我跟小蕙的『交往』，就不得不提體育股長王亮宏。

王亮宏跟我是完全相反的類型：他的數理成績非常之好，體育更是強得驚人，長得高頭大馬，喉結凸出嗓音沙啞，連青春痘都比我早長了兩年，簡直一副國中生的樣子，在老師眼裡一整個就是『皮』。

洪老師常開玩笑：如果把我跟王亮宏揉在一起，再平均分成兩半，那就會得到兩個剛剛好的人。

瞎子都看得出來，從我們分到五年一班的第一天起，王亮宏就非常、非常喜歡小蕙。他會故意跑去鬧她，說些惹她瞪大眼睛的話，小蕙生起氣來，還會罕見的追打他。

王亮宏的家境也比我好很多，比我跟小蕙家都好。他們家裡有裝衛星小耳朵、有用Bata帶的錄放影機，聽陳百強、譚詠麟的廣東歌，吃剛進台灣的麥當勞，還試圖邀小蕙搭公車去西門町的日新戲院看電影……

回想起來頗為稚拙，但，王亮宏可是很認真的在追女生。有動機、有自覺、有行動，大馬金刀，可說是陣仗分明。那種難脫青澀的早熟姿態，並沒有嚇壞一向乖巧的小蕙，他們一直都是不錯的朋友，到後來還是。

我常常忍不住想：小蕙，為什麼會跟我在一起呢？在我泛黃支離的記憶裡，實在想不起自己用了什麼撇步，能夠壓倒性的贏過『很像大人』的王亮宏。

最後歸納的結果，可能是因為一座天橋。

我們放學回家的路上，會經過一座天橋。回家路隊到了這裡，就不得不一分為二，王亮宏再怎麼像大人，回家就是得走左邊，而我和小蕙則是一起走右邊……

就這麼簡單。

我每天送小蕙到眷村裡她家的樓下，每天早上，又到同一個地方去等她。眷村門口崗亭的伯伯會用一種了然於心的眼光看我，帶著讓我臉上一熱的曖昧笑容直搖頭。

最先發現我們的『戀情』的，居然是周令儀。

我跟小蕙很喜歡在撕下來的筆記紙上塗塗寫寫，然後，當成情書偷偷傳給對方——最好笑的是，她就坐在我旁邊，小學的課桌不大，眼睛一瞟就能看到，連頭都不用轉，重點是在桌子底下藉機玩『摸摸小手』的遊戲。

長大之後，小蕙是個身高一百六十七公分的苗條美女，身材纖細骨感，有一種柳條拂風似的病態美；我心目中《紅樓夢》的林黛玉，就該是這樣。

女孩子的體態，其實從手指就能略知一二。

五年級的小蕙，足足還比我高了有半個頭，已看得出日後的苗條有致，練過鋼琴的手指又細又長，指尖纖嫩，掌心裡的膚觸就像敷滿滑石粉的絲緞一樣，摸起來的感覺，居然是又癢又舒服，還有一絲絲心尖被吊起來的悚慄感，舒服到會讓人有點頭皮發麻……

後來，我跟小蕙這樣形容時，她紅著臉『噗哧』一笑，忍不住輕打我的手背。

『原來你從小就是個色狼，我怎麼都沒發現？』

『沒辦法。年幼家貧，』我假裝搖頭，一臉遺憾：

『失栽培啊！』

總而言之，『偷傳字條』就是我當時最大的福利。

而小蕙是個很矜持乖巧、很有家教的女生，偶爾倔強起來，也不是天天都讓我摸手的，所以一有機會我絕不放過。

在重現被抓包的當天現場之前，必須讓大家了解一下座位的相對關係：周令儀跟王亮宏是面對面的坐著，而我跟小蕙的位子則是肩並著肩。

小蕙	王亮宏		
我	周令儀		

小蕙傳給我一張紙條，我想趁機偷摸一把，她卻一溜煙將手抽回去，紅著臉吃吃笑著。

『是你喜歡我多一點，還是我喜歡你多一點？』紙條上如是寫。

我想了一下，在底下加了一行。

『我覺得是妳比較喜歡我。』

小蕙很害羞的把字條拿回去，看得臉色一沉。

過了一會兒，她又補了一行字，動作有點僵。

『我就知道你不是真心的。』

『我只知道，我現在，一定不是最喜歡妳的時候。我明天會比今天喜歡妳，下週會比這週更喜歡妳，十月會比九月更喜歡妳，冬天會比秋天更喜歡妳，明年會比今年更喜歡妳，未來會比現在更喜歡妳……』

我從容不迫的寫著，利用『……會比……更』來置換，換過時序甚至心情物品，我寫滿一張紙的『喜歡妳』。

鄉親啊！鍾毓、鍾會那種耍嘴皮的死小孩算什麼天才？我小學五年級就想得出這種答案，那才叫做神啊！

寫滿整張字很多，我一邊寫，她在旁邊已經瞄到了；小蕙緊抿著嘴，我看著她雪白的臉一瞬間冰消瓦解、突然從僵冷中綻出羞澀笑靨的模樣，一整個就是爽。

對男人而言，世上再沒有比女孩衷心的笑容更好的獎賞，無論是八十歲的老人或十一歲的小孩，都能夠感同身受。

我慎重的把快被折爛的筆記簿紙重新折好，藏到桌子底下去；小蕙紅著臉伸手過來接，我故意在兩手之間換來換去，硬是不肯給，然後出其不意的抓住她的手！

小蕙用一種很奇怪的眼神看著我。

我突然發現她雙肩挺直，分明就不是伸手到桌下的樣子。那我抓住的是……

還沒聯想到阿飄那邊去，趁我還呆愣著，手的主人一把將我掌裡的紙條搶了過去！

『上課偷玩什麼！』

周令儀的嘴型動著，帶著『你們該糟了』的詭秘笑容，好整以暇的把手從底下抽出來，在桌上打開那張紙條。

看了半天，她才真的瞪大眼睛，臉『唰！』一下脹紅，慌忙收進抽屜裡，心虛的看了講台上的社會老師一眼……

給周令儀知道，全世界差不多就知道了。

她不是會到處去跟人家說『李明煒喜歡石嘉蕙』的大嘴巴型，不過她散播的方式對當事人而言，可能會造成加倍的痛苦——

『哎唷!小蕙要上廁所,你趕快陪她去!』
『這是小蕙的便當,我幫你挑起來了,你們小倆口要一起吃啊!』
『放學要陪她回家啊!我幫你們把其他人統統趕走!』
『啊,小蕙生氣了!一定是你害的……』
(其實是妳害的吧!妳在亂high什麼啊!)
如果是現在,我一定會這樣吼回去。
『戀情』曝光的那兩天,小蕙的表情一直都很陰沉。
我原本以為她是在懊惱周令儀越幫越忙,別說是她,連我都很想掐死那個男人婆,還好沒有人敢把這種事傳到洪老師那邊(洪老師非常討厭打小報告這種不光明磊落的事),不然我光想她的反應,全身的血液就凝固一半……
但小蕙還是跟周令儀說話,很明顯她不理的人只有我而已。
兩天之中,她一句話都不跟我說,無論我怎麼逗都不開口,偶爾眼神一對上,她就投來一雙冰冷陰沉的怨毒射線;上下學接送她的時候,她也是一個人走在前面,我都快發瘋了,一整個就是死不瞑目。
到了第三天放學,我終於忍不住,在她家門口拉住了她,好聲好氣的哀求:
『妳到底在生什麼氣嘛!跟我說好不好?』
她用複雜而奇妙的眼光看著我,看得我心驚肉跳。
那是從隱忍、生氣、失望,到幽怨淒然的某種過程,情思起伏,層次宛然卻又一氣呵成……

我雖然是一個常看電視的小五學生，畢竟還是凡人，完全沒有在現實生活面對這種戲劇衝擊的準備，當場被KO倒地。

從那時起我就知道：不管十一歲或九十一歲，女人就是女人，有一些東西是天生賜與之物，就像生物本能一樣，無須學習就能應運而出，所有小看女人的絕對都是棒槌一付。

明明被陰沉攻擊了三天的人是我，當下只覺得千錯萬錯都是我的錯，唯一能做的，就是靜待司法的判決。

『那天，傳紙條的時候……』她深吸了一口氣，環住了纖細的臂膀：

『你碰到了她的手。對不對？』

她的手……誰？男人婆周令儀嗎？那是當然的啊！紙條是被她搶走的，哪能不碰到？又不是魯邦三世！

我愣了很久都說不出話來——你不能怪一個小五生變成化石，面對醋酸爆炸的另一半，連很多三十五歲的男人都束手無策。

小蕙幽幽的抬起眼簾，哀怨的目光停留在我臉上。

『她……她比我漂亮，你還是跟她在一起好了。』

說完，一股難以言喻的陰沉瞬間吞噬了我。

在愛情的道路上，我們該感謝每一個交錯而過的曾經。

那年我十一歲，就讀某國小五年級。

小蕙教會了我『情人眼裡容不下一粒砂』的道理，更何況是一隻手……

3

我並不打算在小學的部分著墨太多，畢竟，那不能算是真正的戀愛，然而想起來卻覺得好有趣。

所以，請大家再忍耐一下下就好。

小學五、六年級，假日都是爸媽帶全家出去玩，即使在家裡，也是看看星期天早上播的卡通，下午就看看電視、寫寫功課之類的。要跟同學出去玩，那可是不得了的事，媽媽一定問東問西，還得向她要錢……

打愛情熱線？別鬧了。寒舍接電話都要先說：『您好，這裡是李公館。』然後趕快拿很大支的無線去給爸媽聽。

所以我跟小蕙的戀愛，大多是在學校裡談的。

整個作息完全就是配合白天學校上課的排程，一放學，這場戀愛劇的男女主角就準時下班，關燈落幕各自回家，一點也不囉唆。

很好玩，對吧？跟長大後談的戀愛都不一樣，完全違反常識。

不能約出去逛街看電影，不能巴著電話不放，不能上高級館子買禮物，不能親吻愛撫試探底線，不能做愛……我坐在液晶螢幕前，就在這個當下，一邊打字一邊回想：那時候，我們到底在做什麼？

放學後騎腳踏車出去玩？這個有過幾次。我爸認為男人要會很多東西，像游泳、照相等，『騎腳踏車』更是其中的基礎必修，不但要會，而且還得騎得很棒，就是要能載人、載東西、前輪翹高輪，或是雙手放開車把之類的。

所以從小三起就是鑰匙兒童的我，常在星期三下午牽我媽的淑女車出去，沿河堤騎到小蕙她們家樓下，找她出去騎單車。

寫情書？這個倒是常常搞。我對文字的敏銳度，說不定有大半要歸功於小蕙的啟蒙。

還有呢？還有……還有什麼？想著想著，有個畫面突然浮現在腦海裡。

我記得那是某個豔陽高照的午後，在學校的躲避球場。

誠如前文所述，我從小就是個運動白痴，是一不小心就會同手同腳的先天協調性殘缺。每次要進行班際的躲避球比賽，為了整體戰力，洪老師就會挑兩個不用下場的起來當候補，男的肯定是我，女的一定是文靜嬌弱的小蕙……

但，洪老師真的非常、非常疼愛我，即使不下場比賽，也會叫我拿著一顆備用的躲避球，就站在場邊中線附近，站在擔任裁判的洪老師身邊，當球出界的時候，就由我負責幫她傳遞、撿拾等等，可能她覺得這樣比較能維護我身為班長的威信（笑）。

頂著大太陽，抱著滾燙的塑膠皮躲避球，聽著場中同學的呼喊，還有洪老師刺耳的哨音……我卻清楚記得在對面，隔著偌大的躲避球場，在防洪教室的簷蔭下，小蕙托著腮幫子屈膝倚坐，遠遠對我投來的、含著害羞笑意的眼光。

原來，我們花最多時間的，就是這樣互相望著。有一點曖昧、有一點羞，你知道自己在她眼裡與眾不同，僅此而已。

長大以後，我們就不用這樣的方式看人了。我們會看著對方的臉蛋，看著對方的胸部、腰臀和腿，多少幻想著親熱的時候，這些地方是如何的妙不可言……

我不打算修正文頭的說法，這並不能算是真正的戀愛。在那個時候，我們擁有的是更單純的東西。

在生物週期裡，如此單純的階段通常不會維持太久，這與道德、意志無關，純粹是為了物種的延續。

位於美國加州的電影相關產業，有很多關於這方面的、極富教育意義及娛樂性的產品，譬如『侏儸紀公園』、『世界末日』、『獸性巴黎夜』、『荷蘭少女』等等，寓教於樂，大家有空不妨研究多參考。

我到小學六年級時，對『性』的直覺突然就覺醒了，毫無道理可言，就像腦袋後面裝了個開關，時間一到按下按鈕，電腦就開機執行一樣。

我還記得那天是星期三。

因為只有星期三的下午，才不用上課。吃過午飯，我趴在客廳的沙發睡午覺；睡著睡著，突然有種很奇怪的舒服感。

那種異樣的釋放感挾著濃重的倦意，忽然間驚嚇了我，一悚之下就醒了過來，才發現自己一隻腳滑下沙發，膝蓋觸地，我就這麼半跨半騎的夾著柔軟的椅墊角，內褲底部漫開一股前所未有的濕涼……

很幸運的，我的國中生物老師並沒跳過第十三、十四章，根據健康教育課本的說法，這種經驗稱為『夢遺』；如果喜歡本土一點的說法，江湖上都管叫『畫地圖』。

我大學時跟死黨耳東他們閒聊，其實本來是聊女性經驗，結果一問在場除了專科時代就開胡的呂翰大人之外，其他統統都是最補的禮藏二十一年，只好轉聊大家第一次打手槍跟畫地圖的經驗。

『你給我老實招來。』呂翰大人一聽完小人的陳述，立刻抓到了把柄：『夢遺通常是伴隨春夢才發生的，說！你到底是夢到了誰？』

我被群情洶湧的損友們團團包圍，陳耳東揚言如果我不坦白，就把我架上窗台阿魯巴──五虎大旅社的屋齡絕對超過三十年，鋁門窗爛到都快關不起來，窗台的邊角簡直就跟狼牙棒一樣，我邊流著冷汗邊慘叫，拚了命的回想……

『有……有了！我……我想起來了！』

睡午覺之前，我正在看華視的午間戲劇。

我記得有個身穿古裝白紗、綁著白綢雙鬟髻的女生，大大的眸子眼波盈盈，微嘟的豐潤唇珠活像顆櫻桃，睫毛閃動，身段唱工十分曼妙，儼然就是個小仙女……

『該不會是……』阿凱是南部人，小時候常陪阿媽看歌仔戲。

『我看就是。』電視達人陳耳東做出了專業的鑑定。

就這樣，我人生的第一個性幻想對象是狄鶯這件事，在男同學間被嘲笑了很多年，而且這些混蛋毫無節操的廣為流傳，居然連外系的社團學妹都知道。

『國光幫幫忙』播出孫鵬狄鶯大復合那集時，至少有大半年沒聯絡的大學同學廖俊凱專誠打電話來，明顯就是在忍笑：『喂！快轉到三立都會台，趁你老婆不在打幾槍，以後沒機會了。』

『林北沒閒啦！你怎麼不趕快去給電路板電死？』我摔上電話。

畫過地圖後，有某種模糊的慾望在十二歲的我心中逐漸成形，似乎漸漸對『那種事』產生濃厚的興趣。

雖然六年級的時候我還沒開始拉高，也沒長鬍鬚或喉結，但大人多少覺得你比較懂事了，開始放一些權力（或福利）。基本上我爸媽算是管得嚴的，他們認為同學來家裡玩時，必須有大人在場，這是禮貌問題；我去別人家玩也一樣，不能挑別人父母不在家的時候去。

相信大家很清楚：有父母在的地方，肯定都不好玩。所以這項福利開放之後，我只在生日邀請過同學來家裡，其他幾次零星的經驗也都很悶，之後就沒了興致。

某次月考的第一天下午，我決定邀請小蕙來我家唸書。

以前小學月考都是連考兩天，通常只考上午，下午就放大家回去準備。小蕙的成績非常好，十之八九是第一名，我大概在五名前後徘徊，差別在於我要非常用功才能拿到這樣的成績，但小蕙只要按平常準備就行了。

『妳來教我數學，好不好？』

『嗯。』她稍稍遲疑一下，害羞的點了點頭。我挨她很近，卻無法分辨怦怦作響的心跳聲，到底是她的還是我的，耳朵和臉頰一陣烘熱。

小蕙的數學並不特別好。我們都知道唸書不是重點。

請別誤會，以距今十幾、將近二十年前的社會民風，六年級的小男生約小女生回家，並沒有預設要開苞或推砲，曖昧單純就在『約』字上，還有『大家都在唸書，我們卻偷偷在玩』的那種竊喜心態。

回家路上，我還在盤算要怎麼跟我媽開口，誰知道家裡空空如也，我媽打電話回來說中午辦公室有事，不能趕回來煮飯，叫我自己去巷口買便當。

當下那個爽，我只能說是『惡向膽邊生』。

——世上怎麼會有這麼好康的事！我連願望都不知道該怎麼許，老天就直接刷卡買單了！

下午兩點，門鈴響起。

小蕙是吃過午飯、睡過午覺才來的，門打開時我們倆目光一交會，就紅著臉吃吃笑起來。那種莫名其妙就臉烘耳熱的感覺，迄今我仍覺得十分甜美。

她脫鞋子進門，非常乾淨的白色襪子讓我有些暈眩；反折的蕾絲襪緣與粉紅面的圓頭學生鞋對當時的我來說，充滿著強烈而芬芳的異性氛圍，幾乎難以正視。

女性的美好與魅力，並不單只存在於肉體而已。這個道理，我可能要到二十五歲以後才能真正明瞭，生物本能卻讓十二歲的我沉浸在小蕙的背影之中，連她彎腰褪鞋的動作都覺得十分秀氣可愛。

『你爸媽不在家呀？』小蕙有些訝異。

『我媽有事會晚一點回來。』

一瞬間，她的臉又紅了起來。

小蕙是個很容易臉紅的女孩子，直到長大都是。一方面當然是因為皮膚的白皙，容易顯現紅潮；另一方面，我覺得她是天生體溫比較高所致。

許多年後，當我們有過幾次肉體關係，我終於忍不住問她。

蜷在我臂彎裡的小蕙一絲不掛，滑潤的身體燙得像火一樣；那種肉體的熾熱程度，印象中只有發燒的溫度差堪比擬。

『妳這樣……不會覺得很難過嗎？』

她緊閉雙眼，纖薄細緻的胸脯劇烈起伏著，心臟撞擊的聲音幾乎讓我的胸腔產生共鳴。

一瞬間，我以為她急促的呼吸即將超過臨界，就這麼『錝！』一聲絃斷箏碎，然後會無聲無息的消失在我懷裡……

我並不是什麼亞洲種馬，只是初嚐禁果的普通男生，既不特別持久，技巧也還很拙劣。但即使完事許久，連身上的汗漬都已經漸漸滲冷，小蕙仍然喘息不止，微燙的面頰、胸口浮現嬌豔到有一些些病態的紅雲，讓我無法自制的心疼起來。

『嗯，就像……快要死掉一樣。』

潮紅終於褪去，她額上沁著汗，倦透的笑容顯得蒼白。

『我……帶妳去醫院檢查吧！我付得起錢的。』

『我又沒病。』她閉眼輕笑，微抿的嘴角透著一股倔強：

『只是我的生命，燃燒得比你更熱一些罷了。』

——所以，也燃燒得比我更快嗎？

直到她離開我之前，這個問題我始終沒說出口。

有人說同齡的女生往往比男生成熟，我認為這是真的。

雖然只有一瞬間，小蕙比我更早意識到我們獨處這件事，背後可能代表的意義。如果當時我受過一點點推倒的專業訓練的話，現在孩子也應該上國中了……但我當時就是人來瘋而已。

還有另一件事也反映出女孩子的成熟。

當『來我家』的新鮮感褪去，小蕙乖乖拿出課本、鉛筆盒，在餐桌上複習起功課來——畢竟她還記得明天有月考。但我已經一整個樂到不行了，一直逗她說話、想跟她玩，弄得小蕙頗不耐煩，索性抿著嘴低頭振筆，完全當我是空氣。

我們在餐桌上對坐著，僵持了兩個小時。她漸漸看書看得進入狀況，我卻還在生悶氣，乾脆直接站起來，一聲不吭的走進房間裡，倒頭就睡。

過了一會，小蕙來到房門口。

『我可以進來嗎？』

我轉身面壁，來個相應不理。

『我爸說如果沒有主人允許，不能隨便進別人家的房間。』

『那妳回家好了。』我繼續賭氣。

腳步聲。

一團溫熱的感覺在我腰後坐了下來。我嗅到她身上有種很好聞的味道，立場開始動搖。

『你啊，到底怎麼了嘛！』她輕輕拉著我的袖子，姿態放軟，又細又軟的聲音充滿討好撒嬌的味道。

因為我從小就是個沒出息的男生，當下立刻就被收服了。我心不甘情不願的坐起來，小聲嘟囔：『誰叫妳都不跟我玩！』

她噗哧一笑。『明天要考試啊！你都複習好了嗎？』

我很不甘願的搖頭。

『洪老師打人好痛。』她笑著說。

『妳又不常被打。』這麼一說倒是提醒了我，數學這科是經常害我被打的元兇。

『我也不想你被打啊！』她咬著嘴唇輕聲說，有種不屬於十二歲女孩、有如小女人般的氣息。

我們就這樣面對面坐著，距離近到無法抬頭相望，低著頭紅著臉，嗅著彼此的吐息，感覺對方的體溫一點一點擴散過來。

『妳身上香香的。』我沒頭沒腦的說。

小蕙咬著嘴唇輕笑著，卻沒發出任何聲音。她的體溫起碼比我高五度；我很清楚，因為那樣的滾燙終於浸透了我，吃掉了我們之間僅剩不多的距離。

我吻了小蕙。

如果不是四點半我媽匆匆趕回來煮飯，我也不知道接下來會發生什麼事。

我媽有點驚訝，卻沒有生氣，我猜是因為小蕙一臉就是有禮貌乖學生的樣子，而且我媽很清楚哪個名字是班上常駐的第一名。

小蕙顯得比我從容，有條不紊的收好東西，向我媽道別，說時間太晚要回家去了，不然媽媽會擔心。我媽顯然很吃這一套，一直說她好乖好乖，要我送小蕙回家去。

我整個人暈陶陶的，像嗑了藥一樣，腦子裡只有小蕙嘴唇柔軟的觸感，還有她身上香香的味道。

我們一路上都沒說話，低著頭走著，當我鼓起勇氣伸手，小蕙卻一點都沒有抗拒的意思，很柔順的讓我牽著；我快樂到覺得胸膛快要爆炸了，就算數學考零分被洪老師打一百下都沒關係——

這只是一種比喻。事實上第二天的數學我考了七十五分，不到八十分的標準被打了五下，讓我非常後悔沒有好好唸書。

有人說同齡的女生往往比男生成熟，我認為這是真的。

即使在我看來，這樣並不能算是真正的戀愛，即使初吻非常動人，但對日後的我和小蕙而言，卻有著全然不同的意義。

為著這樣的不同，有人注定要付出代價。

只可惜十二歲的我們無法預知未來。

4

我記得有一派心靈哲學，主張所有的情感、思考……統統是腦內的生體作用，都是些酵素、胸、神經元之類的。這種說法有夠不浪漫，但仔細回想青春期發生過的那些事，又似乎有那麼一點說服力。

在那時，有很多突如其來的行為無法用常理來解釋，連『愛』也不例外。

我想先說說常理能夠解釋的部分。

我省略了兩年之間，我和小蕙相處的許多細節。大體上來說，雖然都是些瑣瑣碎碎的童年往事，現在想起來還是樂多於苦；一切的變化，都是從我吻了小蕙的那天之後才開始的。

對我來說，『吻』所代表的，是柔軟微涼的嘴唇觸感，是臉紅心跳的興奮，是小蕙身上那股香香的味道……總之是很具體的東西。

如果有機會，我完全不介意再來一次——事實上，之後我一直想再邀請小蕙來我家，男生就是這樣了，一旦開竅之後，從十二歲到三十二歲都做著差不多的事。

月考結束後的某天下午，洪老師突然把全班女生都叫到走廊上。通常發生這種情形，只有在全班準備挨打的時候。一時之間風聲鶴唳，要不是洪老師一直曖昧的忍著笑，完全沒有『鬥氣』

散發，說不定很多女生當場就哭了。

隔壁二班也在做著同樣的事。女孩子全都被集合到走廊上，然後跟兩位導師一起走向圖書室。

那真是非常神秘的四十分鐘。

我一邊在教室裡維持秩序，一邊漫無頭緒的胡思亂想，直到廣播器裡響起下課鐘，女生們三三兩兩走回教室。

『妳們剛剛去那邊做什麼？』我忍不住偷偷問小蕙。

小蕙像是尾巴被踩了一腳，『啪！』用力巴我的頭，粉頰脹紅，惡狠狠的瞪我一眼：『色魔！』

我被巴得眼前一黑——她從來沒這麼用力的打過我，猝不及防，我完全沒有心理準備，差點被打暈過去。況且，我完全不懂那句色在哪裡，簡直比竇娥還冤。

陪小蕙一起回來的周令儀咯咯直笑，也是滿臉通紅，那副表情與其說害羞，根本就是個好色的小女孩……

我被打得有些神志不清，居然向她投以求助的眼神，還好周令儀沒跟著賞我一記致命的鎖喉關節技，只是摀著嘴笑得花枝亂顫：『你活該啦！色魔！』

被另一半在床上嬌喘著喊一聲『色魔』，可能會提早五分鐘繳械，但在十幾年前的國民小學裡，這絕對不是一個聽起來會爽的頭銜。

色魔？色魔？我到底是色在哪裡啊？懷抱著一絲不甘心，我開始回想自己做了什麼惡行；想來想去，唯一可能的，就只有我吻了小蕙這件事。

該不會……老師把兩班女生帶去圖書室，就為了當眾宣佈我在家裡偷親了小蕙吧？老師……老師怎麼可能連這種事都知道？

（連周令儀也知道，那就是大家都知道了……）

想起以後將一輩子背負著『色魔』之名，恥辱的活下去，年僅十二歲的我初次有了輕生的念頭……直到洪老師走進教室，倒拖著長藤條走上講台，『啪、啪』兩下勁響，全班頓時一片鴉雀無聲。

『男生聽好，不准問女生剛才去了哪裡，或者做什麼事。』

洪老師的臉頰微紅，明顯就是在忍著什麼，其中隱含的曖昧感居然與周令儀如出一轍。但藤條的威嚇可不是開玩笑。

『誰敢亂問，問一次打五下！班長跟警衛股長登記名單！』

周令儀忍笑瞥我一眼，肩膀微動，假裝要舉手的樣子，完全就是小惡魔的架式，紅撲撲的臉蛋彷彿蘋果一般。我嚇得魂飛魄散，連小蕙都看得緊張起來，拚命向她投以責備的眼光，臉白得沒點血色。

最後周令儀當然沒出賣我，純粹只是喜歡嚇唬人。

但從那天起，小蕙就很少跟我玩傳紙條的把戲了，情書還是要按時交，只不過得放在她抽屜裡；放學路隊剩下我們兩個時，連手也不讓我牽，更別提趁我媽不在，到我家來做功課的事……

就這樣，我的人生才剛走入一個玫瑰色的新里程，彩色螢幕就突然壞掉了，一切又回到黑白的世界。

那老師們嚴禁談論、全班女生消失的四十分鐘不但神秘，顯然還非常邪惡。我一直相信有超自然的力量在作祟。

我跟琳偶然聊到小學時遭遇過的怪事，她愣了片刻，突然抱著肚子大笑起來，一整個情緒失控。

『我也「消失」過，差不多就是半個鐘頭……』她一邊抹淚一邊說。難怪琳的反應這麼激烈，原來她也是外星人綁架事件的受害者……正想打給我一位堅信在泰安休息站目擊過飛碟的國中同學，告訴他：我很可能會娶一個能夠證明他沒有唬爛的女人時，琳終於恢復了正常說話的能力。

『那是性教育。』

『性……性教育？』好你個外星人！管得也太寬了吧？

『我也不知道怎麼說，總之就是類似國中健康教育的東西。』琳忍著笑：『有張女性的身體構造圖，子宮、卵巢什麼的，教我們不要隨便跟男生有身體接觸，還示範保險套的用法。』

『這兩者有邏輯上的矛盾吧？』

『我也不知道。』琳雙頰緋紅：『我們老師根本沒有打開，就拿包裝說「這是保險套」，大部分的時間在講保護身體，婚前性行為會懷孕什麼的……可能是比較希望我們不會用。』

『那妳以後教學生要講清楚一點，人家爸媽也是花了錢的。』

『我會跟我們托兒所的園長建議看看。』琳狠狠瞪我一眼。

真相大白，原來當年壞我好事的不是外星人，而是教育部。

我從來不知道我國的性教育扎根工作，有做得那麼基礎。據我詢問同齡的男性友人，似乎在國中前都沒受過性教育，如果小學有過類似經驗的女性朋友，不妨現身分享一下……

前頭說過，在很多事情上，同齡的女生總比男生成熟一點。

我聽過一種很有趣的說法：自然界很多生物在幼年體時，是沒有性別的。一直到被自然環境，或者其他因素刺激了，才像打開開關似的，自己就變成了雌性或雄性。

讓我們把這個想像套用到男人與女人身上。人類的性別開關，究竟會在什麼條件下被啟動？

啟動男性的關鍵，毫無疑問是『性』。

現場禮藏二十一年（以上）的男性讀者請勿激動，這裡指的是廣義的性，尻槍、能帶來快感的夢遺……等，當生殖機能被發動的那一刻，我們就覺醒成為男人。

單以做愛來說，只要起了個頭，哪怕一切只是意外，男孩子都能順著本能做下去——十二歲的孩子夠大了，生理上的成熟與動能，絕對遠遠超過成年人的想像；幼稚則是在離開身體接觸的情境之後才會顯現出來。

但女孩子與我們不同。她們僅僅是坐在那裡，光用想像與感知，就能夠得到很多身體以外的東西，譬如付出與回報，譬如現在與未來，譬如失去或佔有。

啟動『女孩子』這種性別的關鍵，我認為是『愛』。

與年齡無關，從感覺愛的那一刻起，她們就變成了女人。

比起我，小蕙或許更明白那天下午該會發生什麼事。

萬一發生超友誼的關係，在同樣缺乏經驗的前提之下，男孩子或許還是會掌握主導權；但一離開那樣的情境，小蕙卻比我更了解其中的誘惑、風險，當然還有危機。

當我試圖尋求身體的接觸，小蕙敏感的阻止了我——顯然那該死的四十分鐘性教育開始生效；但在另一方面，她卻開始顯現愛情獨有的某些徵兆，一些情感的變體。

那是一種名為『嫉妒』的負面情緒。

小蕙開始對我身邊周圍的女同學，表現得很不友善；當然，對不小心和女同學說到話的我，更加不友善。但是身為班長，要一整天都不跟班上的女同學說話，這完全有技術困難，我跟小蕙逐漸陷入『生氣、道歉、冷戰』的無限迴圈裡……

對十二歲的小男生來說，李莫愁絕對是太難應付的對手。

我開始覺得每天上學是沉重的壓力，小蕙無法預測的脾氣，簡直比洪老師的藤條還可怕；至少我知道做什麼事會被打，卻摸不清小蕙又會為了哪個莫須有的女生，跟我拌嘴嘔氣，整天搞陰沉。

最嚴重的時候，我被醫生診斷出罹患有情緒性胃炎，痛起來會在保健室的床上打滾；這是壓力過大的併發症，通常會在逃避學習的小孩身上出現，我居然是為了女生。

愛情遊戲開始變得不好玩了。我非常非常想，從有小蕙的學校裡徹底消失。

上面這些，都還在常理可以解釋的範圍。

『管太緊→壓力大→想逃避』，像這種事情，天天都在三十五歲以上的已婚男人之間發生，沒什麼稀奇。接著下來，我們要談談常理不能解釋的部分。

這件事情與周令儀有關。

在我的年代，小學六年級的女生大多穿一種很像吊嘎的女用內衣，樣式很像傳統的無袖男性內衣，頂多收口或剪裁再稍微柔性一點，本質上完全是一樣的東西。我可不是偷窺狂，這些大家都看得見。

小學制服的白上衣非常透，夏天一流汗就貼在身上，裡頭穿什麼全都一覽無遺——反正小時候穿的內衣，也沒再分男女款式，我猜設計制服的人是這麼想的。

直到女生開始穿胸罩。

比起無袖內衣，胸罩的形狀無疑更貼近男生對胸部的遐想。尤其是當白上衣被汗水浸透、肩上浮出兩條淡色的細帶時，視線很難不順著肩帶往下瞟——當然，其實什麼都看不到，小學制服是有上衣口袋還繡名牌校徽，不是誰都練有天眼通。

但視力有限，想像無窮。只要瞟見胸罩上緣的淡色圓弧，腦海中胸部的形狀就自動補完了，無論補得合不合事實，反正覺得興奮就好。從這個角度來看，男人天生就是種既幸福又可憐的動物……

周令儀絕對不是我們班上第一個穿胸罩的女生，但在所有非穿胸罩不可的女生裡，她離我最近，好死不死就在我的左手邊；由於她是側面對我，我不但看得到肩帶的痕跡、浮出白襯衫的胸罩顏色，最該死的是那一包起伏有致的圓弧形。

大家或許會覺得很奇怪：小學生嘛！身材是能有多好？

我只能說山東大妞在這點上，有著很驚人的潛力。周令儀發育得很早，也發育得很好，只是早先我沒有什麼感覺。當我漸漸對異性的身體產生興趣，立刻就被周令儀攫取了目光。

聽起來我的確是不負『色魔』之名，但大家千萬別誤會，我不但五、六年級都當選本班的模範生，兼任糾察隊長，還曾經獲選台北市的『優秀兒童』，去中山堂領過獎的，即使在色魔界裡也算是一個非常循規蹈矩的可愛小六生，絕對不會一天到晚，瞪著人家的胸部吃冰淇淋；更何況，旁邊還有很陰沉幽怨的小蕙死死盯著我，毫無機會。

大部分的時候，我都很專注的哄著小蕙，幾乎不跟其他女生說話，眼睛也很規矩；但在心裡，我對她的耐性已經逼近臨界。

而壓垮駱駝的最後一根稻草，是在六下的母姊會當天。

母姊會的傳統，據說至今還有，我就不多加解釋了。

星期三中午放學，洪老師把我們幹部桌的八個人留下來，吃過便當之後就開始佈置場地，掛掛彩帶、排放作業簿、陳列美勞作品之類的，五年級時就是我們同一批人做的，算得上是輕車熟路。

小蕙的字非常漂亮，以我們當時的眼光來看，幾乎跟大人一樣端整，所以被安排在導師桌抄抄寫寫，反正她也做不了什麼體力活兒。

洪老師非常喜歡讓我擔任『指揮者』的角色，說穿了就是什麼都不做，只是發號施令而已。很涼吧？其實一點也不。我寧可做個埋頭工作的執行者，也不想對別人指指點點的，那種扛擔子的壓力我極端不適應，整整花了我五年級一學年，硬被洪老師逼成現在的樣子。

既然洪老師在場，就不必我指揮了，寫字也不錯看的我，被安排在小蕙旁邊幫忙寫東西。那天早上小蕙剛發了頓脾氣，大概又是為了差不多的無聊理由，明明我什麼也沒做。我是哄到有點麻木了，不過洪老師的安排讓她有點高興，小蕙故意板著臉，假裝姿態並沒有軟化，不過眼角眉梢都是笑意，那樣故作矜持的表情讓我覺得非常可愛，兩個人碰碰手肘擠擠眼，好像又恢復到了之前的親密無間，早上的陰霾一掃而空。

忙到一半，訓導主任匆匆忙忙跑來，說防洪教室的成果展佈置不完，一向很活躍的洪老師當機立斷，立刻帶王亮宏等三個男生下去幫忙，把六年一班的教室佈置留給我和四個女生；反正也都弄得差不多了，只剩一些點綴裝飾的工作。

『李明煒你來一下。』講台上，周令儀突然對我大叫。

我本能的想站起來，突然瞥見小蕙的臉色一沉；猶豫了一下，我沒有動作。冷戰、道歉夠多了，我不想破壞難得的好氣氛。

周令儀又叫了幾次，聲音裡滿是不耐；啪啪啪一陣快步聲響，她扠著腰站在桌前，抹汗瞪著我：『喂！你聾子啊！』

小蕙和周令儀的關係很奇妙。周令儀從小保護她、照顧她，不管是我先和周令儀講話，又或者是周令儀找上門來，小蕙永遠都只會生我的氣。擁有絕對豁免權的周令儀，是全班唯一一個敢主動找我講話的女孩子；也只有她，才覺得小蕙『很正常』，反而說『你有什麼好抱怨的』。

我不喜歡被罵聾子。但身邊的小蕙低頭猛寫，速度跟力道都異常的強烈起來，我知道開口的後果。

『來幫我掛彩帶啦！你才夠高。』周令儀指著講台邊的鋁製梯子。另外兩位女同學已經放棄掙扎，死了心去旁邊貼牆上的紙花。

我內心天人交戰半天，暗自希望小蕙能親口跟周令儀說，我離開座位會讓她不高興。佈置教室是公務，本來就該去幫忙，我需要一個能夠支持我拒絕離開的理由。

但小蕙只是安靜的抄寫著，用筆尖表現她的不滿與緊繃。

這一切都荒謬透頂。

我站了起來，無視於小蕙簌簌發抖，到講台爬上鋁梯，從周令儀手裡接過彩帶跟南寶樹脂；一瞬間，有種徹底解放的快感。

『過去一點……過去一點……歪了啦！』周令儀在底下又笑又叫：『你怎麼這麼笨啊，班長！再過去一點啦！』

不知為何，我覺得她的聒噪聽起來很順耳，有一種……有一種很自然、很舒服的感覺。

『梯子上很不好塗白膠，拜託妳塗完再給我好不好？』

『囉唆！』周令儀瞪我一眼，蹲下來在另一條彩帶上塗抹白膠。

我百無聊賴的跨在鋁梯頂端，報復似的不望向小蕙那一邊；偶爾一低頭，突然一呆，看得眼睛都直了。

周令儀攏著深藍色的百褶裙蹲下，幾綹濕髮黏著臉頰額頭，被汗水濡濕的上衣敞開領口，從鋁梯頂端居高臨下看過去，米色的肩帶與肌膚的顏色浮出白上衣，沿著鎖骨向下蜿蜒，包著兩座圓鼓鼓的、曲線圓潤的乳丘，兩團白肉中間還夾著一條淺溝，陰影突顯出飽滿的峰壑起伏。

我看得臉紅心跳。

周令儀塗得滿頭大汗，白衣下浮露出更多的肌膚色澤，遮遮掩掩的，卻比半裸還要引人遐思。『來，好了！』她起身抬頭，我趕快轉開視線，瞎子摸象似的接過彩帶……

就這樣，每當周令儀彎腰去塗白膠，我就像著了魔一樣，貪婪的盯著她的胸脯，那圓潤飽滿的曲線充滿了女人味，是我從來都沒這麼近距離看過的。

十二歲的周令儀一點都不白，男人婆野丫頭沒有白的道理。但她的皮膚卻非常細緻，小麥色的胸口肌膚沒有一點痘瘢，也不像小蕙那樣浮露胸肋，發育良好的胸脯滿溢著腴沃的肉感，沁著薄薄的細汗，那是一幅非常美麗、性感中帶著天真的畫面。

我非常幸運，在情竇初開之時，看到的都是如此悅目的景象，這讓我日後在欣賞女性方面得益甚多：都挑美女看沒有功夫，能從每個女孩的身上看出魅力，才算是老師傅；這方面，品嚐美食跟鑑賞女人的道理是一樣的。

我越來越捨不得移開目光，連周令儀站上第一階、高舉著彩帶遞來，我都忍不住悄悄一瞥，欣賞她兩臂間擠壓的、不斷變動的陰影起伏。

周令儀對上我的視線，呆了一下，突然臉紅，小聲罵：『色魔！』卻沒有伸手去掩胸口，而是本能的回過頭去。小蕙正低頭書寫著，連頭也不抬，顯然還在生悶氣。

『被小蕙發現，你就完蛋了！』她紅著臉瞪我，卻忍不住取笑。我們都很清楚刺激到小蕙的嚴重性，這一點周令儀比我還擔心。我大著膽子死盯著她，周令儀咬牙推我，小聲說：『你還看！』

我喘著氣，臉上熱烘烘的，咬牙一句話也不說，只是死死的看。

為了打破僵局，周令儀又奮力爬上兩階，猛把彩帶塞進我手裡。

從動作太大而扯開的領口裡望去，上半截結實的乳肌泛著水光，少女細密的皮膚幾乎看不見毛孔，充滿難以言喻的光澤與彈性，近得幾乎溢滿我的視界。還有那微帶潮汗的、酸酸甜甜的體香……

小蕙抬起頭時，我正把最後一條彩帶黏上天花板，周令儀踩著鋁梯第一階，避免我不小心跌了下來。

黏紙花的女同學，已經黏到教室後的壁報板那邊，一切看起來都非常正常。

『你再這樣，我就跟小蕙講。』

周令儀紅著臉故作鎮定，用只有我們倆聽得見的聲音說。

她始終緩不出手來掩住領口，直到此刻都還是。

我把彩帶固定在天花板上，只有在這個當下無法低頭，所以只是笑而已。耳朵、脖子，甚至眼睛和腦袋裡，都有一種滾水般的熱烘烘感；我覺得既興奮又滿足，比親吻小蕙的時候還要興奮。

十二歲的孩子，反應是非常本能而直接的。

小蕙已經不在我心裡了。在我心裡揮之不去的，只有周令儀飽滿握實的兩隻乳房，撐得胸罩驕傲而堅挺。

因為男人天生就是種既幸福、又可憐的動物。

5

直到現在，我們都不見得能夠很清楚的描述，究竟該怎麼確認自己和另一個人『在一起』。

成年之後，『發生關係』或許可以當作某種指標。

當一個女孩在不涉及任何形式的利益交換下，願意和你上床，這其中必然含有某種程度的好感在；只是，你和我都很清楚，上述的薄弱推論可以舉出太多反例，毫無說服力，而好感至多是充分條件，絕非是愛情的必要條件。

那麼……『承諾』怎麼樣？

當你願意對她說出『我愛妳』這個關鍵詞時，顯然是願意履行某些責任與義務的。這是否，能夠做為愛情必然發生的抵押品？

……回答『是』的你，真的確定嗎？

你看看。確定兩個人『在一起』，是件多麼不容易的事。

將近三十歲的我，還常常不經意的想起這個問題，然後想著想著，就這麼陷入了短暫的茫然之間。

十二歲的我，當然更不可能了解透徹。

我並沒有因為看過，並在那個午後一度迷戀起周令儀的胸脯，就想讓她變成我的女朋友。即使是胸部發育良好，在我看來，周令儀不能算是女生……就算看在胸部的分上也只能算半個。周令儀的身體發育可能比其他同齡的女孩子早熟，但心智情感的發展就很一般，這點倒是可以證明，她本質上根本就是一個男生……

我跟周令儀，並沒有因為她的胸部而變成一對，男人婆周令儀對男生可說是一點興趣也沒有，然而我體內身為『男人』的那部分卻因此覺醒。

小蕙雖然高挑，身材卻很瘦，兩條筆直的腿細細白白的，還沒有足夠的脂肪豐潤，就是那種很典型的『鳥仔腳』。她扁平的胸板對我來說，一下子就失去了異性的吸引力。

而且小蕙的猜疑與善妒壓得我喘不過氣來，男生（人）一被逼急了，就開始選擇逃避。我開始不去接她上學、不按照規定寫情書，不再嘗試偷摸她的手……因為當時並沒有分手的概念，我只是想逃得遠一點，好讓自己不要在低氣壓裡窒息。

小蕙跟我冷戰了三個禮拜，終於派出使者來進行談判。

某天放學回家，我正想假裝若無其事從眷村門口溜走，卻被周令儀逮住，一把拉到村裡的小公園。我想也是。如果小蕙要派刺客，人選絕對只有周令儀而已。

猜也猜得到她會說什麼、問什麼，我突然覺得無比厭煩，我們背著書包、戴著『櫻桃小丸子』卡通裡的那種帽子，並肩坐在溜滑梯的台蔭下，但誰也沒有說話。

『妳再不講話，我要回家了。』我只想趕快離開。

不知道為什麼，我總覺得小蕙就在附近窺視著，那種感覺讓我全身一陣惡寒。

『你喜歡上別的女生了？』周令儀單刀直入。

『妳看過我跟別的女生說話嗎?』我有點惱怒:
『除了妳之外。全校這麼多人,我只能跟妳們兩個說話。』
周令儀沉默不語。她一向很聒噪的,這讓我非常的不習慣,只好挑著話答腔;不知不覺,變成了我單方面的抱怨大會。
『……每次妳跟我講話,她都要跟我生氣!我們又沒有怎麼樣!』
說到激動處,我忍不住揮手。周令儀突然『噗哧』一聲笑出來,對著愕然的我露出狡獪促狹的神情。
『我們有怎麼樣啊!你偷看我胸部。』她湊過臉來,笑得又壞又狠:
『別以為這樣就算了。你如果不跟小蕙和好,我就去告老師。』
生死一瞬間,我不得不放下男子漢的尊嚴,開始耍無賴。
『老師最好是會相信妳!』只要不是現行犯,以洪老師對我的寵愛,還有我過往各項優良紀錄,這項指控成立的機率將會低到一個境界。我小學六年級就很明白『十件舊好事可以掩蓋一項新罪行』的道理,沒有投身司法界或政壇堪稱是台灣兩千三百萬同胞的損失……
周令儀可不是笨蛋。
僵持片刻,我直覺她不會真的去跟洪老師告狀,精神一鬆懈,突然感到有些意外。她居然一直記得這件事,顯然印象深刻。
被窺看身體一定是不高興的,就像如果有人當眾脫我褲子,我也會翻臉一樣,這是很容易延伸的同理心。小孩子臉皮薄,我說不出『對不起』三個字,低頭亂踢石子,掙扎幾秒鐘,勉強迸出兩句:『妳不要跟小蕙說。我……以後不敢了。』

她勉強笑了笑，臉頰紅彤彤的。或許是夕陽的緣故。

『如果被她知道的話，會殺了你的。』

我突然不爽起來，或許是被觸動了平日飽受壓抑的部分。『她幹嘛不殺妳！我看的是……』一猶豫，硬生生把『妳的胸部』嚥下去。班上有幾個喜歡找我講話的女生，都被小蕙陰沉的殺人視線威嚇過，按照這個邏輯，看胸部的我跟長胸部的周令儀應該是一體同罪。

但這個念頭實在是太好笑，我像神經病一樣突然笑了起來，而且壓力過後的神經一鬆，肆無忌憚，當場笑得前仰後俯。

周令儀兇巴巴的揍我兩下，但她本身就非常愛笑，打罵一陣自己也忍不住笑起來，而且越笑越high，我們兩個毫無道理的笑成一團，笑到附近的嬤嬤探頭出門，著急的說：『哎喲！這不是老周的丫頭麼？都中邪了這是……』

我的直覺是對的。

很多年後我才知道：原來那天，小蕙一直都在附近，悄悄看著我和周令儀又打又鬧，轟笑著倒成一團……

本來想交代一下後來發生的細節，然而打字到了這裡，那天的夕陽卻變得無比鮮明，就賴在我的腦海裡不去，還有周令儀爽朗的笑聲、晚風裡拂來的小女生的味道……

所以我決定稍稍快轉。

感覺變了就是變了，這點無論是男孩或男人都一樣。周令儀的道德勸說注定徒勞，我跟小蕙直到畢業典禮，都還是處在若即若離的尷尬狀態；只要她追得緊一些，我就加快逃走的步伐。

本來以為這種打獵季節似的關係會持續到國中，此時家裡卻突然發生了一件大事，我爸媽決定要搬到南部去。

其實搬家在我父母之間一直有爭議。我媽認為台北的國中素質比較好，就算是高中，當年北聯的大學錄取率普遍也比省聯的學校高，她甚至考慮過要把我寄在北部的親戚家，讓我繼續在台北求學，我爸卻堅持不肯。

『不管到哪裡，全家人都要在一起！』

最後，我爸是以這個理由說服了我媽。

鬼使神差的，我就這麼無聲無息走出了小蕙和周令儀的生活。

我不是喜歡新環境的小孩。有的孩子愛新奇的東西，但我不是。不過『回南部讀書』這件事卻讓我有一點高興——畢業典禮後，小蕙並沒有停止把我抓回身邊的動作，她寫信給我、約我出去，還叫周令儀打電話來。

『你就來村子裡一下嘛！』她跟我抱怨：『我快被小蕙煩死了。』

聽到周令儀的聲音我很開心，整個暑假都沒出去玩是很悶的，但我不想面對小蕙。『我也快被煩死了，我媽一直問東問西。』

我慫恿她：『我們出去騎腳踏車好不好？我到河堤公園等妳。』

在青春期，知覺情意的發育就跟身體一樣，快到只能說是突變。才短短一兩個月，我開始有想跟女孩子建立密切關係的自覺了，簡單說就是想有個女友——不是像小蕙那樣，而是更普羅一些，會約出去看看電影、牽牽手什麼的，不用費盡心機比小心。

我忽然覺得，周令儀似乎是個不錯的對象。

她長得還算可愛，雖然很恰，但對我一向不錯。而且騎車、釣魚、打水飄這些男孩子的玩意，她也玩得非常在行，連打躲避球都還滿厲害的，跟她在一起總有很多話聊……

但有件事我忽略了。

在同樣的時間裡，她的知覺情意發展毫不遜於我。

話筒那頭沉默了一下。

『好。不過我會帶小蕙一起去，先跟你說。』

『那我就不去了。』我無精打采：『除非……妳每天都跟我出來玩。』

周令儀沒有接話。我本來就是隨口亂說，只是想跟她多聊一下而已，誰知她沉默一會，突然冷冷的說：『我說「好」的話，你敢出來嗎？』

我能能愣住。

周令儀雖然恰北北，常對我大呼小叫，但從沒真的跟我生過氣。在我心裡隱隱約約知道這點。所以，她那沉著嗓子、彷彿把怒意咬碎在嘴裡的口氣，很劇烈的驚嚇了我。

『如果我答應每天跟你出來玩，你今天下午會來見小蕙嗎？』

我不知道該怎麼回答。我……真的不想面對小蕙。

『如果我答應你，你會來嗎？』

好煩。為什麼……為什麼一定要去見小蕙？不……不能就先放在一邊，什麼都別想嗎？

『你，會來嗎？』

我……我不知道。我……我不想……我……

周令儀安靜了幾秒鐘，口氣異常冷靜。

『我不會再打電話給你了，李明煒。』

喀嚓！電話收線。

小六升國一的暑假，那是我最後一次聽到周令儀的聲音。

搬回高雄，新學期轉眼開始。

認識新同學、認新家和新路、學新的課程……我忙得沒時間想。日子一天天過去，到了學期末的段考前，我爸又宣佈一件大事。

『我跟你媽決定，等你這個學期結束，我們就搬回台北。』

就結果而言，這是我媽遲來的勝利。搬到高雄的半年來，她每天在我爸耳邊叨唸著學校的程度趕不上台北的國中，證據就是：國小時總在十名前後徘徊、很難突破第五名的我，回高雄之後連拿兩次第一名……

吃飯的時候，我媽會摸著我的頭說：『這裡的菜好便宜。唉！你以後如果在楠梓（加工出口區）找不到工作，可以去市場賣菜……』

去蓮園旁邊的總督戲院看電影時，我媽會故作感慨的說：『還是南部的小孩比較幸福啊！沒什麼補習班。台北的電影院，哪看得到這麼多國中生啊！』

——其實台北的電影院國中生才多，大娘。

我父親受不了枕邊人充滿心機、毫不掩飾的碎碎唸，加上當初被迫搬離的工作因素也似乎暫時得以紓解，籠罩家中的低氣壓逐漸散去，為了我的升學問題，決定又搬回台北。

我從小就是沒什麼主見的小孩，說『可塑性高』是老師們很客套，實際上就是沒個性，就算再怎麼不願意，也是大人怎麼說怎麼好。要離開剛認識的同學、剛混熟的環境當然很難過，但也由不得我。

於是才離開一個學期，我又回到了熟悉的城市。

台北的新家離舊家不遠，但是學區完全不一樣。我到了新的國中，認識了新的同學——其中有很多是一生的朋友。我在班上認識了一個像洋娃娃一樣的可愛女生，而且還深深愛上了她；這一愛，就愛了很多年。

誠如各位所知，那個女孩叫黃靜仍。

我在班上的成績平平，高中聯考考上了當年的第四志願，差兩分就上成功中學，這讓我媽非常扼腕，引為平生遺憾。

彷彿是惡運相互呼應，我爸當年勉強搬回台北，生意上發生了些問題，為了繼續負起家計擔子，不得不賣掉房子償清房貸，跟我媽搬回高雄。而我，只得暫時寄住在親戚家。

綜觀我的高中歷程，可以拍成一部在親戚間搬來搬去的倫理親情肥皂劇，取名叫『世間學生』之類的，絕對比媳婦有看頭。現實生活中的親戚，未必會像電視演的這樣給你白眼看，但借住在別人家裡的那種不方便，會讓小孩子提早感受到人情世故的真實面。

處在叛逆期的我，不得不面對一個人在台北的孤獨。

當時我拚命想從同儕中獲取認同，但台北市前幾志願的高中裡，通常是很難交到朋友的，大家鉤心鬥角，偷偷在家裡熬夜讀書，然後第二天到學校就招呼同學們打籃球……雖然這未必是通則，但我身邊就讀高中前幾志願的男孩子們，大多有過類似的經驗：

所謂高中同學，就是一種唸書偷婊你、打架跑第一、私下跟教官打麻吉的機巴動物，平常看見還是要笑笑打招呼……

高一時為了有所寄託，我參加了學校樂隊，而且還非薩克斯風不要，社團招新生時，高二的學長們在中央大樓梯擺開陣仗，瘋狂演奏〈泰山男孩〉歡送大家放學，簡直帥到翻掉。我下定決心也要做一個這麼帥的高中生。

樂隊雖然有成績的門檻，但其實在很多老師跟教官心目中，我們只是比較會讀書的一群問題學生罷了，仗著功課不錯，團練室也是A書A片一大堆，還有聚眾跟外校樂隊打架的傳統。

我高一的導師對樂隊的成見很深，所以拚了命想把我『救』出來。她不惜打電話給我爸媽，專程請他們來台北一趟，說要『面談』；我爸在導師辦公室看到我的時候，二話不說就上前甩了我兩巴掌，我被打得錯愕不已——聽老師電話裡的語氣，他們以為我混流氓。

後來我就在父親的要求下退隊了，同時也退入自己的封閉世界裡，成績從那時就開始退步，渾渾噩噩的混到了高二。

高二的某天下午，我打掃完之後回到座位，正考慮要不要收拾書包趁機翻牆蹺課去，突然發現抽屜裡有張字條。

字跡從折成兩折的筆記簿紙後隱約透出，筆劃一看就是不屬於男孩子的清麗。

我們是男女合校，扣掉舞蹈、美術、音樂三班不算，一個年級至少有十八個男生班，卻只有三個女生班。女生之搶手，會在男生抽屜放字條的機率絕對是零。

當時我滿臉春春痘，成績普通爛，有點安靜自閉……總之就是超不起眼。會看上我的女生，品味實在是很有問題。

我打開字條，看著看著，突然冒出一背冷汗。

字條裡寫了碰面的地點還有時間，除此之外，只有短短兩句：

『你，還會想念我嗎？我一直很想念你。』

署名是『小蕙』。

我這輩子，只認識一個會做這種事的小蕙。

高中時，走廊的柱子上會貼有一張座位表，我們送情書給隔壁班女生時都是按圖索驥，這沒什麼稀奇的。

但我們班不同。我們導師會按成績表現重新排座位，如果她覺得某人最近特別不規矩，也可能臨時掉換；換句話說，我們走廊上的座位表根本就是廢紙一張，不管什麼時候，保證你怎麼對都對不上！

捏著這張準確無誤的送到我抽屜裡的字條，一瞬間，我彷彿又回到了小學六年級的那個暑假。

那個小蕙的影子彷彿無處不在，無論我跟周令儀怎麼逃，都逃不出來的暑假。

6

被人窺視的感覺，坦白說滿恐怖的。

小蕙並不跟我同校。我們一個年級只有三個女生班，就算不認識，臉孔也看得很熟了，況且我每次朝會都在人群裡搜索洋娃娃般的黃靜仍，我很確定其中並沒有小蕙的存在。

字條上的約，是當週星期六下午，地點在以前老家附近的河堤公園，就是小時候常去騎腳踏車的地方。

我沒什麼掙扎，一整個就是不敢去。

這種留字的方式讓我相當侷促不安，覺得領域受到侵犯。當時我住在新莊的親戚家，電話跟畢業紀念冊上的不一樣，搬回台北後也沒跟小學同學聯絡過，小蕙是怎麼找到我的，實在令人百思不解。

星期六放學，我抱著異樣的心思在校園裡閒晃。又到樂器室找以前的樂隊同學聊天……

或許監視我的人會露出形跡也說不定，我想。

但教室裡只有留下來打球、看書、搞社團的同學，整個下午我進進出出，沒看到什麼可疑的陌生人。

一切似乎是我想太多。

星期一來到學校，我還煞有介事的查看抽屜，結果什麼都沒有。

導師教我們班英文，按上禮拜的小考成績，照例又重新調整了座位，皮的調到前面去，其他人自動往右（從講台看下來）挪一排，而靠右窗的那排，就移到左手邊第一排——

因此，我一下子就搬到了靠走廊的第一排，並且跟後面的同學互換位子，剛好在兩扇窗之間，完全被牆壁柱子擋住。

換句話說，從外面根本就看不到我，那是全班少數的幾個視覺死角之一。

當時的我，很喜歡這種不會被注意的地方，巡堂的教官完全看不見我，感覺十分安全。

直到我第三天早上，在抽屜裡發現另一張字條為止。

同樣的清麗字跡，同樣的筆記簿紙質，署名同樣是『小蕙』。

『你為什麼要這樣對我？為什麼要失約呢？我好難過。』

——幹！有沒有這麼邪門啊！

我回頭四顧，一瞬間，周圍吵鬧的同學們似乎都變得遙遠。

在高中生涯低調到近乎隱形的我，突然一躍而在某雙眼睛的注視下，但除了心裡發毛，我卻一點也高興不起來。

彷彿找到藉口，第三天乾脆蹺課到西門町的獅子林，我沒有進撞球間或ＭＴＶ的膽量，只敢去玩大台電動，打著打著物我兩忘，一直混到天黑才搭公車回新莊。

比起神秘的小蕙字條，真正困住我的，其實是這種渾渾噩噩的生活。

從小學時老師眼中的模範生，國中時代活躍於各種課外競賽……突然間，升上高中的我變得既平庸又無趣。

同學彼此相互競爭，很難交到知心的朋友，而父母親不在身邊，讓我覺得自己像被家人遺棄。

一回到寄住的親戚家吃過飯，就把自己關在房間裡，扭大收音機的音量攤開課本，其實就只是坐著發呆。

『……看他是很乖啦！平常時卡不愛講話……』

每次一收到有紅字的成績單，我媽就會打電話來，親戚家的大人總會這麼說，帶著一絲撇清關係似的討好語氣。

我爸很少有機會跟我通電話，連責罵我不用功、常缺席的時間也沒有，負責這項工作的是我媽。我習慣夾著話筒一直『嗯』，我媽罵累了或罵到哭，都可以讓冗長的訓話得以結束。

我只想趕快回到房間裡。

房裡有一台跟著我到處流浪的愛華老收音機，但收訊很差，我都拿來放卡帶，聽草蜢隊的國語專輯『失戀陣線聯盟』，一邊偷翻剛引進台灣的港漫《風雲》。當時馬榮成還沒墮落，水墨畫風超級讚，再配上『南麟劍首，北飲狂刀』的好劇情，簡直跟今天的『幹你老馬』不可同日而語。

迄今我還記得，當時廉價漫畫紙的那種手感和氣味，指尖一搓毛毛的頁緣，就會有股燒紙菸似的油墨味。還有失戀陣線聯盟專輯裡的一首〈也算是緣分〉——這首歌是香港電影『淚眼煞星』（許冠傑主演）的主題曲。

改編自日本漫畫《哭泣殺神》的電影裡，許冠傑所飾演的陶藝家姚龍（龍太陽），被殺手組百八龍織改造成殺人兇器之後，即使妻子霧美（虎清蘭）喚醒了他的意識，兩個人也無法再回到從前——

因為逝去的已經逝去，再也不會回來了。

不知為何，每當旋律響起，心裡就會一陣陣的哀戚，搭配著《風雲》的漫畫看，似乎能體會聶風的安靜、斷浪的偏激，以及步驚雲的扭曲……

或許，就像神相泥菩薩說的：『一入侯門深似海，一入天下又如何？』

我跟聶風、斷浪、步驚雲一樣。

在世界上，只剩下我一個人。

我的生活夠糟了，不需要多一個幽靈小蕙來攪局。

我繼續躲藏在靠牆的隱密座位裡，漸漸不再擔心抽屜突如其來的神秘字條。反正我也不想理，等真的發生什麼事再說……

奇妙的是，自從看開之後，字條就沒再出現了。如果不是那兩張筆記簿紙還夾在國文課本裡，我幾乎以為是一場白日夢。

安靜的日子沒過多久，又有麻煩找上了我。

學校舉行演講比賽，名目我已經忘記了，總之跟愛國保健之類八股的脫不了關係，我被推選為班上代表，在某節我又蹺課的班會中。

這個推舉本身就充滿惡意。

我的高中同學們並不知道，我國中時曾是北市北區即席演講比賽的第一名，一路過關斬將，最後在總決賽抱走了季軍獎牌。

會雀屏中選的原因，只是那一節班會我不在場。大家不覺得參加這種比賽是榮譽，反而是麻煩，所以派膽敢蹺班會的白爛去好了……

導師把我找去。『你好好準備比賽，操行我就不扣你分。』她看了我一眼：『你知道你曠課到差不多可以退學了嗎？』

我不想知道。

但我毫無選擇。教我們國文的葉老師按規定不能做二年級組的評審，只能到場旁聽。導師跟她講好，如果我好好準備、規規矩矩比賽完，並且保證不再蹺課，學期末導師會替我的操行加分——一直加到夠六十分為止。

或許在她們眼中，不打架、不抽菸、成績勉強過關的我，還不算是無可救藥的學生，頂多是小奸小惡罷了。

當時毫無所覺，但現在，我一直很感謝這些沒放棄我的人。我們永遠都不知道自己不經意的一點善良，什麼時候會變成扶危救溺的一根關鍵之草，這或許是個敦促我們始終要對世界保持善意的好理由。

我勉強寫了一篇三分半鐘的講稿——不是我愛炫耀，在兩年半的國中生活裡，雖然沒機會參加校際比賽（有經驗的人就知道，作文比賽較不容易跨校辦理），但校內的作文比賽，我從沒拿過第一名以外的名次。

國中的訓育組長曾經跟我們導師開玩笑，說看到『李明煒』三個字就直接勾第一名，反正看完的結果還是一樣……

很跩吧？但都已經是過去的事了。

直到比賽的前一堂課為止，我還在期望會突然發生什麼事，譬如歹徒挾持行政大樓之類的，讓學校宣佈比賽臨時取消。

我努力了一夜，就是沒法專心背講稿，把心一橫：『幹！反正稿子也是我寫的，難道還怕沒印象嗎？』反正大不了兩手一攤，說我沒背就算了——當時，我真的是這麼想的，帶著自暴自棄的狂膽。

到了圖書館，各班代表繞著坐了一圈，我的臉整個綠掉。

二年二班的代表，是黃靜仍。那個我上了國中之後，一直暗戀著的女孩。

那一瞬間我簡直想死——在自己喜歡的女孩子面前丟臉，這樣的人生還有什麼繼續下去的價值？自從上高中以來，我只敢遠遠看著她。黃靜仍出落得越來越可愛，亭亭玉立，很多女孩子一到青春期就狂長青春痘，她卻益發白皙通透，一整個就是作弊犯規。

她看到了我，靦腆一笑，趕在我有所反應之前又轉開視線。

但，就算只是迎著她的目光，我都忍不住自慚形穢。

——不行……今天不能擺爛！

當著黃靜仍的面，我絕對說不出『我沒背』三個字，但命運的殘酷卻還不僅如此。

抽完順序，擔任評審召集的老師站了起來。

『……那麼，就請各位同學把講稿傳到前面來。』

背後唰唰唰響起一片遞稿紙的聲音。

在正式的演講比賽中，入場就不能再背誦講稿了。一來是怕影響比賽，二來講稿本身就是評分的標準之一，會有至少一名評審是專門負責對稿，超過一定比例的脫稿演出會被扣分。

我早就該想到。

國中時期我曾贏過很多次演講比賽，經驗豐富；只是那個師長疼愛的乖巧少年早就被車撞死了，坐在這裡的，只不過是具行屍走肉般的空殼而已。

我眼睜睜看著我的講稿被收走，心底一片冰涼。

我抽到第七號。一篇三分半鐘的講稿，加上三十秒的進退場，在輪到我之前，大概有二十四分鐘的時間，連再寫一篇都不夠，更何況背起來！

時間分分秒秒經過，我腦海裡一片空白。

突然間，稀稀落落的掌聲響起，我才意識到有人下台了，只不過想不起是第幾位。

『七號，二年五班李明煒，請上台。』

我拖著虛弱的身體離開椅子，跟走向絞刑台沒兩樣。葉老師就坐在評審桌的邊邊，關切的眼神盯得我全身發毛；至於黃靜仍的方向，我根本就沒有望過去的勇氣。

講完題目跟開場之後，我整整在台上呆站了三十秒。

我很清楚是三十秒鐘，從心跳或呼吸可以計算時間，如果根據講話的節奏會更準，我受過那樣的訓練。

在國中，代表學校參加比賽的前兩個月，我每天午休都要去專任老師辦公室報到，有兩三位不同的國文老師負責教我，有教擬稿的，有負責口條校正的，還有指導我如何揣摩評審的偏好……

評審老師皺起眉頭，準備按鈴叫我下台。

憑著本能，我搶在她之前開了口。

我很清楚後來發生了什麼事。

『……我的演講到此結束，謝謝大家。』

鈴聲同時響起。不超過時間只是最基本的要求，打入總決賽的每個人都做得到，並不能讓你贏。

全場安靜了一下，然後爆起掌聲。

葉老師的眼光除了讚賞，還帶有極端的錯愕。黃靜仍是九號，她低著頭唸唸有詞，並沒有抬頭看我。

我很清楚我講得比前六號都要好，能讓對手緊張——雖然我比較希望她給予注目——對我的表現是最大的恭維。

比賽結束宣佈名次，忘詞長達三十秒的我當然是完蛋，準備充分、表現中規中矩的黃靜仍則是得了第三名。評審老師講評時，特別看了我一眼。

『準備是一種誠意。無論後面講得多好，忘詞的人不可能贏的。』

全場哄堂大笑，我也笑了。

散會後葉老師找我過去，把我的講稿還給我。

『我會跟你們導師說你表現很好。如果沒忘詞，應該是第三名。』

葉老師扶了扶眼鏡，似笑非笑。

『但我想知道，為什麼你演講的內容，跟稿子裡寫的完全不同？』

全台北市國中組即席演講的季軍，應該要表現得更好一點。

『即席演講』，就是不能備稿的意思。臨場抽到題目之後，會給選手約十到十五分鐘的準備時間；準備室裡不會有紙筆，題目紙不得塗寫污損，是所有演講比賽的形式裡，最難、也是最刺激的一種。

離開圖書室時，黃靜仍對我笑了笑，小聲說：『我記得你以前很厲害的。剛剛聽你講我好緊張。』

她沒有惡意，但我卻彷彿被刺了一下，只能點頭笑笑。

『沒有啦！妳……妳比較厲害。』

當天晚上回到新莊，我一個人坐在房間，扭開了收音機。

雖然被全世界遺落在這裡，但有些東西似乎並沒有離開，還殘留在我的身體裡面……還不讓『李明煒』徹底死去。

我按著快轉鍵，聆聽刺耳的磁帶擦刮聲，直到〈也算是緣分〉的前奏響起。

兩天後，打掃完正準備放學，大家還在教室裡東摸西摸，忽然有人大叫：『李明煒，外找喔！』

一個女生站在教室後門外，紅著臉，模樣有些尷尬。全班男生開始鬼吼鬼叫，口哨聲此起彼落——

我心頭突的一跳。

那個女孩子是二班的，屬於活潑外向型，模樣很惹眼，經常出現在男生追求的傳聞中，我在走廊上看過她跟別班男生很親暱的聊天，到我們班來倒還是第一次。

我不認為是她要找我——那種會玩的女孩子，不會看上我這樣的隱形人。我根本不認識她。

但，黃靜仍是二班的。

懷著一絲期待，我在同學的怪叫聲中走到教室後頭。

『有人叫我來找你。』她瞟了我一眼，神情很淡漠：

『把書包背上，跟我來。我帶你過去。』

儘管沒頭沒腦，但因為虛榮心使然，我背著書包，迎著同學們一一投來的嫉妒眼光，跟著她一路走下樓，卻不是往女生班的方向走。

我們一路沉默的越過操場，走過藝德樓和司令台，往全校最荒涼的圍牆那邊過去。

那道牆是樂隊晨練的地方，我在牆邊吹了快一年的薩克斯風，對地形非常熟悉。越過牆邊的水圳，外面就是一大片的稻田，牆邊種滿老榕樹，還有一個一、兩公尺長的小斜坡才到女牆。

傍晚樂隊練習會移到活動中心去，圍牆除了蚊子什麼都沒有，傳說晚上埋伏在那裡，有很高的機率可以看到交配的四腳獸……

我完全沒做好跟她推砲的心理準備。雖然從背影看，這女孩的腰很細，黑色百褶裙覆著的臀股又圓又翹，裙襬也比其他女生來得短……不行！我連她的名字都不知道，萬一懷孕怎麼辦？

正當我胡思亂想之際，女孩停下了腳步。

夕陽已落到地平線下，映在水圳上的餘暉只剩一層帶紫的亮光。榕樹的鬚根一到晚上就感覺很陰，我站在林葉茂密的樹下，忽然覺得晚風涼颼颼的，灌入領中特別的刺人。

『喂！他來了。』她對著牆邊叫喊。

但那個方向除了樹影，我什麼都沒看到。

『那沒我的事啦，拜！』她向我揮揮手，居然轉頭就走了。

如果她拔腿就跑，那當下我二話不說，立即開溜。

壞就壞在她不但走得慢，司令台那邊還跑來一個男生，兩人就這麼拉著手走了。在另一個男人的視線範圍內，虛榮心還在勃起的我實在無法一走了之。

回過神時，這整排榕樹下只剩我一個人。

我不想看到四腳獸了，沒砲推也沒關係，還是趕快離開比較好……直到一條黑影從樹後出現。

『李明煒……你，想去哪裡？』

是略帶磁啞的悅耳女聲，但我發誓那絕對不是黃靜仍。風裡聽來晃悠悠的，跟多數阿飄故事的描述十分吻合。

夕陽消失前的最後一瞬，我希望自己能夠直接暈倒。

7

鬼片裡，通常女性角色這時會開始尖叫；但在現實生活中，要被嚇到暈倒是有難度的。

榕樹後面閃出一個女孩子。剛才之所以沒看到，是因為她身材十分苗條，再加上黑裙黑髮黑長襪，一整個就是夜間迷彩。

我用了『苗條』這個字眼，而且覺得有強調的必要。

有些女孩子是很瘦的，骨架很纖薄，又不怎麼長肉，側面看來就是薄薄的一片，穿泳裝時突出兩塊髖骨，大部分的專業時裝模特兒屬於這型，我卻以為太過中性，像漫畫《五星物語》的Fatima一樣，缺乏女性的腴潤感。

但這個女孩不是瘦，而是苗條。

夕陽幾乎消失了，司令台跟遠處籃球場的燈都已亮起，襯著最後一絲餘暉，她的身材在夜幕裡格外玲瓏浮凸。

女孩的腰非常細，但從胸下一直延伸到臀部的線條卻很滑潤，沒有一點骨感體型的瘦硬，會讓人覺得那麼細的腰全都是肉，黑色百褶裙的裙腰不是勒了塊皮包骨，而是裹著極富彈性的、捏起來應該充滿結實肉感的小蠻腰。

這種結實的肉感在胸部尤其明顯，她的罩杯不大，目測大概是B＋到C－之間——高中時代的記憶或許會失準，但那樣堅挺的視覺震撼是絕對不會忘記的。

我讀高中的時候，社會風氣普遍比較誠實，還沒有餃子墊之類的邪惡產物，甚至連胸罩都流行棉之類的軟布材質，不是縫入襯墊的那種硬殼，有些發育太好的女生還會有『凸點』危機，那真是一個令人懷念的、美好的純真年代……

她的胸脯像一雙對剖的壘球，驕傲的挺出淡色的薄襯衫，撐出一個圓得很過分的完美球型，尺寸大小已經不重要，那真是非常美麗的形狀；彷彿與堅挺的乳房相呼應，女孩細直的手臂與大腿，都有著微微起伏的肌肉線條——

之所以能看得這麼清楚，是因為她的制服袖子捲起兩折，都快要齊肩了；黑色百褶裙的裙襬離膝蓋最少有十公分，露出兩條炫目的筆直美腿，連舞蹈班的女生都沒這麼敢。

那不是我們學校的制服。

雖然有點類似，但仔細一看就知道不一樣。況且，我們全校也沒有這麼敢穿的女孩子。

女孩燙了一頭蓬鬆的大波浪，手腕圈著花花的鬆緊髮帶，別滿別針的書包邊緣撕成一鬚一鬚的，逆光的臉看不清楚，只覺得輪廓依稀眼熟。

這整件事都太詭異，但我卻忍不住多看了她的胸部一眼。真的不是我眼賊，在調整型內衣跟水餃墊不普及的年代，要親眼目睹這種超自然美景的機會實在不多，傻瓜都知道要好好把握……

女孩突然噗哧一聲，一雙炯炯有神的眼睛死盯著我，在淡紫色的夜幕裡閃閃發光。

『色魔！』

『妳是……』我愣了一下，突然省悟：

『周令儀！』

我一直以為她長大之後會變成一個巨乳少女。至少在小六時看來，那一對鮮奶饅頭大小的好物，絕對有潛力長成木瓜……但現實總是給我們驚喜。

但我不認為現在這樣的周令儀有什麼不美的。

雖然，她怎麼說都不再是『男人婆』了，姣好的曲線和過短的裙子散發著危險的魅力，如果跟她並肩走在人行道上會讓我有點緊張。

『嘖嘖，你變了耶！』

我們從黑漆漆的圍牆邊走到司令台，免得被偷摸來觀察四腳獸的人打擾。

她一邊嚼著口香糖，一邊打量我。路燈下，她臉頰有著些許小雀斑，還有跟我一樣十分惱人的青春痘。

『廢話，都過這麼久了。妳也變了啊！』

她哈哈大笑，一拳掄上我的肩。

『我以為你會考上建中呢！好學生。』

『那妳怎麼沒去讀北一女？』我沒好氣的頂回去。

話才一出口，我心裡就後悔了。周令儀讀的是台北近郊的某間商職，是我幾乎沒有印象的學校。升學的話題對我們來說，都不是什麼值得誇耀的事，犯不著這樣子針鋒相對。

她卻不怎麼在意，聳肩一笑。

『沒辦法呀！上國中之後，我就變成壞學生啦！』

周令儀衝著我眨眨眼，笑得不懷好意：
『不像小蕙，她考上了北一女，是超級好學生。』
不知為何，我突然想起那兩張總是準確無誤的、像幽靈一樣出現在我抽屜裡的神秘字條。
字跡是小蕙的沒錯，內容的口吻也是，但沒人規定字條一定得是小蕙自己放的。
周令儀回望著我，突然間我們有種思路連結的感覺。
她狡黠一笑，故意板起面孔。
『你，為什麼沒去赴小蕙的約會？』
——果然是她！
如果小蕙要派刺客來，人選也只有周令儀而已。

看過電影『頂尖對決』的人就知道，除了安傑的移形換位大法，大部分的魔術都是機關術。一旦拆穿機關，觀眾就一點都不覺得神妙。
周令儀國中時跟那個二班的女生是同學，很顯然我們班上有某個人很想博取那位二班同學的好感，所以周令儀透過她，讓那個『某人』輕而易舉出賣了我。
不管我們班的位子怎麼換，同班同學總會知道我的位子；那個星期六下午我在學校遊蕩，一直留意有沒有陌生人，其實放紙條的人當時就在教室裡，只是我完全沒想到而已……
這就是『幽靈紙條』的手法。
周令儀只想幫小蕙一個忙，沒想到會對我造成困擾。

『你為什麼沒去赴小蕙的約會？』

『不……不為什麼，就是不想去而已。感覺好奇怪。』

我跟周令儀並肩坐在司令台邊邊，四條腿懸空亂晃。

『妳還真是好姊妹啊！幫忙都幫到外校來了。』我取笑她：『以後我要追別校的女生，麻煩妳務必要牽成一下。』

周令儀笑了笑，晚風徐徐吹來，她本能的掠了掠髮。在我眼裡，她彷彿又變成小時候綁公主頭的男人婆，那樣的長髮才有鬢絲可掠，大波浪是勾不到什麼的。

『我跟她……沒這麼熟了。』

我簡直不敢相信自己的耳朵。

『上了國中，發生了很多事，認識很多人……』她一揮手，語氣初次露出一絲不耐，似乎不想再談。

『而且國二就能力分班了，她是前段，我是中段，三年級更慘，我就直接到後段班去了，很久也沒碰面。』

『那妳還真是熱心。』我沒話找話。

周令儀看了我一眼。

『我可不是白熱心。星期五晚上七點，在天母時時樂。』

媽呀！還要約啊？我差點暈倒。周令儀看出我內心的哀號，順手又貓了我一拳，細細的手臂儘管線條姣好，這拳著實揍得我虎軀一震，半邊骨頭都快散架。

『這次不是你們一對一的約會，是我們六年一班的同學會。』周令儀教訓我：『你是班長，本來應該由你辦才對，念在你離開這麼久，這次就算我的了，你敢不來就是不給我面子！我叫人來打你喔我跟你說。』

她惡狠狠的瞪我，模樣卻很可愛。我忍不住笑起來，男人婆氣得連貓兩拳，自己也忍不住哈哈大笑。

『你啊，難道不想看看大家都變成什麼樣子了？』

『想啊！』這是實話。看到周令儀之後就更想了……

『那你就說一句「我一定到」會死嗎？沒魄力！』

我只是笑，一下子不知道要說什麼——當然不會是『一定到』。

我們並肩吹著風，雖然蚊子很多，但我覺得很愉快。不管從外表或時間來看，周令儀都應該是陌生人了，但對從高中以來就幾乎沒跟女孩子接觸過的我來說，她是個好相處、感覺很自然舒服的、熟悉的陌生人。

『你……是不是還很介意小蕙的事？』她咯咯笑著：

『好吧！我承認偷放紙條是太過分了點，不過小蕙不想打電話。』

她們居然連我現居地的電話都有。

『可能吧？就是覺得怪怪的。』我試圖裝死轉開話題：

『她不打妳可以打啊！接到妳的電話應該會滿高興的。』

『你忘記了，對吧？我說過再也不會打電話給你。』

我愣了一下，周令儀卻沒轉頭，眼睛遠眺著操場中央的虛空處，彷彿在跟自己說話。

『你說如果你去見小蕙，我就要天天陪你騎腳踏車。』

『好像有這麼回事。』我抓抓頭，覺得很不好意思。

女生的頭腦裡不知裝些什麼，怎麼專門記這些東西？

『那個時候……你是想追我吧？』周令儀望向遠方，嘴角似笑非笑。

我無法回答。

頭腦打結的瞬間，其實我也正問我自己：當時，在那個蒙昧未知的青澀時光，我到底是懷著何種心情對她提出邀請？

『我覺得你是想追我。』迅雷不及掩耳的，周令儀飛快下了結論，快到讓我完全無法反應，一整個措手不及。

『你不一定喜歡我，但那時你是想追我的。你不想見到小蕙，但是你天天都想見到我。對吧？』

我感覺她的視線掃過我的耳畔臉頰，彷彿是原子光熱線，在肩並著肩的距離之內，我完全沒有轉頭面對的勇氣，心臟怦怦的跳到快撞斷肋骨的程度。

周令儀……是不是對我有意思？像她這樣惹眼的女生……做我的女朋友？我簡直不敢想像。

『那個時候，我也不一定喜歡你，不過我覺得能被你追也很不錯。』她慢慢說：『如果那天下午，你去見小蕙一面，我就決定告訴她：我每天都要陪你去騎腳踏車，不管她怎麼鬧，我都會跟你一起去。』

我聽得目瞪口呆。

那天，在電話裡，周令儀一共問了我三次。

——『如果我答應每天跟你出來玩，你今天下午會來見小蕙嗎？』

——『如果我答應你，你會來嗎？』

——『你，會來嗎？』

『有些事情，是不能逃避的。我只想告訴你這個。』

周令儀又習慣性的掠著掠不著的髮鬢，笑著說：

『如果你喜歡我，也能讓我喜歡你，我就願意為你違抗小蕙。』

但我……卻選擇了逃避。在那個十二歲即將十三歲的夏天，我放棄了誠實面對自己的勇氣，無論周令儀如何勇敢，也不能打一場師出無名的仗。

她約我出來，就是為了告訴我這件事。

那麼……如果我現在知道了，還來得及嗎？

我覺得口乾舌燥。周令儀卻彷彿聽見了我心底的聲音，她一把跳下司令台，向前走了幾步，轉過身來面對我；晚風吹飛了她蓬鬆的髮絲與裙襬，苗條結實的腰肢像柳條一樣，她不得不按著裙襬，隨著來自關渡平原的風輕輕擺動。

『現在來不及了，我是別人的女朋友了。』她笑得瞇起眼睛：

『但你要鼓起勇氣，不能逃避，才不會錯過更多。』

眼前這個天真又性感的女孩我一點也不認識，但隱藏在她姣好胴體下、雞婆又多事的那個，的確是我非常熟悉的男人婆周令儀。

或許在這個世界上，我並不是可有可無的一個人。

『星期五晚上七點，天母時時樂。你會來嗎？』

乘著風，她充滿精神的嗓音一瞬間淹沒了我。

『我一定到。』

8

答應別人很爽快，事到臨頭，會痛苦的還是很痛苦。

我不算是個太彆扭的人，不過不知道為什麼，一想到小蕙就覺得壓力很大，直覺就想落跑。

在星期五之前，我一直強迫自己不要去想這件事，也算是周令儀約得精準，如果再提前一點通知我，譬如多個三、五天的時間猶豫，我有八成以上的機率會後悔……

天母時時樂現在沒有了，當時算是附近有名的聚餐地標，我國中的謝師宴也是在那裡辦，印象中七分熟的牛排其薄如紙，而且堅硬到刀叉切不動的程度，堪稱是防具界的一件極品。

從學校到天母可以搭公車，我一個人頂著晚霞與霓虹燈，默默走到中山北路上，本來想如果十五分鐘內沒有公車來，『那就是老天叫我回家去的意思。』

才這麼想，他媽的車就來了……人真的是不能心存僥倖。

如果我的記憶無差，時時樂的前頭有個類似中庭的小花園，園裡的矮樹還會拉彩色燈泡之類的，隔著窗我邊走邊眺望，卻沒有看見一張熟面孔，只得硬著頭皮推開玻璃門。

『喂！在這邊！』周令儀對我猛揮手。

她穿著便服，黑褲襪配花短裙，臉上還畫了一點妝。如果需要畫面輔助想像的話，她的妝扮及大波浪頭，都像極了剛出道時的『城市少女』，有一點點沉明潔的味道。
『各位，班長來了。』她扯開嗓門，對周圍的人說。
一瞬間，整間餐廳彷彿被迪奧的替身使者『世界廿一』所制，我覺得所有的人突然停下動作，一對對目光投到我這邊來，時間像是停止了一樣。
我硬著頭皮往前走，大約靜止了三秒鐘，開始有人站起來跟我打招呼。
『嗨！你一定不記得我了吧？我是……』
『哇！李明煒，你也消失太久了吧？』
『你還叫得出我的名字嗎？我們以前……』
諸如此類的對話此起彼落。
青春期的變動是很劇烈的，儘管臉型輪廓依稀彷彿，一旦跟名字對上，我才忽然發現大家已經不復當年；甚至有的走在路上，可能都不會意識到是我的小學同學……時間，就是這麼毫不手軟的在我們之間作用著。
這是一場出席相當踴躍的同學會。
我本來以為四、五桌就很不容易了，卻來了將近三十個人。
我穿過一桌又一桌奇特的注目，終於來到周令儀這一桌。連同旁邊緊鄰的那桌，小小的空間裡一共有七個人，加上我，當年洪老師前面幹部桌的八個人都到齊了。
小蕙就坐在最裡面。
端詳著她，我忽然跌入了時光隧道裡，原本的忐忑與彆扭突然消失得無影無蹤。
她的輪廓比例一點也沒變，不像周令儀，周令儀的臉……不只是五官，連身材比例都變了，我本來寄望很深的胸部反而沒走上台農五號的木瓜王道。細腰、長腿、翹臀卻變得很有女人味，連穿著打扮也是，完全成了另一個人。

小蕙卻沒變。白皙到一點都不透光、像敷珍珠粉的肌膚，薄薄的丹鳳眼，直挺的鼻梁，微抿著的粉色嘴唇……她坐在最深的沙發靠背椅裡，衝著我微微一笑，帶著些許靦腆，單眼皮幾乎瞇成一條縫，迷濛的眼裡有著奇妙的霧光。

我忽然懂了。

原來小蕙一直就是這樣，當年我所不能理解的陰沉，現在看來只不過一種若有所思，其中並沒有惡意；即使略有悲傷，也只不過是不被了解的孤獨而已。

在感情的世界裡，她始終走在我前面。超過十二歲的男孩所能理解，小蕙把我遠遠拋在後頭，一個人在大人的世界裡等著我。那裡有佔有、嫉妒、執念、自私……但都是感情的一部分。

『哈囉！』

她對我點點頭，過於白皙的面頰稍有一點血色，立刻浮起兩片帶著粉橘色的彤霞。

我愣了一下，毫無真實感。

『哈……哈囉。』

小蕙噗哧一笑，右手四指揑著手掌，虛握著空拳掩嘴，更多的恐怕是想掩飾雙頰的酡紅。那是很可愛的動作，她笑起來會輕輕縮著頸子，比小時候還要稚氣得多。

周令儀嘖嘖兩聲，『砰！』一巴拍在桌上，不懷好意的左瞟右瞟，忍笑故意板起臉：

『你們兩個好了沒有？眉來眼去的，當我們是死人啊！』

大家都笑了起來。我的尷尬一點都沒有好轉的跡象，坐在小蕙身邊的一個男生站起來跟我握手。

『好久不見了。』

『你……』我呆了大約兩秒鐘：

『王亮宏！』

他笑得露出雪白的牙齒：『我以為你失蹤了。』

聯考放榜，理科很強的王亮宏沒去成功高中報到，反而選了當時在五專中排名第一的理工名校。這是後來周令儀跟我說的。

小六就已經開始長鬍子、喉結的王亮宏其實變得不多，只是青春痘比以前更嚴重而已——大家都有類似的煩惱。但小學時，他足足比我高了一個頭，手長腳長很像大人，現在卻幾乎跟我一樣高。

『喂！你們有沒有覺得，李明煒看起來很像是……』

他指著我，視線卻投向同桌的其他人，說了個我完全沒印象的名字。

小蕙的臉更紅了，看我的神情卻明顯變得尷尬。

同學們愣了一下，紛紛鼓譟：『是很像啊！越看越像！』

『原來石嘉蕙都是喜歡這種型的！』

『啊現在正牌的出現了，冒牌貨就別理他了。』

小蕙瞪了王亮宏一眼：『都你，亂說什麼啦！』

王亮宏呵呵笑著，眼睛卻一直看著我。我完全不瞭發生了什麼事，這個話題卻打開了大家的話匣，幾乎是每個人都搶著講話，說的人名、事件對我卻毫無意義，笑聲不間斷的此起彼落著……

『那個男生……』周令儀小聲告訴我：

『是小蕙國中時期交往過的人。不過他們沒有什麼的，就是大家亂起鬨而已。你不會介意這種事情吧？』

『有……有什麼好介意的？』我一整個就是覺得怪。

這絕對是一場成功的同學會，對他們來說。

除了突然搬回南部的我以外，六年一班的同學幾乎全都上了同一所國中，在學區不大的當地，這些人就算不是又做了三年同學，至少也都在同一層樓的隔壁班，彼此間熟到一個不行。在我錯過的三年裡，發生了太多太多的事。

小五就開始談戀愛如我及小蕙，可能算是情竇早開的，但國中愛來愛去就有夠正常了；在那個年代，國中生發生肉體關係的比例當然還是非常低，班上湊對談戀愛卻已經算是很普遍的學生活動了，學校雖然三令五申嚴格禁止，可是大家都還滿熱中的。

我國中的時候有個非常可愛的、教歷史的老師，人長得小小一隻有夠像娃娃，講起話來像機關槍一樣快，一邊講還一邊笑，蹦蹦跳跳，會把朝代表編成兒歌教我們唱（註），是非常自high的一個大high咖。

她雖然沒帶導師，卻對學生之間談戀愛這種事非常熱中，聽到我喜歡黃靜仍的傳聞後，還會在上課的時候捉弄我。

譬如她會故意問一個很難的課外題，然後點人起來回答。

『黃靜仍？』賴老師笑咪咪的。

黃靜仍是非常用功的好學生，不習慣被叫起來卻不會回答。我看不下去，就會忍不住在底下小聲講答案——課外閒書看很多的我，通常課外題表現得比課內好。

賴老師就會『厚』的一聲，很賊的盯著我笑：『有人心疼了厚？』然後全班就會笑得很樂，我跟黃靜仍就很痛苦的紅臉尷尬著。如果我青春初戀的小小火苗，最後算是遭到人為破壞的話，這些傢伙要負起很大的責任。

黃靜仍很乖，不想在國中時期談戀愛，大家越起鬨，她就越躲我，最後終於毫無機會。賴老師為了『幫助』我，特別約我跟黃靜仍午休去專任老師辦公室，要讓我們倆『談一談』；黃靜仍很大方的去了，我卻不敢赴約，賴老師此後就再也不管我的事。

在我的國中時代，在那個我熟悉的國中校園裡，這樣的事不斷發生著。小蕙她們也是。王亮宏他們談論的，是我無從了解的東西。小學的事在過去的聚會裡，他們已經談過太多，不可能再為了一個錯過的我重新倒帶一次……

在這裡，我徹底的變成了一個陌生人。

大家自顧自的聊著天，眼角餘光卻不停在我身上梭巡，我勉強笑著想維持風度，雙方的不自在卻慢慢在累積。

『你現在沒跟家人住在一起？』小蕙輕聲問我。

『嗯，住在親戚家。』我簡單把父母搬家的事說了一遍。

小蕙留著清湯掛麵的髮型，可能是剛下課就趕過來，身上還穿著小綠綠的制服，紅色的錶帶襯得肌膚更加雪白。她纖細的手臂上有著淡淡的寒毛，黑裙下的長腿又細又直。

『北一女的功課很重吧？』

『嗯。上高中之後，才知道自己並沒有那麼傑出。』

她瞇眼輕笑：『我啊，常覺得自己快撐不下去了，好想死。』

『我比較想讓教官死。』說出口連自己都覺得妙，我們相視一笑，眼神今晚初次交會在一起，不含其他心思。

我沉默片刻，謹慎的斟酌字詞。

『上星期六的事……我很抱歉。』

她瞇著眼，透出一抹迷濛難測的光。『是啊！你真是糟糕。』

談話從這裡開始就失去了榫接點。

我們有一搭沒一搭的聊著，卻無法產生交集。似乎有股沉默的氣壓不斷在我們之間堆疊著，對小蕙而言我仍是個陌生人，一如我對其他人的意義。

我覺得很不安。

我把自己推到一個陌生的境遇裡，在此，我不斷被提醒自己是多餘的部分，這裡並沒有人需要我。

王亮宏的位子緊鄰著小蕙，在我進來之前，他們顯然是這桌的談話中心；直覺告訴我，王亮宏還喜歡著小蕙，就跟小學的時候一樣。

他不斷牽引同學們的話題，然後巧妙的回到我跟小蕙身上，小蕙不願意被打斷，也不願意在被打斷的時候表現出不悅；我察覺她很在意周令儀的反應，周令儀卻盡可能不跟我說話……

他們每個人身上都有故事，卻沒留一點容我切入的縫隙。

這樣的壓力累積到最後，終於有崩潰的一刻。

『自從李明煒來了以後，』王亮宏突然發難：

『石嘉蕙就再也不理我了，呵呵。』

全場突然一片靜默。

我受夠了。喜歡小蕙的王亮宏，喜歡著我的小蕙……這些都跟我沒有關係……這些，我全都使不上力。

真實人生不會有太戲劇性的演出，我並沒有起身離去，尷尬不過就是幾秒鐘而已，大家又開始熱烈聊起天來。我按捺性子坐了一陣子，也許是三、五分鐘，也許更久，然後背著書包起身。

『不好意思，我親戚家裡有門禁，我要早點回去。』

我像逃命一樣的衝出時時樂，周令儀從背後追出來。

『你……』她氣急敗壞的大叫。

『我要走了。』我低著頭狂衝。

『你又……』

『我真的要走了。』我只來得及拋下這句。

中山北路七段車水馬龍，霓虹燈閃爍如星。我低著頭在人行道上快步行走，多希望夜幕能是實體，能讓我一頭撞進深不見底的黑，就這麼隱藏起來，又或者消失不見。

但夜，始終沒有回應我的祈禱。

同學會結束後又過了幾天，我開始有些懊惱。

不知道為什麼，我總覺得對周令儀很抱歉：就一個主辦人來說，她一定不希望我是以這樣的方式退場。我以為會接到她興師問罪的恐怖電話攻擊，但卻始終沒有等到。

或許她是認真的。

她打算貫徹那個『再也不打電話給你』的誓言——我這樣說服著自己，卻越來越想再見她一面。

某天下午學校的打掃時間，我藉故晃到二班教室前。

二班一個小個子的女生看到我，皺起了眉頭。

『你找誰呀？』

『我……請幫我找一下黃靜仍，謝謝。』

全二班我只認識一個黃靜仍。如果說不出名字，她一定會覺得我是變態，說不定還會請教官來。

女生們的耳語一路從教室後門傳了進去，所經之處一片細碎輕喁，紛紛轉過頭來。

黃靜仍是很乖的女生，我大概是來找她的男生裡最魯莽、最不稱頭的一位。她似乎也很意外，紅著臉被推了出來，皺起眉頭的模樣有些許詫異。

『你找我？』

『嗯，那天……』我拚命找話講：『妳的演講很不錯。』

『謝謝。』她的表情帶著問號。

『呃……我以後會跟妳好好學習。』這是什麼爛梗啊！

她『噗哧』一聲，嬌嬌的白了我一眼。

『你發什麼神經啊！我要回家了啦。』

『那……再見。』我如獲大赦。

黃靜仍輕輕搖了搖頭，走進教室的時候，我依稀聽見旁邊一個女生低聲問她『他來就說這個啊』，黃靜仍歪著小腦袋，背影看起來很無奈。

那天來找我的那個女生從教室裡走了出來。

我一直等她拐到樓梯口，才從後面追上去。

『原來，』她瞟了我一眼，帶著恍然大悟的老練，氣勢一整個壓倒我：『你是來找我的啊！』

『我想跟妳要周令儀的電話。』被誤會喜歡她的話，我怕會被打槍得更爽快，趕緊開門見山，簡單說了同學會的事。

『……我對她很不好意思，想跟她道個歉。我沒別的意思……只是覺得這樣似乎不太好，至少要跟她說聲對不起，我不……』

她雙手抱胸，只是安靜的看著我，直到我聲音慢慢變低，再也掰不出話來，額頭沁出汗漬，心虛到幾乎鑽進地板。

她的腕上有著跟周令儀一模一樣的鬆緊髮帶，裙子很短，制服短袖也捲起一折，各方面都稍比周令儀收斂。我們學校畢竟管得比商職嚴一些；她的髮色稍微有些偏紅，似乎有一點混血的感覺，樣式是削薄的赫本頭，剛好在規範邊緣。

『你最好不要找她。』女孩淡淡的說：『我對你沒有什麼意見，看在同學的分上，我勸你還是不要去惹她比較好。』

這個回答太過直接，我熊熊被戳得說不出話來。

女孩對我豎起纖巧的拇指。

『她的「這個」你惹不起，我勸你不要找自己的麻煩。』

我有點惱羞成怒。

『我……我只是單純想跟她說一聲而已，妳想太多了。』

女孩上下打量著我。過了很久，她突然微笑。

『電話我不會給你的，我不想自找麻煩。如果你想碰運氣，我可以帶你去試試看。運氣好的話，說不定今天可以碰到她。』

『去哪裡？』我精神一振。

『去士林。』

她嫣然一笑，踮著輕快的步子下樓，渾圓的臀部把短得過分的裙襬頂得一跳一跳的，周圍的男生都對我投以既羨慕又嫉妒的目光。

『我們去光華戲院。』

註：賴老師的歷史朝代歌（須搭配〈哥哥爸爸真偉大〉的旋律一起唱）：

黃帝唐虞夏商周，周分西東周，

秦後是兩漢，魏晉南北朝；

隋唐之後、五代十國，再來宋和元明清，

中華民國了，中華民國了（請做出雙手搭肩的動作，連續兩次）。

9

我跟著她搭公車到了光華戲院。

現在的光華戲院據說縮減到只剩下一個小廳了，但當時，光華是全士林最大的戲院，比立峰和陽明都大，即使把範圍拉到石牌、天母、社子、北投等，光華戲院都是台北市北區屬一屬二的規模。

戲院前面是一整排公車站牌，隔著中正路，對面是華榮街夜市；往小北街的方向拐進去，就是鼎鼎大名的士林夜市。

我和她橫越馬路，站在車水馬龍的中正路上，吵雜的喇叭聲、呼嘯聲幾乎淹沒說話的音量，我不得不扯開嗓門。

『等啊！』她瞟了我一眼。

雖然聽不清楚，但我似乎能感覺她用鼻腔冷冷一哼。

『妳跟周令儀約在這邊？』

她沒理我，跟旁邊的攤販買了生煎包。老闆遞來冒著熱氣的塑膠袋，她邊往裡頭擠辣醬，邊衝著我一抬下巴：『付錢啊！發呆咧！』

我乖乖的摸出銅板。

剛出平底煎鍋的生煎包很燙，她用兩隻手捧著湊近嘴，一邊呼一邊小口小口的咬著，這舉動出乎意料的可愛，一點都沒有平常的那股江湖老練，活像一頭吃魚的貓。

她呼了半天，咬下第一口時，末端微勾的桃花眼微微一瞇，好像在說『啊，好好吃』的樣子，嘴角不自覺的上揚；很沒出息的我忍不住笑起來，被敲詐的不爽一掃而空。

『笑屁啊！』

她狠狠瞪我一眼，明媚的眼波水汪汪的。

我後來才知道，像這種霧濛濛的、隨時隨地都漾著水光的眼睛，叫『桃花眼』。相書裡說，桃花是指對異性有著極大的吸引力，眼帶桃花的人通常會感情風波不斷，容易在情海之中浮浮沉沉，並不是字面上那種『好姻緣』的意思……

那，並不一定是種幸福。

我訕訕的轉過頭。『要等到什麼時候？』

『不知道，看運氣囉！』她捧著包子大嚼特嚼：『我吃完這個就走。你慢慢等，今天沒等到，明天還可以試試看。』

我又驚又怒。『妳……妳在耍我嗎？這算什……』話還沒說完，一片刺目亮光挾著震耳的轟隆掃了過來。我本能的舉手遮眼，想也不想就把她拉到身後去——

這種車頭燈，還有拔掉消音器的聲音……我對車不熟，不過想也知道是打檔車，我們學校據說也有同學偷騎，車大多藏在文昌橋附近，上課放學去拿車要走一大段。

四、五台車急煞在夜市街口，帶頭那台離我有兩三公尺遠，高高翹起的後座跳下一抹苗條的人影，邊笑邊回頭叫著：『喂！你要吃什麼啦！』嗓音磁啞悅耳，有著我不能想像的嬌。

——周……周令儀！

騎車的男子很不耐煩的回她：『隨便啦！快一點！』

周令儀上前兩步，看到了我們，忽然停住，眼睛瞪得大大的。

我努力嚥了口口水，熊熊不知道該說什麼。

周令儀的裙子比之前我看到的還短，臉上畫的妝有點濃，制服上衣外頭套了件牛仔布的短外套，嘴裡嚼著口香糖。

我們尷尬的對望著，我身後的女孩輕輕推了我一下，『走吧！』她小聲說。我的腳卻像灌了鉛一樣，動也不動。

在我的感覺裡，時間就像是停止了一樣，但或許只是短短幾秒，飆車男把車架起來，龍頭一偏，大燈的強光頓時從我眼裡逸去；流光亂影的殘像之間，我看見一個黝黑結實的傢伙朝這邊走來，卡其制服做成超合身的露踝ＡＢ褲，上衣是外翻的超屌大立領，前三顆釦子不扣，裸露的胸肌上掛著一條粗大的金項鍊，腳上趿著當時最in的白色帆布至尊鞋。

那個時代，沒有人在戴安全帽。我已經記不得他的長相，但那雙在夜裡炯炯發光的眼睛卻令人難忘。

他走到周令儀身邊，很順手的摟住她的腰，手掌的位置剛剛好就握著乳房下緣。周令儀扭了一下，並沒有明顯反抗。

可能是我們三個僵在那邊很奇怪，他定定的看著我，手一束緊，嘴角微揚，隨口問：『妳朋友？』

周令儀像小雞一樣被挾在他臂彎裡，掙扎一下，怒氣沖沖的仰頭瞪著他：『你神經啊！』

飆車男忽然看見我背後的女生，愣了一下。

『妳不是徐安齊嗎！在這幹嘛？要不要一起去玩？』
原來她叫徐安齊。我想起來了，這名字常在我們班男生嘴裡出現。
徐安齊勉強一笑。『今天不了，我待會要補習。』
『這麼用功啊？』飆車男冷笑，看了我一眼。『妳性子？』
『哪有！補習班同學而已。』
『妳同學一直盯著我馬子看耶！』他對周令儀笑笑：
『你們認識啊？介紹一下嘛！』
『發神經！』周令儀嬌嗔著揍他一拳，遲疑了一秒：
『明明……明明就不認識。』

之後的事，印象就很模糊了。我站在路旁的流光殘影裡，意識彷彿被抽離身體，一整個空蕩蕩的。

周令儀的男友，是『東、南、西、北』台北四大名校榜內，隸屬北方的厲害人物，就是高中不只唸三年的那種。在流放到北方之前，據說曾經待過很多地方的強者；我們學校雖然不要臉的自稱是北市第五強的『中』，其實是外強中乾的『中』。

跟復興、建中樂儀隊星期天約在學校附近的早餐店，打打友誼群架，已經是我們的極限了；在高中時代，『讀書』跟『混』是兩個截然不同的世界：升學學校裡當然有混咖，黑榜名校裡也有想唸書的，但彼此的生活經歷（或說『生活壓力』）卻全然兩樣，那不是憑空想像就可以消弭的距離。

我忽然想起那天在司令台，周令儀笑著望遠的一句話。

『我跟小蕙……沒這麼熟了。』

徐安齊推了我一下。『你還好吧？』

我不想說話，只是點點頭。

『那我走了。』她走出幾步，又回過頭：

『你喜歡黃靜仍吧？改天……我可以幫你傳信什麼的。』

她揚了揚手裡的塑膠袋。

『就算是謝謝你的生煎包。』

這麼露骨的同情，一點都沒法讓我覺得好受。我想像徐安齊眼尾一挑、沒把男生放在眼裡的高傲模樣，卻意外發現她並沒有像之前那樣，用冷冷的眼神看我。或許她不讓我來是一番好意。

後來，我並沒有請徐安齊幫我傳遞情書。

再像這樣面對面的跟徐安齊說話，是高二下學期的事了。

為了準備大學聯考，我搬出新莊的親戚家，我爸以前的同事在學校附近有間房子，公寓的四、五樓隔成幾個小房間租給學生，我搬到三樓跟他們家的人一起住，省下一筆房租。

某天下午放學，我回到寄居處，同住的伯父、伯母都還沒回來，我蹺了補習班的課，書包一扔打開電視，忽然聽見樓下有人大叫。

我跑到陽台去看，一個穿著本校制服的女生在樓下，居然是徐安齊。她喊著的是住在五樓的一位高三學長的名字，我認識那個傢伙，他以前是樂隊的指揮，不過我們不熟——我怎麼說都是半途退隊的人，指揮不會對我有什麼好感的。

有學生跟房東伯母抱怨，指揮學長經常會帶女生回來，但他的成績不錯，房間又是所有人裡頭最乾淨清爽的，看在不曾出過事的分上，伯母也都睜一隻眼閉一隻眼，只委婉的告訴他，宿舍裡不能留女生過夜……

徐安齊喊著學長的名字，大叫『你開門』，帶著些許哭音。

我以為會驚動鄰居或警察，可是居然沒有。過了十五分鐘我實在聽不下去了，跑到五樓。

『學長……樓下有人找你。』我敲著門。

四、五樓住的，大部分是跟我一樣的高二生，沒有普通的高二學生這種時候不在補習班的，樓裡空空蕩蕩，陳舊的空氣中沒什麼人的氣味。

學長的房裡沒有回應。

可能是還沒回來。我又敲了幾下，偶爾低頭，才發現房門前除了學長的鞋子，還有一雙小巧的粉白色運動鞋。

如果這是雙男鞋，他媽的只有小學生才穿得下。

我忽然有些義憤，『砰、砰』用力敲著房門，出手越來越重；反正門敲破了，是房客要賠……

『幹嘛？』門裡傳來悶悶的聲音。
『有人找你，學長。』我故意把『學長』兩個字咬得清晰。
門後似乎正竊竊私語。
『別理她。』他揚聲說。
『以後每個來的都這樣處理嗎？』你這個王八蛋！
砰的一聲房門摔開，學長雙手揪著我的領子往牆上一摜，我的背『碰！』重重撞上牆壁，瞬間肺葉像要爆炸似的，我差點吐出來；透過直冒金星的眼簾望去，學長赤著腳，身後的門裡沒看見人，小小三坪的房間大半是床，顯然粉色運動鞋的主人是縮在床上，涼被隆起像座小山。
『你再上來我就打死你，聽到沒有？』他一字一字的說。
『如果女生上來，你最好不要打她。』我被勒得呼吸困難，逞強的撂下狠話，只差一點就要爆血筋的感覺。樂隊的正規隊員每天朝會後都要留下來操體能，晨練跑一千五、晚練再跑一千五，學長的力氣比我大很多。
如果再僵持三十秒，我可能會因為心肺缺氧而送急診。他惡狠狠的瞪我一眼，像扔小雞一樣的把我扔出五樓大門，轟的一聲甩上鐵門。
我掙扎著到三樓，從伯母房間裡拿出三層樓的總鑰匙環，扶著樓梯扶手下了樓。
徐安齊完全沒想到開門的會是我，臉上的淡妝已經暈開，杏桃形的彎翹眼角淌下兩條淚痕，水漬滑過巴掌大的小臉。
『你……你住這裡？』
她哽咽著，糗得用衛生紙遮去半截臉蛋，假裝擤鼻涕。我不知道該說什麼，只是點了點頭。

『丟……丟臉死了。』她勉強一笑，眸裡又溢出水花。那是一雙連哭泣都顯得明媚的桃花眼，令人目眩神迷。

『他在上面吧？』也不知過了多久，她仰頭抑住眼淚，帶欲蓋彌彰的僵硬笑容，彷彿這樣可以留住些許尊嚴。

我只能點頭，卻沒有讓開的意思。

她看著我，一個字、一個字的說：

『借過。』

她的氣勢壓倒了我，就像半年前在女生班的樓梯間那樣。我低頭片刻，讓開一條門縫，直到她背著書包走過身邊。

『不要去。』我小聲說，被摜上牆的背開始隱隱作痛：

『……不值得。』

她『嗚』的一聲摀住嘴，曲線玲瓏的背影微微發顫，卻始終沒哭出聲來，搖了搖頭，還是一步一步的走上樓。我猶豫一下，終於還是把總鑰匙環上的其中一把拆下來。

『五樓的鐵門用這個開。』

目送著她緩緩走上去，我在樓梯間滑坐下來。

時間並沒有我想像中那麼久。

彷彿才一眨眼，徐安齊又回到我面前。我心不在焉的爬起來，才想到其實我應該跟著上去。

『喏，鑰匙。』

她把東西遞還給我，臉上依舊是漾著兩窪小水坑，同樣是哭泣的容顏，但已經不是情緒崩潰的模樣，反而靜得有些怕人。

『……謝謝你。』

哪有什麼好謝的？我什麼忙都沒幫上……心裡這樣想，嘴巴卻說不出來。真要幫忙，我應該上去海扁他一頓。

『下次如果我再來，你一定不要幫我開門。』

她微微一笑，眼中浮露水光，就像星夜的大海：

『我現在……有點不太堅強。』

『好。』我點了點頭。

就這樣，走出門去的徐安齊，再也沒有回到我的生活之中。直到畢業，我們都沒有再說過話，我也不知道她考到哪裡，就這樣斷了音訊，跟我們生命裡的很多人一樣。

關於生煎包的那條人情，我始終沒機會討回來。

我一直以為像她這樣的女生，愛玩、搶眼、出鋒頭……提早進入大人的世界，應該是個我全然無法想像的存在。

在高中時代，從我生活周遭的男生口中，關於她跟男生上床的傳聞至少超過十種版本，打野砲、在教室公然表演背後體位，還有其他更不堪入耳的。她在學校裡被男生熱烈追求的同時，也承受數不清的指指點點。

如果不是命運使然，如隱形人般低調的我，根本不會跟徐安齊這樣的『名女生』有所交集。

但我所看到的徐安齊，顯然與傳聞大相逕庭。

命運，把我們每個人都變得不一樣。

因為命運，我錯過了周令儀，只能眼睜睜看著她變成小太保的女人。

因為命運，高傲如孔雀的徐安齊為學長奉獻了自己，誰知道成績好、在師長眼裡又乖又會玩的學長，居然會是個欺騙感情的花花公子。

因為命運，我從六年一班的世界裡被抽離出來，徹底成了個陌生人，卻無法因此走出其他人的生命：王亮宏的，周令儀的，還有小蕙……

這是一個關於三場同學會的故事。當第三場落幕時，故事就結束了。而高中時的這一場，僅僅是個開始。

命運繼續轉動著，以我們無法預期的方式。

10

讓我們把鏡頭拉回到大三下學期的那通電話。

接到周令儀的來電，忽然讓我有種物換星移的感慨，不僅想起小時候，也想起五年前高二的那場同學會；想起含著眼淚走出大門的徐安齊，還有跨在高高翹起的打檔車後座、濃妝豔抹的周令儀……

『少囉唆！來不來就是一句話。』女土匪笑著恐嚇我：『你要是敢說個「不」字，就給老娘試試看。』

我忍不住笑起來。

『我去可以，妳得答應我一個條件。』這是趁火打劫。

周令儀安靜片刻。

『陪你騎腳踏車嗎？』

我似乎聽見她『嗤』的一聲，那是很有女人味的輕聲微笑。

不管是跟小時候那個大咧咧的男人婆，還是細腰長腿的高中正妹都搭不起來，剎那間，居然讓我有一絲心猿意馬的恍惚。

『我胃口變大啦，』我一本正經：『至少得吃頓飯才行。』

『你想泡我嗎？我最討厭男人不乾脆了。』她咯咯直笑。

我心裡抽了一下，一股蟻咬似的刺癢自腳底竄上來，胸口彷彿有根羽毛輕搔著，心尖麻麻脹脹的。

『……等我買了車，一定頭一個泡妳。』我顧左右而言它。

『明天晚上八點半，在你們學校門口見。』

周令儀卻不留給我閃躲的餘地，明快的替我做了決定：

『我去找你。星期天的同學會，你不來就死定了。』

我挑了最好的一件襯衫，是我爸去英國的時候替我買的，再搭一件菱格的素色蘇格蘭呢毛料背心。由於我衣櫥裡清一色都是牛仔褲，只有一百零一雙球鞋，所以下半身就沒什麼好挑的了。

『這是學院風耶！』我的大學同學兼造型顧問蛋蛋小姐本來堅持打上領帶，但我抵死不從，一整個就是彆扭。

『又不是去約會。』我大聲抗議。

蛋蛋明亮的大眼睛眨呀眨的，彎翹的睫毛簡直就像兩面排扇。

『厚那兩個字可是你自己說的，我可沒說。』她笑得不懷好意：

『放心好了，學院風最可愛，姊姊阿姨都喜歡，人家還不乖乖上鉤？』

但自從十二歲偷看她的胸部起，周令儀就知道我是『色魔』了，裝得再乖也是白做工——我很想保持耍這種貧嘴的從容姿態，可是完全沒用。

我非常、非常緊張，比起約黃靜仍的時候還要緊張一百倍。

八點半的時段其實很尷尬，要吃晚飯已經有點晚，也不知道該去哪裡消磨時間，一群人還能唱唱歌什麼的，一對一我簡直不知道能幹嘛。

不知為何，約周令儀這件事我不想讓任何人知道。

就連幫我整裝的蛋蛋，也只知道我要去『見個老朋友』。

如果去問問身經百戰的潘帥或呂翰大人，他們能提供的建議無論有用沒用，至少選項一定比我貧瘠腦袋想出的多。

但我不想跟別人描述我跟周令儀的關係。不想用言語或文字，來重溫在華榮夜市之前，她沉默的跨上機車，假裝不認識我的轉身離去……

『這種女孩子，你玩得起嗎？』

在我的想像裡，呂翰大人雙手抱胸，用冷靜得近乎冷酷的眼神鞭笞著我，將我逼向懸崖：『你能承受她嗎？少天真了！』

頂著夜風，我在校門外的紅磚道上胡思亂想著，徘徊在興奮與猶豫的矛盾之間，一整個莫名其妙。

不知道過了多久，刺目的強光突然竄進眼裡，我突然回過神來，本能的舉手擋住眼睛。一輛紅色的轎車從我眼前滑行過去，速度緩慢，似乎正在找停車位。

再往外雙溪的方向進去，當時有不少夜店、PUB的樣子（我以前從沒去過），入夜後路邊的停車格反而一位難求。

眼底亂竄的豔彩流光散去，我抬頭看了一下腕錶，時間是九點二十分。

被……被放鴿子了吧？看樣子是。一切都是我想太多了。

嘴角上揚的感覺有點苦澀，我伸展著有些僵硬的膝蓋，從大理石椅上站了起來。

那台過頭的紅色大發銀翼突然停住，緩緩退到我面前。

副駕駛座的車門打開，車裡傳出一把悅耳的磁啞女聲：『遲到是女生的特權，跟我說你沒有生氣。』

我愣了很久，才會意過來。

『我……我沒有生氣。』

『騙人。』握著方向盤的周令儀燦然一笑：

『你開著門讓我一直灌風，還說不是報仇？』

每一次再見到她，都讓我有種『恍如隔世』的感覺。

彷彿我和周令儀活在兩個不同的世界裡，彼此的時間並沒有共同的計量單位，一眨眼就錯過了許多，而且錯失的劇烈程度，讓我無法事先做好心理準備。

周令儀變得……該怎麼說呢？她變得很……很成熟。

她的臉頰比我印象中更豐腴了些，苗條的腰肢也是，並不是因此就變得不好看，只是有種超齡的女人味。

她穿著套頭毛衣和牛仔褲，趿著一雙半短的高跟鞋，微捲的褐色長髮大約到背部，套了個髮箍攏起劉海，完全就很隨興、很可愛的打扮。

班上的女孩子偶爾也有盛裝打扮、化妝出席的場合，總不免有一絲少女稚氣，彷彿偷穿高跟鞋的小女孩，但周令儀即使穿得很隨便，戴著粉紅色的塑膠髮箍，卻彷彿是卸下裝扮、洗盡鉛華的上班女郎，很容易讓人想像她穿起絲襪高跟鞋的模樣。

我幾乎忘記她跟我一樣，才滿二十歲不久，某部分已然成熟，但有某些仍是很天真無邪的年紀。

她握著方向盤，一邊拿眼角瞄我，自己卻吃吃笑了起來。

不知道為什麼，這一切讓我覺得自己看起來蠢透了。

『笑屁啊！』我滿臉通紅。

周令儀噗哧一聲，索性放開聲哈哈大笑。

我被笑得更火大，但上了賊車也沒辦法，乾脆轉過頭去盯著窗外的霓虹燈。

周令儀笑得不過癮，居然伸手過來掐我的臉頰：『哎喲喂呀你有沒有這麼可愛啊？來！姊姊捏一把……』

『喂！大小姐！麻煩……麻煩妳看路啊！』

她單手閃過一個路邊的塑膠三角錐，差點擦到內線道的車，嚇得我再也不敢嘔氣：『靠……靠邊停，要捏我再給妳捏！』

周令儀樂得要命。

『怕什麼？老娘在高速公路上單手飆到一百四，還喝酒咧！警車跟我尬都沒在怕的，這算什麼？』最好大發銀翼能開到時速一百四！那不差一點就金鋼轉型了這樣？但，此時卻無法深入思考。

『好、好、好……』被捏住一邊臉頰的我，連討饒都漏風。

人就是不要鐵齒。正當女大王縱聲狂笑，忽然一陣刺耳的鳴笛響，後視鏡迴映著眩人的紅藍二色光，一輛警車飛快趕了上來，閃燈示意我們靠邊停。

『幹！』周令儀咬牙切齒，搖下車窗時卻瞬間變成一臉嬌媚，完全就是川劇的變臉表演。『警察先生好！請問有什麼事嗎？』

『小姐，妳超速還蛇行喔！喝酒了厚？』

『哪有！』周令儀嬌嗔著。如果不認識她，我應該會覺得很酥麻，但現在就只有佩服而已。『不信，我走直線給你看。』

無視於警察『小姐，麻煩行照、駕照』的指示，她好整以暇的打開車門，伸出一雙趿著半跟露趾女鞋的細腿，真的沿著人行道的紅磚走起直線來。隔著擋風玻璃眺望出去，她的臀部被緊身牛仔褲裹出兩瓣渾圓緊實，曲線遠比高中時腴潤，卻沒有絲毫下垂或外擴的跡象，跟許多臀型扁平的女孩子比起來，除了身材得天獨厚之外，從腰腿的比例也看得出她經常運動。

我看得眼睛都直了，周令儀卻像模特兒般轉過身，輕巧地扭著腰走了回來。警察的視線始終沒能移到頸部以上，周令儀偷偷向我眨了眨眼睛，神情似笑非笑。

『我才拿到駕照不久，原諒我一次好不好？』她軟語央求著：『我跟我弟弟急著回家，才開快了一點，下次不敢了。』

警察看了我一眼，神色明顯和緩許多。

『要小心啊！生命是自己的。』

送走警察，周令儀帶著奸計得逞的反派表情搖上車窗。

『幹得好，「姊姊」。』我冷冷一瞥，不爽溢於言表。

『撒嬌的美女如果加正五十分的話，有男朋友的美女就直接扣一百分。』周令儀用一種極度囂張的態度繼續捏我的臉：『學著點，「弟弟」。』

大發銀翼駛上彎繞的山道，一路往文化的方向開。

搖下窗戶，微冷的風呼嘯著灌入，帶著一種醒人的刺骨。

周令儀說要帶我去看星期天烤肉的地方，身為路痴的我只好任人擺佈。她似乎輕車熟路，我們沿途天南地北的亂聊著——其實大部分的時間，都是我一個人的回憶與獨白。雖然多話，但我平常不隨便跟人聊過去，不知道為什麼，在她身邊我有一種很自然、很安心的感覺，我想……讓她快一點補完她所錯過的、我們沒有交集的那一段。

當然，周令儀也稍微聊了一下自己。

她專科的時候換了幾家學校，唸了快六年才畢業。周爸爸以前軍中的部屬在竹科工作，靠人情幫她弄到了一個助理的職缺。

『哇！妳才工作一年就買了車啊？』我搞不清楚行情。

『我老爸買的。』她勉強一笑：『往來通勤，坐車會瘋掉。』

她不想多講，所以我也不問。

有一種曖昧的感覺正在我們之間升溫，暖暖的、刺刺的，很興奮卻又很舒服，沒有一點勉強或扞格。

即使跟我最聊得來的蛋蛋，我也不曾有過這樣的感覺。那是一種你知道差一點點就會出事的感覺，隱隱約約、既期待又有些害怕；每一次的前進或後退都撩撥著你，連呼吸都覺得熱烘烘的，一整個笑得很傻。

車子停在一片平台附近。

後來我才知道，這裡是非常有名的夜景名勝，從這裡能俯瞰整個夜霓閃爍的台北盆地，宛如一只裝滿碎鑽的黑水晶碗。

這個地方同時也是著名的車震駐地，更是許多天真少女失陷狼吻的犯罪現場。沒想到我第一次來居然是一個女孩引的路，而且還在她的車裡，現在想來有種角色錯置的謬趣。

『星期天我們就來這裡烤肉，你要不要下去看看？』

我打開車門走出去，涼涼的空氣沁入肺裡，熱烘烘的腦袋忽然有種急速降溫的舒爽感，我才意識到自己滾燙得差點當機……

回過頭，一直慫恿我下車的周令儀卻還在車上，她搖下車窗，兩肘趴在窗緣枕著下巴，帶著迷離的笑容遠眺著，視線似乎被夜台北所吸引。

我走前兩步；想了一下，又走前兩步。

周令儀的視距似乎微微縮短，笑容卻還是一樣，淡淡的，半點脂粉氣也沒有，卻有一種我不懂的深。

我不敢確定，於是繼續往前走，直到停在車門前；我扶著車門框蹲下來，雙眼與周令儀平視著。現在，我終於確定了，她並不是在眺望夜景，周令儀看著的，是我。

我們隔著鏤空的車窗，安靜的凝望著。

『有件事，我一直耿耿於懷。』想了很久，我終於還是開口。

周令儀卻彷彿聽見了我的心聲，淡淡一笑，有種看透世情的寥落感。

『他……我那個時候的男朋友，是個狠角色，他出手很瘋的。』

原來……這就是當時她不敢認我的原因。

『我跟他分手時，被打到送振興醫院，我媽快嚇死了。』她寂寞的笑著，帶著不經意的口吻：『我好怕他打你。』

『再說一次。』

『啊？』她回過神來，有點迷惑。

我扶著車窗湊近了些。

『再說一次。』

這次她懂了。周令儀趴在車窗上瞪我一眼，臉上微微泛紅。

『再說一次。』我繼續逼近，像要著糖吃的小孩，一點都不放棄。

她莫可奈何的嘆氣著，紅紅的臉蛋似笑非笑。

『我好怕他打……』

我們之間的距離，已經容不下一個『你』字。我探進車窗裡，一把啣住了她的唇片。

等我的五感恢復知覺時，車門不知何時已經打開了。大發銀翼的空間十分狹小，我半擠半跪的佔據了駕駛座，周令儀試圖逃往副駕駛座，一手撐著排檔桿後的零錢箱，只可惜後退無門，我緊緊摟著她的腰，吻得很深很用力。

從我十二歲的某天下午吻過小蕙之後，這是我第二次跟女孩子接吻。

極度缺乏經驗的我顯然吻得很笨拙——這點從我第二天上嘴唇整個腫起來就可以知道。我貪婪的啃吻著，粗魯的抵碰她柔軟濕潤的唇，彷彿把嘴唇當成了陽具，進行著動物性的侵入。

這真的很痛。

翌日，洨神退駕之後，我的上唇內側整個充血腫起，而且有傷口，顯然是自己去撞到周令儀的下排牙齒，如果是被她咬到，我應該是下嘴唇受傷才對……

周令儀掙扎了一下——一個男人突然撲上來，任誰第一時間都會害怕。我蠻橫的衝撞一陣，始終吻得不對，她一隻手深深勾住我的脖頸，讓我無法再亂頂亂蹭，一邊輕輕含住我的下嘴唇。

那樣細緻柔軟的觸感倏地攫取了我，令人舒服得迷惑起來。我忘情的停下動作，感受著她鮮滋飽水、宛若果肉一般的唇瓣。

周令儀的嘴唇非常濕濡，灼熱裡卻有一種微涼的清爽感。

她抱著我的脖子，巧妙的吸吮著我的嘴唇，我們彼此侵入得很深，力道卻越來越輕柔，用舌尖舐著唇珠，若有似無的點觸著牙關，像蛇一樣在口腔裡輕攪著津液，彼此追逐，卻不覺得濕重黏纏。

我慢慢抓到訣竅，動作放輕，腹間的火卻漸漸燃燒起來。

隔著毛衣，我一把抓住周令儀的左乳，她鼻端輕輕『唔』了一聲，像是嘆氣，又像是悚慄似的，脖子和腰都挺了起來，帶著海浪一樣柔軟的曲線與節奏。

我無法想像，如此柔軟的胸脯為什麼會有那樣堅挺的形狀，無論如何揉捏，手掌裡始終都有一股難以言喻的沉甸飽足。有一點小小的嫩肉在我掌心裡不斷變硬，慢慢挺翹起來……

周令儀濃重的呼氣，以及不時逸出的輕哼聲非常催情，讓我飽受昂揚，興奮得快要爆炸了似的，頭顱裡熱烘烘的幾乎無法思考。

她的身體隨著愛撫不斷挺動著，牛仔褲上微微賁起的飽滿恥丘撞擊著我的大腿，就像抽搐一樣；我不知哪來的勇氣，將右手滑進她的腿間，摸索著解開拉鍊，周令儀用力夾起腿根，卻已經來不及了——

我的手指隔著薄透的內褲，覆著滿滿的纖細毫茸，指尖越過飽滿的肉丘，摸到一點極濕極熱的潮暖……

周令儀突然用力抓住我的手。

她的身體雖然又濕又暖，手勁卻仍驚人。她推開我的胸膛，用膝蓋頂著我的腰側，一點都沒有挑逗的意思。

我劇烈喘息著，勃昂的性慾卻無法說停就停，低頭想要親吻她，周令儀咬牙一把扭過頭去，我一湊落空，只能輕咬著她白皙柔膩的頸側，嗅著她衣領裡透出來的、微微汗濕的乳肌香。

『給我……給我好不好？妳……』我啞著嗓子央求著，忽然一怔。

我不知道該怎麼叫她。

我喊石嘉蕙『小蕙』、喊旦小姐『蛋蛋』……但周令儀就只是周令儀。我和周令儀之間，並沒有親暱喊著小名的這一段。

一愣之間，身體就再也無法繼續。

周令儀的領口敞開，牛仔褲的褲頭連著內褲被拉下一半，衣襬被掀到棉布胸罩下緣，裸袒的下身露出小巧的肚臍，以及平坦光潔的小腹；汗濕的髮梢黏著紅豔豔的口唇，臉頰泌著一層細密薄汗，堅挺的乳房不住起伏，狼狽的模樣散發著極端誘惑的魅力。

我褲襠裡硬到疼痛的程度，她卻堅定的拉著我的手，不讓越雷池一步。

『我，不是第一次了。』她看著我的眼睛，一個字、一個字的說。

但是我並不在乎。那又怎麼樣？只要我愛著……

『我有過很多的男朋友。』她用眼神打斷我，冷冷的。

『讀書的時候，我做過很多荒唐的事，有一些我甚至不想告訴你。我以前有段時間……很不愛惜自己，我……不是你想的那個人，很早以前就不是了。』

我聽得心痛起來，突然想擁抱她，周令儀卻牢牢格住我。

『我到現在，還有一兩個有來往的男孩子，如果想要的時候就……是那樣的關係。我要努力多賺錢，不想再讓我老媽為我流眼淚。關於男人，我沒有什麼期待；過去期待越多，就越容易受傷害。

『如果你要，我們也可以是那種關係。』她輕輕一笑，眼神迷濛：

『他們說，在女人裡面我算很不錯的，我對自己的身體很有自信。但如果你要談感情，我……我沒辦法奉陪。至少，現在還不行。』

我愣了很久，才慢慢撐起身體，萬般困難的跨到鄰座去，整理凌亂的衣服。觸摸她腿根的指尖，那種濕熱的感覺似乎還在，我雙手有些發麻，僵硬的拉著拉鍊扣起鈕釦，帶著夢遊似的恍惚。

周令儀整理好衣服頭髮，隨手關上車門，從椅縫摸出涼菸和打火機，替自己點了一根。

我甚至不知道她會抽菸。

『對不起。』她搖下車窗往外吐煙，輕聲說。
『我才該說對不起。』
『如果你想要，我可以給你。』她瞇著眼，又是那種寥落的笑容。
『換個舒服的地方，做完可以洗熱水澡什麼的……去你家也可以。』
我搖搖頭。慾望還在，周令儀也非常迷人，但我做不到。
『妳一定會覺得我很白痴。』我忍不住笑起來：
『我比較想做妳的男朋友，至少到現在都還這樣想。』
周令儀愣了一下，也跟著哈哈大笑。

『我，可以嗎？』
她安安靜靜的把菸抽完，像貓一樣伸了個懶腰，輕輕在我頰畔啄了一口，扭開鑰匙踩下離合器，排氣管轟隆隆的怒吼著。
『不行，』車子掉頭的瞬間，窗上似乎映出她眼底的水影：
『除非你再強悍一點。再強悍一點……』

11

周令儀並沒有錯，這原本就是我的問題。

在當下，我並不了解她所謂的『強悍』是什麼意思。

是怪高中時的我沒膽子，把她從小太保手裡搶過來？還是怪我沒有把心一橫、就在車子裡與她合而為一？

打字至此，連我自己都不禁失笑。

到了現在這個年紀，我開始有點了解那時的周令儀。

佔有她並不能顯示我的強悍。生命裡還有很多歷練，不是靠著陽具勃起、悍然侵入就能平履如夷。

強悍的活著，更多時候必須忍耐、必須背負，必須低著頭沉默的往前走；必須一點一滴的去積累，必須相信眼前還看不見的，必須公平的面對失去與獲得……

可惜那時我還不懂。

周令儀開車送我下山，一路上我們變得沉默。

最後，大發銀翼停在親戚牌愛心宿舍的門口，橫跨大半個台北，時間已經超過凌晨一點了。

『到了。』

她的笑靨還是一貫的瀟灑，彷彿什麼事都沒發生。

『你星期天敢不來，就給老娘試試看。』

我卻沒辦法假裝自己被外星人洗腦，剛剛在山上經歷過的都被高科技立可白塗掉了，一咬牙大著膽子把臉湊過去，周令儀滿臉通紅，明顯就是不知所措的樣子，眼看霸王就要騎上弓了，她玉手一握，『啪！』照定我肩膀結結實實貓一拳。

我這輩子認識的女人裡，沒有比周令儀打人更痛的。

她出手不像普通女孩子的花拳繡腿，帶有許多誇張但毫無作用的假動作。她揮拳俐落，而且擊點的瞬間手腕還會轉，暗合空手道的正拳理論，絕對是練家子一枚。

我被打得身體一晃，愣了大約一秒，挨拳處有種骨頭裂開的錯覺，痛到臉都白了。

『哎喲！』我大聲抗議。

『哎喲個頭。』她咯咯笑著：『不打不乖，色魔！』

真打起來我會輸——剎那間，我腦中閃過這個念頭。

女魔頭的武功太高，既然無法力敵，那只好智取，我假裝彎著腰哀哀叫，雙手冷不防的掐住她的腰。

周令儀從小就非常怕癢。

她『咭』的一聲往後彈，頭差點撞上車頂，我其實什麼也沒抓實，但她已經紅著臉邊笑邊喘氣，夾緊腋下之際，銳利的瞇瞇眼已經瞥向我的身側——

『怕癢』不只是她的罩門，同時也是我的死穴！班上如果有比周令儀更怕癢的人，那就只有我而已。

我牢牢箍住周令儀結實的小腰，她笑得全身發抖，一隻手卻也乘隙滑進我的腋窩，動作之眼明手快，讓我忍不住佩服起來。

『你……你別動！』她笑得粉頰脹紅，劇烈的喘氣著，毛衣上不停有兩團圓鼓鼓的堅挺浮動，咬牙惡狠狠的盯著我：『你……你再撓我，大……大家一起死！』

我不敢動，因為我比她還怕癢。

我們橫過座位中間的排檔桿，周令儀被擠得緊靠車門，我俯壓著她，只靠左膝撐住座椅，身體幾乎挨在一起。

我鼻尖被她溫熱的吐息呵得發癢，有些濕濕、暖暖、刺刺的，才發覺周令儀的味道很好聞。不是那種肥皂或口香錠的好聞，而是口腔與唾液的味道，帶點微汗淡菸，像是某種激素分泌，是活生生的、會激起心底慾望的，肉體的味道。

明明不是香水的香，但我很想用『甘美』來形容。那是很甜美、卻又很清爽的味道。

我慢慢湊近，周令儀試圖掙扎，我賴皮的把手指一收，她立刻僵硬起來，也緊張的掐住我的腰側，吁吁喘息。

兩個怕癢到死的人都不敢再挑釁對方。恐怖平衡維持了大約三秒，我繼續低頭，終於輕輕貼上她的嘴唇。

這個吻一點都不熱烈。因為身體稍稍扭動，就會被點中『死穴』，獵人不願放開獵物，獵物沒打算舉手投降，我們就這麼硬邦邦的吻著。

但不知為何，我卻覺得很快樂，像要爆炸了似的。

這種臉紅心跳，這樣的曖昧……是我從來不曾有過的。

『色……色魔！』片刻我抬起頭，周令儀恨恨的瞪我，自己卻噗哧一聲笑了出來，又烈又嬌的眼神讓我暈眩。『而……而且是沒品的色魔！賴……賴皮鬼！』

她心有不甘的補上一句，可能是又氣又好笑，周令儀板著臉撐不到五秒鐘，居然哈哈大笑。這一笑身子亂顫，我可不能再掐著她的要害了，撓起癢來會死人的。我鬆開手，卻趁機環住她的腰，周令儀稍稍把背抬了起來，默許似的讓我摟個滿懷。

蠻腰失守，她雙手撐住我的胸膛，不讓越雷池一步，紅彤彤的臉上冒著汗，表情既好笑又無奈。

『你這樣佔我便宜，算什麼男人？』

她瞪我，眼裡卻沒有責備或輕蔑的意思，神思複雜難測。

『我說了，要幹就是一句話。不乾不脆的，這算什麼？』

獵物一瞬間變成了獵者。她微仰起頭，目光咄咄逼人。

『你要嗎？讓我把車停好，到你家去。不然，就讓我回家。』

在當下我突然有一種感覺：無論我提出什麼要求，周令儀都會答應。她並不打算拒絕；拒絕的姿態，不是這個樣子的。

『我不要……不要跟妳做。』我搖搖頭。

『那就放開我。』她的表情一點都不失望。

『我要妳跟我交往。』我的聲音篤定到連自己都嚇了一跳。

周令儀定定的看著我。

車內突然安靜下來，小小的空間裡只有我們倆的呼吸和心跳。

『現在不行。』

『為什麼？』我覺得『現在』兩字充滿蹊蹺。

『你……你讓我考慮一下。』她初次迴避起我的目光：

『星期天。等同學會之後，我再決定要不要跟你交往。』

這關同學會什麼事？我實在難以理解。

在感情路上，我從來都不是一個強勢的角色，看黃靜仍的例子就知道了，一整個弱到不行。

但在人生裡，總有一些時刻我們會福至心靈，有些東西你就是知道一定成功、就是有把握，就像那個時候我對周令儀的感覺一樣。

我們五年沒見了。即使在更早之前，也沒有很深厚的交情，對我而言周令儀是一段愉快的童年記憶，在對『性』充滿好奇的青春期啟蒙階段，她是我懵懵懂懂的幻想對象；想起來固然有趣，但不會是情根深重的好理由，這樣想未免荒謬。

『感覺對了』是一種很難形容的東西，依靠著本能，我不願意輕易放棄。

『除非妳告訴我，為什麼要等到星期天？』

『你很盧耶！』周令儀忍俊不住，惡狠狠的笑罵：

『老娘就是要考慮到星期天！怎麼樣，不行嗎？』

一陣刺眼的強光亮起，伴隨著尖銳的喇叭聲，劃破了老社區深夜寧靜的空氣。

台北縣的道路一整個就是鬼打牆，尤其是這種老社區，巷弄窄到靠北的程度。周令儀車膽奇大，仗著車子小，硬是要鑽進來。

愛心宿舍前的這條小巷子完全沒辦法會車，後頭逼近的是一台巨大的墨綠Volvo 850，越來越近……眼看就快督到銀翼的車屁股。

『放開我！』周令儀急了。

『妳先說「好－」！』都火燒赤壁了，怎麼能不趁機搶劫？

『好個屁！』她又氣又好笑：『星期天啦！』

『那星期天妳一定要說「好－」！』

『煩死了！』她硬把我攆下車。

趁著兵荒馬亂，我偷親了她一下。在被推出車門的一瞬間，藉著富豪兇猛的前燈，我似乎看見周令儀帶著害羞的表情，莫可奈何的瞪我一眼。

銀翼駛出了狹窄的巷弄，富豪棺材車尾隨在後，安靜的巷子裡又只剩下我一個。

微冷的夜風吹來，我才發現自己的臉頰燙得厲害。

周令儀一定會答應的。我感覺得到，我們有著一樣的心動，那樣的曖昧就像春風或溫泉，讓人暖洋洋的通體舒暢。

我很想仰天大聲宣佈『我戀愛了』，不過在凌晨一點的三重老社區樓下，恐怕會被地方人士暴打一頓……

時間開始過得很慢。

我輾轉反側，整夜都無法入睡；捱到天亮，終於忍不住撥了周令儀的手機。

撥通的等待音一響起我就後悔了。

呂翰大人曾經訓示過：男孩子談戀愛最忌諱兩個字，一個是『貪』，一個是『快』。女孩子是非常敏感的，一旦她發現你懷著某種目的接近時，跑得比什麼都快。你有看過獵人帶管絃樂隊加脫衣舞花車去打獵的嗎？還沒出手，獵物就跑光光了。

這兩字其實是一體兩面，『貪』是態度，『快』是手段。

貪念一起，男人還精補腦，眼中射出淫火，色慾就反映在行為上；急著約出來、急著帶回家、急著進一步，一被拒絕就會惱羞成怒。到這個階段，良家婦女你就別想了，會陪你耗下去的多半是玩咖，到最後誰玩誰還不知道。

『說是這樣說。』儘管態度謙卑，我還是忍不住抱怨：

『想交往本來就是一種企求啊！誰不想早點開花結果？說什麼不該做未免有點消極，懇請大人賜下更積極的口訣。』

呂翰大人淡淡一笑。

『那只要做到一個字就好了。』大人向我開示：『一字記之曰：「enjoy」。』

幹！烙洋文是怎樣？而且還用這麼沒趴數的單字，才五個字母！這分明是黑心口訣！老闆，我要退錢！

『這個字最難，也最簡單。』呂翰大人笑著說：

『等你有一天為她所做的一切，你都能enjoy，都能樂在其中，這段感情不開花結果才怪。「愛」不是一個門檻或是degree，拍門報數就算得分了，你現在做的，本身就是戀愛的一部分。

『連這點都不知道，還談什麼戀愛？』

這個『enjoy』字訣，我到今天依然受用。

如果我在追求一個女孩子的過程裡一點快樂都沒有，那麼我敢說，其實我並不愛她；追求，可能只是為了別的。

但在這個故事發生的當下，老衲還沒參透洋字訣的奧妙，只記得呂翰大人三令五申，說談戀愛千萬不能貪快；剛分開就急著打電話給對方，尤其是大忌諱。

電話接通，周令儀的聲音居然非常清醒。

『我還在想，你什麼時候會打電話來咧！』

『有……有這麼期待嗎？』我有點臉紅。

『像你這麼盧，怎麼可能不打電話來？』周令儀大笑：

『老娘等你一晚上，準備給你來頓粗飽的。』

悶。被恥笑就算了，被她這樣一說，突然有種自己趴數很低的感覺。

『星期天以前，你不要再打電話給我了。』她難得口吻正經，聲音聽起來突然有一絲隱忍、一絲疲憊，感覺似乎滄桑起來。

『我不想敷衍你，也不想兇你，你不要讓我難做。都給我們彼此一點時間，星期天之後，如果你的想法還是不變，我想我可以給你一個答案。』

我不想她這樣。我不想周令儀不快樂，不想她又用這種悶鈍的聲音……忽然間，我不在乎『星期天』這個時間點為什麼這麼重要了，我希望她能哈哈大笑——即使我聽不到也無所謂。

『好。』我笑著說：

『老娘既然這麼說，我們為人子女的也只好乖乖聽話了。』

周令儀哼哼兩聲，我想像她容色一緩，忍不住自己覺得好笑的模樣。

『妳等到我了，不會再睡不著了吧？』

掛上電話之前，我笑著對她說：

『送妳一個禮物，我要把星期天的告白提早告訴妳，我……』

『不要！不要說……不要說。』她『嗤』的頓了一頓，不知道過了多久，也許是幾分鐘，也許只是一秒而已，我夾著話筒，忽然覺得有種很安心很平靜的感覺，就算是不說話也覺得很好。

『這樣就好了。晚安。』

『晚安。』

收線的一瞬間，眼前忽然浮起與周令儀毫不相稱的、她害羞的臉龐。

12

命運的星期天終於到來。

出乎意料的，周令儀主動來電，說要載我上陽明山。

『妳根本是怕我落跑吧？』

『知道就好。』女魔頭嗤之以鼻。

我抱著約會的心情，幾乎是蹦蹦跳跳的梳洗、穿衣服，沒等周令儀打手機，一聽到樓下有引擎聲就衝下去。

『今天妳總該……』我興匆匆打開副駕駛座的車門，一頭鑽了進去。周令儀還是套頭衫+牛仔褲的裝扮，只是畫了點淡妝、擦上口紅，卻彷彿變成另一個人，有著超齡的成熟與美豔。

讓我愣住的，是後座的『另一個人』。

『哈囉。』小蕙輕聲打招呼，敷粉似的臉頰微微泛紅。

『哈……哈囉！』剎那間我有種魂飛魄散的感覺。

——被……被暗算了！

我早該想到。

如果小蕙要派刺客，人選絕對只有周令儀而已。

當時我有沒有很肚爛？好吧，可能有一點。

周令儀苦苦堅持的『星期天』門檻，不用解釋就很明白了。

正所謂：『兩軍交戰，不斬來使。』如果你派出去的使者，跟敵方賊酋一起手牽手回來，跟你說：『啟稟皇上，臣……臣不傳信了，臣要和有心人一起去長安……』這皇上能不駕崩嗎？

我跟周令儀之間的擦槍走火，不管是對皇上或信差而言，都是始料未及的意外。周令儀畢竟是個很講義氣的女生，她不可能給小蕙『抱歉我們在一起了』這種答案。

這是她的個性沒錯，一想就不禁有些釋然。

而且長大之後的小蕙，讓我有種驚豔的感覺。

小蕙並不是容貌非常搶眼的那型，一百六十七公分的身高十分纖薄，修長的兩條腿更是細得有點過分，有微微內八字的感覺，站姿與其說充滿女人味，倒不如說是高挑秀氣的小女孩。

有些人長大之後，頭身比例一拉開，五官的型就變掉了。

我小三的時候非常迷戀班上一個叫蔡欣嵐的好成績女孩，她綁包包頭的樣子整個就是正到甩尾，還有可愛的小虎牙！高中某天，我在公車上遇到一個身穿景美小黃制服的女生，我非常非常確定她就是蔡欣嵐，然而一變成少女頭身之後，她的個子就顯得太過嬌小，而且圓臉盤把五官撐開來，相貌雖然不醜，但看起來卻有點普通，清湯掛麵的髮型也不適合她。

可能是我盯得太久，她覺得怪怪的，並沒有回應我遲來的點頭招呼。公車靠站，小黃制服消失在窗外的人行道上，從此我再也沒見過有著可愛小虎牙的蔡欣嵐。

小蕙並沒有像蔡欣嵐那樣，在成長中失去了童年的比例。

她從小就修長，臉小小的，脖子很纖細；高中同學會時，我覺得她有些過瘦，可能因為升學壓力，臉顯得大了些。現在比當時略微腴潤一點，幅度明顯就是女體成熟所致，當身體發育到一定的年齡，就無法再維持中性的清瘦感，即使還是過分纖細，小蕙的手臂大腿卻比以前有肉多了。

她一笑起來就瞇眼，白潤的肌膚非常容易看出臉紅，鼻梁比我挺直多了，薄薄的嘴唇有種血色消淡的細嫩。

皮膚好的女生真的一點妝都不用化。

通透，是肌膚最美麗的風景。

周令儀完全把自己當成司機，拒絕帶領話題，只是笑而已。小蕙的害羞似乎沒有消退的跡象，保持沉默太過尷尬，於是我開始跟她亂聊起來。

小蕙讀的是外雙溪大學的法律系，在城區部那邊。雖然是法學界的名系，以她在小綠綠時期的成績，小蕙的大學聯考算是慘遭滑鐵盧。

高中畢業之後，她們全家搬出眷村到了台北縣，一對地址，居然在我現在住的愛心牌宿舍附近。

『真是夠巧的了。』我感嘆造化弄人。

『是啊！』小蕙抿嘴一笑，雪靨飛紅。

抵達目的地下車時，我們已經熟得像厝邊鄰居了，還有說有笑的，記憶裡小蕙可愛的模樣逐一浮現，與眼前的氣質美女慢慢拼合。

我忽然覺得自己很好笑：童年時的那些過往瑣事，怎麼會成為心中的芥蒂呢？一切全都是我想太多。

周令儀的動員力量很強，這次也來了十幾個，我跟大家依然不熟，但可能是長大了的關係，就當作是一般的社團活動認識新朋友，我並不覺得有什麼不愉快，至少，不是從前那種如坐針氈的感覺。

下午上山開始烤肉，不知不覺就烤到了晚上。

選這個地點，原本就是為了看夜景。我想起那天晚上車子裡的周令儀，不覺動心，找機會往她身邊磨蹭，開始低聲亂盧。

『滾開！』她咬牙切齒，鼻尖還沾著炭灰：『沒看到老娘在忙嗎！亂什麼亂啊？滾！』

我趕緊夾著尾巴逃走。

周令儀倒不是無的放矢，她一個人烤給全部的人吃，雞腿、青椒、肉片不說，還有用鋁箔紙包的奶油金針菇，忙得像八爪章魚一樣。

她不但一手掌握烤爐大權，還管怎麼出菜怎麼吃。周令儀用鐵夾飛快挾了烤熟的肉片、蔬菜，一盤督給旁邊的同學：『給你！給老娘吃！』

『這盤青椒是你的，不准挑食！』

『那邊講話的兩個過來！沒吃完不准回家！』

『咦，雞腿只剩這些啦？吃過一支的舉手！』

為了怕被強迫塞下食物，又拿到整盤滿出來的燒烤，至少有六、七個人想也不想就舉手——包括我在內。

周令儀很豪邁的一抹汗，豪邁的臉上浮現狡詐的笑。

『很好！每個人的配額是兩支，統統給老娘滾過來！』

現場一片哀號。

『拿去。』周令儀盛了滿滿一盤烤肉，推到我面前：『她整晚都沒怎麼吃，要是餓壞了，老娘唯你是問。』

不容分說，硬塞給我兩雙免洗筷。

順著她的目光望去，小蕙獨自站在平台邊緣，夜風吹著她單薄的衣衫，卻遠不及背影單薄。

那一瞬間，我忽然有些心疼起來。

這些年來，在這麼單薄的身影之下，我到底錯過了些什麼？走過高中那段慘綠歲月，李明煒已不再是獨自守著舊收音機的密室少年，那麼石嘉蕙呢？她，又變成了怎麼樣的一個人？

『喏。』走到小蕙身邊，我把盤子遞給她。

她紅著臉淡淡一笑，背對篝火的面龐有種寂寞的靜。

『我不餓。』

『那就先幫我拿一下。』

小蕙溫順的捧了過去，轉頭俯瞰著星海般的夜台北，迎風縮著脖子、瞇起眼睛，輕聲說：

『我曾經想過，如果從這跳下去可以變成星光，那就不用再考慮了。』

空出了雙手的我，把身上的牛仔布外套脫下來，輕輕覆在她肩上。捧著烤肉的小蕙似乎嚇了一跳，但也只能紅著臉柔順的接受。

『妳要跳下去之前，外套記得還給我。』

『壞蛋！』她抿嘴笑著，緋紅的面頰似乎暈出熱氣。

我們就這麼並肩吹著風，像小時候在河堤邊那樣。積澱在時光隧道裡的記憶，如沉沙般慢慢被翻攪起來，我跟小蕙相視一笑，忽然有種很熟悉、很親切的感覺。

『好吧！我準備好了。告訴我，我錯過了什麼？』她抿著唇，貓一般的鳳眼裡閃過一抹狡黠的光。

『是六個前女友，還是七個「現任」女友？』

『其實，前後加起來是十六個。』我一本正經：『假日只能分成兩班，輪流帶去廟口跳八家將。』

小蕙『噗哧』一聲，嬌嬌的瞪我一眼：『亂講！』

『一個都沒有。』

這下是真的不無感慨。『我明明就是個好人啊！』

『妳呢？』我轉頭笑著問。『我又錯過了什麼？我在陣頭混這麼久，從來沒看過妳們那一班。』

小蕙掩嘴笑了一陣，又是那種寂寞的神情。

『先告訴你比較不糟的好了。』她輕聲說。

『我爸爸，死了。』

小蕙非常喜歡她爸爸。

這個我從來沒見過的男人，在她的形容裡，又高、又帥，又溫柔顧家；每天晨泳三千，有著海軍軍官的英挺瀟灑，連聲音都很好聽。

而且，非常非常的寵愛她，寵到連媽媽都嫉妒……

『那妳嫁給妳爸好了。』我賭氣的說。

雖然只有小六，情人的眼裡同樣容不下另一個男人。

儘管天氣炎熱，河堤上仍舊吹來涼涼的、帶水氣的風。小蕙跟我並肩躺上斜坡的草皮，腳踏車往堤防下一扔，光這樣就能消磨一下午。

小蕙摀著嘴輕笑起來。

『我又不能嫁給我爸爸。』她看著我，微微側著頭，瞇起的鳳眼裡好深好深，有一股讓人既心動又惶惑的吸力，彷彿一陷入就再也難以逃離。

長大之後，我才知道那樣眼神叫做『媚』。

『你以後一定也很顧家的，所以我才選你呀！』

小男生一整個就是好騙，我聽得心花怒放。小蕙像摸小狗一樣摸著我的頭髮，這讓我覺得自尊心受創，咕噥著：『別摸啦！』

『我偏要。』她笑得很開心。

我愕然轉頭，小蕙卻眺望遠方的夜景，微笑得讓我很心痛。

『前年的事了。』她搖搖頭，隨手將鬢髮勾到耳後。

『一輩子不抽菸的人，卻得了肺癌。很不公平對不對？』

父親過世之後，跟母親一向處不好的她，母女關係卻沒有因此獲得改善。石伯伯沒有什麼積蓄，連他自己恐怕都沒料到，他的人生路居然會這麼短暫。家中唯一的經濟支柱倒下之後，大半輩子家管的石媽媽不得不外出找工作，內外壓力交煎下，開始變得有些歇斯底里。

『我媽本來要我休學去工作，我爸罵了她一頓。』小蕙淡淡的說：『如果不是我爸堅持，大學也不用讀了。』

這件事成為她們母女關係緊張的導火線。

石伯伯去世時，小蕙才剛上大一，雖然軍眷有補助優惠，但私立學校的負擔還是很重的。石媽媽對此耿耿於懷，母女倆整天在家裡冷戰，最後演變成激烈衝突。

『現在呢？還是這樣？』

她聳聳肩，瞇著眼睛微笑。

『大概是吵累了吧！我們都沒力氣了。』她對我眨眨眼：『我現在搬回去跟她們一起住，還會打一打招呼什麼的，她已經很少再唸我了，感覺也比以前好。』

有些女生的眼睛，天生就是水汪汪的。

跟徐安齊明媚的桃花眼不同，小蕙的眼睛很迷離，多數的時候有一點瞇，瞳仁不是很滿、睫毛不是很翹，但就是水汪汪的，彷彿隨時隨地都噙著淚，有一種望進難出的深。

相書裡說這樣的眼睛叫『淚窪』，注定一生為情所苦。

我望著小蕙削平的肩膀，即使披上我的外套，仍舊纖薄得令人揪心，彷彿輕輕一摟就會攀折損傷，隨風飄落。

我一點都沒有佔便宜的意思，卻忍不住伸出右手，很輕很小心的環住她的右臂，不敢用力，唯恐弄疼了她。『還冷不冷？』

她搖搖頭。

黑夜裡我無法分辨她是不是又臉紅了，但從她低垂的脖頸、衣領中透出一股暖烘烘的溫熱，即使在風裡仍能清晰感應。

如果……如果這些年，我能在她身邊就好了。

我雖然很沒用，但至少不是一個人，至少……不是讓她孤孤單單的一個。

烤肉烤到了頭，終於到了鳥獸散的時候。

我跟小蕙一直聊到最後，都沒有閒雜人等摸到平台這邊，顯然是周令儀強力『喬』過的結果，如果有人硬是不聽，可能會直接被她拿石頭打暈吧？

但當晚，我根本沒心思想這些。

不知為何，我對小蕙充滿心疼與內疚，那種完全不知道該怎麼彌補的痛苦幾乎把我逼瘋——當然，理智很清楚的告訴我：這一切其實都不關我的事，輪不到我跳出來逞英雄，但情感上我卻倍覺憐愛。

東西收拾好，沒用完的飲料跟醃肉統統裝進塑膠箱，塞到大發銀翼小得可憐的車屁股裡。

周令儀登高一呼：『有誰要搭便車？』結果一口氣又跑出兩名同學。

五個人硬是擠上銀翼，我跟小蕙在後座幾乎貼在一起，她羞紅臉一直咯咯笑，體溫高到連我都快被隔水蒸熟。下山的路彎彎繞繞的，容易暈車的我突然覺得噁心想吐，臉一整個就是白帥帥。

周令儀一個急煞車，停在山下的一家便利商店前。

『李明煒！要吐下車去吐！』女魔頭毫無同情心：『去買解酒液！石小蕙妳陪他去，快點！』

我們兩個被趕下車。

『我……我進去買瓶礦泉水就好了，妳不用來。』

我把小蕙留在店門口，跌跌撞撞進去買水，出來一看，當場傻眼。大發銀翼消失無蹤，小蕙滿臉無辜的站在原地，有些手足無措。

『她……她們說不順路，叫……叫我們自己回去。』

陰，夠陰。真他媽太陰了！

周令儀，妳有種，居然用這招『釜底抽薪』的毒計！

小蕙雙掌交握，咬著嘴唇絞扭手指，不敢看我。

『算了，我們搭公車回去吧！』我嘆了一口氣。

搭公車回到三重，我陪小蕙走回她家，才發現她現在住的地方，離愛心牌宿舍約步行十五分鐘，真的還滿近的。

『我很開心。』她對我笑一笑，眼裡隨時都有水花：

『謝謝你這次……沒有逃走。』

『我不會再逃了。』我指著遠處的建築黑影：

『我就住在那裡。住這麼近，跑不掉的。』

『我知道。』她害羞的笑了起來。

目送她上樓，我轉頭踏上回家的路，邊走邊咀嚼著『我知道』三個字的意思。

周令儀知道我住在哪裡，所以小蕙也一定知道了。

不知為何，我對小蕙並不覺得惱怒，甚至還有些心疼；惹動我殺機的，是女魔頭周令儀。

我掏出手機，撥號，手機彼端直接轉語音。

『幹！』我覺得自己被耍了，一股無名火飆起。

像遊魂一樣，走在一盞接一盞的昏暗路燈下，我在平日熟悉的巷弄裡左彎右拐，不知怎的，就是不想回家。

愛心牌宿舍附近有個小公園，我拎著礦泉水瓶閒晃到小公園裡，一屁股坐在溜滑梯的斜板最底部，假裝自己喝的是台啤曲線瓶。

真奇怪。這件事如果一定要揪出一個主謀來，絕對是石小蕙而不是周令儀，她最多就是個很賣命的怪人大幹部而已，指揮眾多戰鬥員完成今天的作戰佈局，怎麼都說不上是幕後的邪惡帝國大首領。

但我一點都不生小蕙的氣。

對我而言，男人婆才是背叛者；她背叛了我們之間那種心動的感覺，假裝什麼都沒有發生過。可惡！

我一腳踢飛地上的小石頭，清脆的撞擊聲從公園邊上停著的汽車中間響起，在安靜的社區夜晚聽來特別嚇人。

『糟糕！』

還來不及吐舌頭，其中一台車卻吸引了我的目光。

陰影中，看起來是黑褐色的。但短屁股像牛奶盒般的造型，絕對是他媽的大發銀翼！車裡似乎有人影一晃，引擎聲響，車頭燈扭亮；停得太剛好的停車位裡一下子倒不出來，銀翼低聲咆哮著，『砰！』一聲往後撞上別人的車頭，緊接著又『砰！』衝撞前車的尾桿，硬生生擠出三十公分的車距，前輪沙沙沙的猛向右打圈——

我三步併兩步衝到駕駛座的車門邊，用力拉著車門開關，車裡的人卻搶先一步按下車門鎖。三十公分的空間還是轉不出來，銀翼又猛向後一退，『乒』的撞上後車，推擠出更大的車距。

我平常是個手腳很笨、膽子很小的人，但不知為什麼，一下子突然惡膽橫生，搶在她往前衝撞的瞬息間，我連滾帶爬的、從車前約三十公分的空隙裡翻了過去，左腳被保險桿一絆，整個人就摔在車子的右前方。

大發銀翼如果往前衝，右前輪就會剛好輾過我身體的某一部分！

車裡的人緊急煞車，我扶著車頭爬起來，抓著倒車鏡不放。

副駕駛座的窗戶搖下來，周令儀臉色蒼白，失聲尖叫：『你發神經啊！撞死了怎麼辦！』

我自己都還嚇得半死，卻直覺的往搖下的車窗撲過去，周令儀拚命轉把手，搶在我抓到玻璃之前將窗戶搖起。

『妳……妳出來！』被口水連嗆到幾次，我氣喘吁吁的貼著車窗，用手錶錶面撞擊玻璃：『超……超過十二點了！現在……是星期一！

『妳……妳欠我一個答案！』

附近幾層樓亮起了燈，我聽見有『吵三小』的咒罵聲傳出。

『讓我走。』昏暗的路燈被擋風玻璃折去大半，周令儀坐在陰影裡，看不清她的表情，漏出車體的嗓音彷彿隔著一層保鮮膜，聽起來又悶又鈍。

『妳說星期天的！』我幾乎叫起來：

『開門，讓我進去！』

她頑強抵抗著。『我反悔了，行嗎？』

我喀啦喀啦的扳著車門把手，像神經病一樣，做著徒勞之舉，忽然發現眼眶鼻腔有點濕熱。

『這是為什麼啊！』

旁邊的樓上有人大聲咒罵，探出陽台：『林北報警啦！幹，這晚是在吵三小！』然後就是有東西丟下樓的聲響，似乎是鐵罐空瓶之類的。周圍的燈一間接著一間亮起，我甚至聽見開鐵門的聲音。

我生怕自己一放手，大發銀翼就飛走了，緊抓著倒車鏡不放，貼近車窗玻璃一看，車裡周令儀正緊靠著另一側的車門，眼睛隔著車窗正對著我，卻彷彿無法承受我的視線。
『幹！你真是個神經病。』她縮著頸子對我微笑著，一副不可思議又莫可奈何的樣子，眼角滑下兩行淚。
『為什麼啊！』聲音迸出牙關，我才發現自己已經哽咽。
『我沒有你又不會怎麼樣，但小蕙需要有人陪伴。』
她笑得微微側頭，眼淚卻怎麼也停不下來，我從沒看過周令儀的動作這麼像個小女孩，即使十二歲的時候也不曾有。
『讓我走吧！』她笑得妝都花了：
『拜託你。』

等我回過神，對面公寓的鐵門猛然打開，一個大約五、六十歲的歐吉桑披著睡袍，抄著鋁棒衝下來，一直衝到我面前，帶著犀利的目光環視現場。
『哪ㄟ撞尬這形？』他質問我：『甘是你撞的？』
我渾渾噩噩的搖頭。
『啊彼台車咧？走去啊？』我點頭。
『剛才是你在擋車喔？』又點點頭。
『難怪。』他瞥見我的膝蓋。牛仔褲磨破了，破孔滲出血水。
『少年仔！你受傷了餒！甘愛這呢拚命！』

歐吉桑對著前後兩台車直搖頭。

『夭壽喔！給人家撞成這形……』

巡邏警察經過，他替無言的我說了個見義勇為的故事：

有輛夭壽的車前後亂撞，可能是喝醉酒的樣子，正好回家經過的我，奮不顧身的要去擋下兇車，結果人肉鬥不過鐵板，那輛夭壽的車就逃走了……

警察問我要不要回派出所做筆錄，說這樣可能會受頒感謝狀之類的，我茫然搖頭，想笑卻笑不出來。

周令儀的大發銀翼就這樣離開了。

我呆呆坐在人行道旁的水泥沿邊，望著空蕩蕩的車位，還有地上零星的車燈碎玻璃，偶爾抬頭，才發現這位置正對著愛心牌宿舍的窗，開燈就能看到剪影。

她在這裡，究竟想看到什麼？

再見到周令儀，已經是很久以後的事，我們又變得比現在更多。但這個問題，我始終沒問出口。

13

愛情裡最難的兩個字，叫『平常』。

談戀愛不是打籃球或百米短跑，選手們在過程中忍耐痛苦，只求最後得分勝利或抵達終點。人生是個不斷流動的過程，告白前與告白後，時間進行的單位並不會因此而有所改變；如果談戀愛的過程裡毫無快樂，那麼交往或結婚之後也不會有。

平常，就是愛情最真實的面貌。

那晚之後，我仍試圖和周令儀聯繫。

如果周令儀從此拒聽我的電話，或者辱罵我、踐踏我，說不定情況會變得比較好一些。強烈的愛與強烈的恨，本質上其實是非常相近的東西。

但她只是很平常的面對我。

電話接通，她的聲音聽起來既不愛也不恨，我們像以前一樣鬥嘴、說俏皮話，偶爾吵吵架，只是再也沒有愛恨牽繫的著力點……

我懷著憤恨不平，卻沒辦法崩潰，也無法痛苦。

這與黃靜仍的狀況不同。我們並沒有那樣的感情基礎，除了浮光掠影般的片刻心動，除了極短暫的親密接觸，我和周令儀在彼此的『平常』裡什麼都不是。

不知不覺，我失去了打電話給她的力量。

周令儀在『平常』之間走出了我的愛情，帶著以往一貫強勢的背影。

幾天後的傍晚，小蕙打電話給我。

『你的外套還在我這裡。』

她帶著笑，薄薄的嗓音裡有一點羞。

早春已過，天氣越來越不冷。如果她沒提起，我幾乎忘了這件事。

本來想回說沒關係、改天有空再去拿，忽然心裡閃過一絲異樣，我改變主意。

『那……順便出來吃個飯吧？』

話筒彼端，呼吸聲突然一緊。

『嗯。』

『想去哪裡？』我笑著問。

『想……想去陽明山兜風。』她怯生生的說。

在山間迎著夜風、環著小蕙瘦削的臂膀……那樣的記憶，突然在腦海裡鮮活了起來。剎那間，我好像鬼上身一樣。

『妳現在在區部？』

『在校本部。』她輕聲說：『今天有點事……』

『那好。一個鐘頭之後，我在校門口等妳。』

話筒那頭的呼吸聲又突然一窒。我彷彿可以聽見小蕙的心跳聲，想像她的體溫驟然升高，一股腦從衣領襟口透了出來，帶著某種暖暖香香的微潮。

『好。』她的聲音非常輕非常細，像要暈過去似的。

夜裡騎機車上陽明山好像有點怪怪的，畢竟不是一大群人，我興起了借車的念頭。

誰有車呢？

阿凱在天母的秘密別墅裡，有一輛近乎全新的黑色ＢＭＷ，那是他爸爸威權統治下的、某種『照顧兒子』的好意。別說阿凱死都不願動用那輛車，就算他肯借我也不敢要，萬一不小心貓到一點邊邊角角，我所剩不多的大學生涯，恐怕就要在牛郎店裡還債度日了……

當然不可能去跟周令儀借。一想到周令儀，心裡就有一股難以言喻的無名火，像毒蛇般囓咬著我的心。

想來想去，只好打電話給呂翰大人。

『你如果承認想跟她打砲我就借你。』他明顯帶著惡意的嘲弄。

『亂……亂講！我……』我一下子慌張起來：

『我只是覺得開車上山比較安全啦！晚上，又只有兩個人……』

『你滿腦子想報復。』

呂翰大人淡淡一笑，犀利的言詞與口氣全不相稱。

『這就叫做「在長篠報復紀伊的敵人」。嘖，你這卑鄙下流的傢伙。』

毫無激情的咒罵最恐怖。彷彿這些字眼是寫在我的醫療紀錄上，他不過是在電話的另一頭照著唸出來罷了，既是鐵錚錚的事實，絲毫不由得你抗辯。

我一抹額汗。『你……你到底借不借啦！』

『你知道她什麼都會答應你，任你予取予求。』呂翰溫和的笑著：『跟某些拒絕你的女孩子不一樣，對吧？』

我開始後悔打電話給漢尼拔・萊克特醫生。

他待會如果準確說出我內褲的顏色或勃起長度，大概一點也不覺得奇怪。

『你在誘導我，學長。』垂死掙扎之間，我靈光一閃：

『你想透過言語暗示對我之後的行為產生「觀念運動」。對敬愛你的學弟遂行電話催眠，你不覺得有些卑鄙嗎？』

『喔比起想佔女孩子便宜的色狼，我這是風雅的卑鄙。』

『你不想借就直說。我要掛電話了。』

『過來拿車吧！』呂翰呵呵笑：『你是時候幹點壞事了。』

據說，織田信長派遣羽柴秀吉征討紀伊國的雜賀眾，擅長鐵砲（火繩槍）的雜賀國人狠狠修理了織田軍，讓秀吉還有他麾下的軍隊吃足了苦頭。

後來在長篠之戰，秀吉從雜賀眾的戰術得到靈感，在清井田原的織田本陣前，將三千挺鐵砲分三組，隔著防馬柵，對衝鋒而來的武田軍進行三段射擊。

背著『風林火山』軍旗、威震天下的武田騎馬隊，在此一役之中全軍覆沒，武田家從此退出戰國舞台，結束了信玄、勝賴父子的『赤備』（紅盔甲）傳奇。
這段戰國歷史留下了一句日本俗諺，那就是『在長篠報復紀伊的敵人』。

呂翰大人的愛車，是一部二手的老爺銀色金全壘打，有著福特車一貫的優點：好開易上手，而且怎麼都開不壞。

他在士林租屋處的樓下，把鑰匙跟車交給我。
『你再亂說些五四三的，』我一整個恐嚇他：
『我就開小銀進自強隧道，找傳說中騎腳踏車的阿婆尬車。』
呂翰舉雙手投降，笑容溫文和煦，完全看不出是個狼心狗肺的狠咖。
『你連鬼都不怕了，我怎麼敢冒犯天顏？』他笑著低聲問：
『對了，上陽明山是你提議的，還是她？』
這記冷箭猝不及防，我愣了一下，想也不想：
『是她說要去的。』
呂翰大人摸著青髭髭的下巴，瞇眼一笑，略顯蒼白的尖臉蛋在夜裡看來格外陰柔。
『那，你們就算勢均力敵了。小心別被吃掉。』
『去死吧！』我咬牙切齒，用力甩上車門。
扭轉鑰匙發動引擎，該稱為『老銀』的小銀轟轟作響，隔著密閉性很差的車體，我聽見車外的呂翰哈哈大笑。

我拿到駕照，是聯考放榜那年的事。只有寒暑假回家時，才有機會開一下我爸的老爺車，到大三下所累積的駕駛時數，絕對不超過十五個小時。我不知道自己為何要約小蕙出來，或許呂翰說得沒錯，我只是……覺得自己的這個要求並不會被拒絕。

在這幾天裡，『被拒絕』的感覺一直折磨著我。我非常想再回到和周令儀相擁撫吻的那個當下，然而卻不可得。

我開著車子，在中正路及文林路一帶兜了兩圈，等方向盤、油門的感覺回來一些，才開往中影的方向。

昏黃的天空，把橘紫色的迷離混彩投影在磺溪上，校門口尖錐形的標柱下，站著一個修長窈窕的女孩，上身穿著我的牛仔外套。

『哈囉！』

我橫過排檔桿打開車門，小蕙睜大了眼睛，掩著嘴噗哧一笑，粉頰浮現兩朵紅紅的雲，襯著淡淡的雀斑，遠比油彩似的晚霞更薄、卻也更為冶麗。

在不施脂粉的前提下，她是我平生僅見，肌膚色澤變化最豐富細膩的女孩。

日後我認識許多比她更美麗、皮膚更白皙的女子，但再也不曾有過如此戲劇性，彷彿會說話一般，充滿著各種言語情緒的膚觸。

『這是你的車？』

她小心關上車門，環抱的雙臂擁著我的外套。

我完全不想隱瞞。『這是為妳借的車。在十二點以前如果沒還回去，它就會變成南瓜；而妳身上的外套會變成塑膠袋，一點都不環保。』

小蕙抿著嘴，瞇起的眼睛水汪汪的，有一種我從沒見過的淘氣。

『那司機呢？』

『毫無疑問的會變回老鼠。』我嫌惡的擺擺手：

『一百七十幾公分這麼大一隻，真是夠噁心的。』

小蕙咯咯大笑，狠狠貓了我一拳。『最好是！』

從仰德大道開上陽明山，這段路對不熟車況、路況的新手來說，並不是很容易的一件事；如果再緊張一點，很可能發生意外。

但出乎意料的，我跟小蕙聊得很開心。

無論我胡扯什麼，她都很捧場的咯咯笑，蒸騰的體溫彷彿充滿了小小的車內空間，身體被比常溫至少高上兩度的空氣裹著，那種濕濕暖暖的感覺一點都不覺得黏滯，是很舒服的感覺……還有那溢滿鼻腔的、屬於女孩子的柔和體味。

金全壘打在平台前停下，我們還聊得意猶未盡。

當晚並肩看夜景的山邊，涼絲絲的夜風迎面而來。

小蕙輕輕『啊』了一聲，很不好意思的笑了起來。

『我都忘記把外套還給你了。』說著掀開襟口，薄薄的削肩褪出外套，手臂正要伸出袖管。

我本能的阻止她，動作很順的繞過她的肩背，將小蕙輕輕環住。她並沒有掙扎。

『這裡風大，妳還是穿著好了。』

『嗯。』

先說清楚，我平常並沒有佔女孩子便宜的習慣。環著片刻，內建的良心程式開始發出嗶嗶警示音，我摸摸鼻子，訥訥的鬆開手。

說真的，一直摟著連我自己都很不自在，感覺就是一整個怪。

我們並肩站了很久，風並沒變得比較大，但也沒有減弱的跡象。小蕙輕輕打了個哆嗦，縮著頸子雙手環抱，我覺得她似乎微微顫抖。

那樣的單薄嬌弱，讓我覺得非常心疼。

沒有一絲佔便宜的意思，我忍不住伸手，實實的摟住了小蕙纖細的手臂。

『冷嗎？』隔著牛仔布，她的體溫比我還高。

她搖搖頭。『這樣還好。』

彷彿說好了似的，等我覺得有些尷尬的放下手，小蕙就忍不住輕輕顫起來。那樣惹憐的小動作，刺中了我心裡某一塊柔軟之處，於是再度伸手；我摟小蕙摟得越來越理直氣壯，她的溫順鼓舞了我，這麼做並不是一種侵佔或逾越，而是保護與扶持。

『我常常夢見，你像這樣站在我身邊。』

她瞇著眼睛淡淡一笑，目光飄散在浮光閃爍的台北盆地。

『國中的時候、高中的時候、爸爸走的時候……都一樣。』

我聽得心都揪起來，緊緊摟著她單薄卻溫燙的臂膀。

『從現在開始，我會一直在這裡。』

這樣說好像又有點怪怪的，我聳聳肩，故作死相。

『妳可殺到我家樓下按電鈴，反正我跑不掉。』

小蕙抿嘴笑起來，粉粉的薄唇微噘著，眼底的水光令人目眩，帶著小女孩似的天真。

『你餓不餓？』

『妳餓了？』

小蕙搖搖頭。

『我想喝酒，』她羞怯怯的靦腆笑容，有一股難言的魔力。

『慶祝我們終於又碰面了。你帶我去喝酒，好不好？』

那是我這輩子第二次去ＰＵＢ。

上一次去ＰＵＢ，是跟大學死黨耳東、阿凱他們一起，把失戀喝醉酒哭不停的學姊帶出店來；至於帶女孩子進去，這還是我人生裡的第一次。中影文化城再進去一點，當時有一排大約三、四家ＰＵＢ，我們把車停在漢堡王對面的停車格，下車時我很自然的牽起小蕙的手，她很害羞的低著頭，卻沒有掙開。

大家可能會覺得很好笑，但從車位到店門口這一小段，是我這輩子頭一次領略『有女朋友』可能是種什麼感覺。

我從沒牽過黃靜仍，甚至周令儀的手並肩低語，招搖過市；然而這一刻小蕙的溫順卻深深撫慰了我，幾乎產生置身夢中的錯覺。

我忘記那家店的店名了。不是因為記憶不夠深刻，而是從離開車子那一刻，我的注意力全在小蕙溫暖的小手上，見過什麼人、走過什麼路……其實我統統都沒有印象，只記得店裡閃著藍色與粉紅色螢光的刺目燈管。

『兩位喝點什麼？』服務生笑得很職業。

『有餐點嗎？』我翻著menu。

就算平常只吃路邊攤我們也是有經過訓練的，空腹喝酒就是一個醉字而已，沒有第二條路。服務生避重就輕。『是這樣，現在您只要點兩杯調酒的特惠組合，我們就免費贈送一盤小點心。您有兩個人，可以點兩套。』

這怎麼聽都是陷阱。但我當時滿眼都是小蕙，只想趕快把討厭的服務生趕走，所以點了血腥瑪麗，以及長島冰茶——前者是我當時少數聽說過的調酒，至於後者，是因為『冰茶』聽起來酒精濃度比較低。

『小姐呢？』

『麻煩請給我可樂。』看我一臉錯愕，小蕙笑著說：

『你有兩杯呀！分我喝一點就好。』

在我讀大學的年代，PUB裡的女孩都不敢穿得太暴露，除了歸國度假的香蕉妹，至多也就是細肩帶小可愛了，還並不常見。

那個時候，在PUB要吸引男性的目光，只有兩個重點：

第一，是輪廓要立體。不然燈光一打黑整張臉是平的，一整個妖尼姑。第二，就是身高要夠。美腿渾圓修長，被牛仔褲一裹，光靠曲線就能俘虜一狗票饑渴的男人。

小蕙並不是非常美豔的類型，長相至多算是『清秀』。

這個比擬可能有點遠，不過在我的記憶深處，我始終覺得她長得像英國的氣質女星克萊兒·馥蘭妮，無論氣質或輪廓，都非常非常相似，連微褐的黑髮都有著奇妙的雷同感。

她當天的穿著稍嫌保守，罩衫牛仔褲，配上短跟女鞋，但修長的細腿已經讓店裡許多人轉過頭來多看了幾眼。一瞬間，居然讓我有種驕傲的感覺。

我跟小蕙共用一根吸管，很笨拙的輪流吸著杯中液體。當然，我明顯喝得比她多很多，小蕙說自己酒量不好。

聊什麼大多記不得了，一開始只是些不著邊際的笑話。多半啜飲著可樂的小蕙，臉卻比我還紅，笑得傻傻的，感覺非常可愛。

我忍不住伸手摸她的額頭。『咦，妳喝醉了嗎？』

她拍拍自己的臉，閉著眼，捧著雙頰輕輕搖晃。

『不知道……有點熱啊！我把外套還給你好了。』

我也穿不住，隨手接過她脫下來的牛仔外套，放在旁邊椅子上，才發現外套都是她的味道。

『我以為妳是洗過了才還我的。』我開玩笑。

『我星期一就打算拿去還你了，但走到你家樓下，結果又猶豫起來，不知不覺站到晚上；風一大，就把它穿起來了，最後又穿著回家。』

我抬起頭，有些發愣。

小蕙紅著臉，低頭繼續說。

『第二天，我一早又到你家樓下，結果又是一樣，有些話我不知道怎麼開口，最後又穿著去學校……這禮拜裡，我每天都做同樣的事。早就洗好的衣服，都被我穿髒了。』

『妳到底……想跟我說什麼？』

她猶豫了一下，自己卻笑起來。

『我希望你能約我出來，不光……不光是還衣服而已。』

她拍拍胸口，裝作鬆了一口氣：『還好是你先約我的。』

我不懂。

雖然我覺得自己還算是個不太糟糕的男生，並不是姥姥不疼舅舅不愛，但對小蕙而言，這些年來我完全就是個不聞不問的陌生人。

除非我們之間有過我和周令儀那樣的火花，否則，這樣的感情究竟從何而來？

這一點道理也沒有。

我茫然的回望著她，試圖從中看出些什麼；小蕙卻羞羞的低下頭，咬著嘴唇攪動吸管。

忽然間，我一把抓住她的手。

『這……這是什麼？』

小蕙睜大眼睛，但我的錯愕絕對在她之上。

在她雪白幼細的左腕，有著一條條粉色的痕跡，整整齊齊橫過淡青色的腕靜脈，就像……就像……就像《魯賓遜漂流記》裡，木樁上的日曆刻度一樣。

那樣的痕跡一共有五條。顏色雖淡，卻是清清楚楚。

後來我才知道，割腕自殺要留下痕跡，那樣的傷勢幾乎是要送急診才能處理，而且院方一定會通知警察來製作筆錄，傷勢穩定之後，還得去派出所應訊。

『所以，我非常討厭警察。』

光裸像人魚般的小蕙趴在我懷裡微笑，眼裡淚花花的。

在PUB昏暗的燈光下，小蕙變了臉色，想要把手抽回來，卻被我緊緊的握著。

她咬著牙，小力卻持續不停的掙扎著，脹紅的粉頰不再羞人答答，只是倔強得令人心碎。我握著她的小手，默默注視著她努力不懈的反抗，在無法抑制的錯愕裡，一邊聽著心裂成一片一片、無助落地的清脆聲音。

直到小蕙累了，輕輕垂落肩膀。

我托著她小小的、溫溫濕濕的手，死都不敢放。

『你消失之後，我的人生……過得很不順利。』

她輕聲說著，就像呢喃一樣，也不是說給誰聽。

『我常常想：其實，我應該要恨你才對。在你不見以前，我記得我過得好快樂，快樂也好快樂，痛苦也好快樂……但並不是那樣的。只是有一些東西，跟著你不見了而已。』

我不由自主鬆開手，撫摸著她腕間一道一道的疤痕。

那摸起來……就像是尺的刻度一樣。

烙印在皮膚上的……記錄絕望的尺。

小蕙微微一笑，眼眶裡有淚花打轉。她纖長的手指伸過來，細細的指尖隔著我不停撫摸的手指，彷彿在導引介紹什麼。

『這裡頭，只有這一條算是你的。』她指著中間那條疤痕：

『高二那個下午，我在河堤邊等了你好久好久，始終沒等到你。那時候，我好希望世界就那樣崩潰了，所有東西都消失不見。』

我悚然一驚。

這才想起高二的那場同學會，時時樂餐廳裡這麼多人，只有小蕙一個是穿著長袖的。還有那晚在我逃走以前，她眼裡那難以言喻的深……

——『我跟她……沒這麼熟了。』

腦海裡，突然響起周令儀的聲音。

這就是她拚命要把小蕙帶到我身邊的理由嗎？即使她們倆早已漸行漸遠，走上兩條截然不同的人生道路……

想到周令儀，令我胸口沒來由的一痛，而眼前的小蕙又是那麼樣的楚楚可憐。

我重新握住她的手，唯恐她插翅飛去，落到一個我管不到顧不了的陌生境域。

遇上困難或痛苦的我，本能的就是想逃。那樣……是不可以的。絕對不能再那樣。

我看著她。

彷彿這樣，就可以從她眼裡看見我自己。

『答應我，妳永遠都不可以再傷害自己。』

『好。』

『從今天起，所有的不開心都要讓我知道。』

『好。』

『遇到困難痛苦，要記得我會跟妳一起承擔。』

『好。』

『雖然我有一點沒用，但今後我會盡力照顧妳。』

『好。』

她毫不猶豫的點頭，瞇著的眼睛像是噙著兩窪小水晶。那並不是眼淚，是天生的異貌。擁有『淚窪』的女子，注定了一生情路坎坷……我心底微微一痛，眼角發熱。

『當然，如果有什麼快樂的事，也要跟我分享，如果只能分享悲慘的事，我就真的太可憐了。』

小蕙咬著嘴唇微笑，眼底閃動著瑩瑩波光。

『好。』

『接下來這個要求妳可以考慮久一點，我ＯＫ的……妳知道。』

我深呼吸一口，明明很想哭，但又忍不住發笑。我們倆頭靠著頭，『噗哧』一聲突然笑了起來，我邊笑邊抹眼角，好不容易，才跟她分了開來。

『請妳答應跟我交往。在妳點頭之後，除非妳要我走，否則這一生我絕不離開妳。』

呂翰說得一點都沒錯。

我早就知道了。她什麼都會答應的，就這樣任我予取予求。

小蕙笑了。鬆開齒印宛然的薄唇，瞇起細細的眼睛，彎翹的睫毛輕輕顫動著，那是毫無保留的真心開懷。

然後，失去依託的淚水終於滑落面頰，在雪白的臉上曳出淺淺兩行。

『好。』

14

我一生受過許多人的教導。

教導我以軟弱，教導我以堅強，用人生裡不停流轉變換的式樣。

其中有我愛的，也有我不愛的，更多的卻是隨著記憶漸漸褪去，最後只剩下一件衣服、一把椅子……像那樣零星破碎的印象。

但我永遠忘不了，和小蕙定情的那個晚上。

我們都喝醉了——至少我是這樣。

長島冰茶跟『茶』去他媽的一點關係都沒有，這種以六大基酒摻在一起、再加可樂的調酒，在還沒有FM2的年代榮登PUB失身常備排行榜第一名，堪稱色狼玩咖的最佳拍檔。

女孩子看著menu不疑有它，一杯嗑完就茫了，醒來才發現在旅館床上，旁邊的男人一整個豬頭，要命的是妳還不認識他。

我的酒量最多三瓶台啤易開罐，這還是上大學之後才鍛鍊出來的。

平常沒事是因為帶著陳耳東先生，乾杯敬酒完之後，大部分都拐他喝下去，反正大家喝得很high，誰管你偷餵了誰？

長島冰茶加血腥瑪麗，我的臉開始發燙，腦袋裡嗡嗡作響。更何況身邊還有小蕙。

我們兩個像呆子一樣握著手，貼著額頭，我試圖用鼻子輕輕磨蹭她的鼻尖，但耳蝸裡的三半規管顯然故障中，歪歪倒倒的老是對不準，兩個人吃吃笑起來。

『好像在做夢一樣。』小蕙輕聲說。

那麼近的距離，迷茫的視界裡根本捕捉不到她的臉，但小蕙的吐息好熱、好熱，有一股溫溫香香的濕暖。

『嗯，好像做夢一樣。』

離開PUB的時候，我已經有些站立不穩了，只能斜斜倚著小蕙，兩人摟著慢慢往前走。

一離開路燈的光源籠罩，我們迫不及待擁吻起來。小蕙的嘴唇涼涼的十分柔軟，體溫卻高得嚇人，纖細的腰板摟在懷裡，就彷彿抱著一團火似的。

她鼻尖吐息的聲音很輕，有種空渺的氣聲，聲線的末端微微顫抖著，好像會飄走一樣，既含蓄又催情，簡直是某種可愛的小動物。

『有……有人來了啦！』小蕙細細哀求著，慌亂無助的樣子激起了我體內的雄性衝動。

『放開我……拜託……』

我依依不捨的鬆開手，趕著背後的腳步聲接近之前，恢復成牽手的模樣。

明明那對情侶頭也不回的越過身旁，小蕙卻很心虛的整理著頭髮與襟口，彷彿我倆衣不蔽體。

有一股強大的吸引力在我們之間作用著，越是無法盡情疏解，累積得就越為澎湃。

回到車裡，根本沒來得及取下擋風玻璃內的反光墊，小蕙才一關上車門，我就紅著眼睛猛撲過去，像獅子擒捕小白兔一樣，緊緊將她抓在懷裡。

她驚呼一聲，柔軟的嘴唇便已淪陷。

有了之前的經驗，雖然恨不得將小蕙吞下肚裡，我還是盡量放輕脖子上的力道，含著她的唇珠，用舌尖一遍一遍潤著她的唇瓣，偶爾輕點牙關。

她微微張開小嘴，柔順的抬頭。

那是全然沒有設防的迎合姿態，我們緊緊相擁，吻得又濕又熱。

——好……好柔軟。

我嚐著她口裡的滋味，意外發現沒有絲毫異嗅，只覺得熱而已……又濕又熱。舌頭侵入口腔時，有一種很貼肉的悚慄感，會讓人泛起雞皮疙瘩，津液啜吮的聲音非常淫靡。

我們吻了很久很久，彷彿時間突然停止。

我並不是一直啣著她的唇片不放，我們始終緩緩的動著，推擠、廝磨，輕輕接觸又緊緊黏合……喘不過來的時候，我就輕輕移開，吻著她的嘴角，吻著她下頷與人中，吻著頸側與鎖骨，迷失在她灼熱而緻密的膚觸之間。

小蕙的皮膚非常滑，只有零距離的接觸下，才能體會那種彷彿抹了極細極細的珍珠粉、沒有一丁點毛孔的滑順感。

她像小鳥一樣啄著我的臉頰、鼻尖與嘴角，只要一與她細膩的嘴唇或肌膚黏觸、滑開，就有一股通電般的刺激在我的身體裡爆開。

那種舒服到像把整個心抽起來的感覺，其實跟射精前的一剎那非常非常相似；我一邊顫抖著發出痛苦的哼聲，忍不住把手插進她外套的襟口。

小蕙的呼吸急促起來，軟弱的推拒著，絲毫沒有嚇阻的效果，只是徒然鼓動我的獸性罷了。

小蕙是個非常纖細單薄的女孩子，身板平平的，簡直是永野護筆下的Fatima。以今時的眼光，她的罩杯可能剛剛好是A，甚至還不到A+或B-的程度，胸型十分小巧。

我的手不安分的探進外套裡，隔著薄薄的春裝罩衫，撫過她纖薄的胸板。小胸部的女孩不見得瘦削見骨，但她們大多都有個共同特徵：那就是胸部特別敏感。

小蕙輕輕哀叫一聲，像是被什麼咬疼了似的，身體突然僵硬起來。

我的手掌揉過一片起伏平緩的肉丘，有顆櫻桃核似的硬突卡了一下指縫；小蕙猛地跳了一下，『嚶』的一聲，挺著細腰簌簌發抖。

手指滑到胸脥邊緣，這裡的乳肉鼓起圓呼呼的一團，我不斷變換手指形狀，讓柔滑的肉丘隔著棉布胸罩，往掌心裡集中變形著，就像揉著剛出籠的小白饅頭，手裡又綿又燙。

雖然我從小就是個胸部星人，但小蕙的身體教會了我一件重要的事：

無論尺寸大小，女孩子的胸脯都是非常美好之物。形狀、膚觸、體溫、敏感度，甚至色澤氣味……只有不懂得把玩欣賞，沒有不值得把玩欣賞的。

小蕙的喘息與柔順鼓舞了我，一瞬間，腦海裡突然閃過一個異常熟悉的畫面：

同樣在車裡，同樣充斥著濕熱淫靡的空氣，同樣輕輕扭動的、喘息粗濃的苗條女體……

我殺紅了眼，重重堵住小蕙的唇，用力吸吮著她甘美的津唾與舌尖，一邊把手移到她兩腿之間，蠻橫的覆住了她微微賁起的恥丘。

小蕙劇烈發抖著，抗拒還是一樣的軟弱，體溫持續升高。口裡熱得像是蒸香似的，分泌的唾液彷彿是熬化流淌的滾燙糖膏。

她的小腹非常平坦，隔著牛仔褲的粗硬，似乎有點微微凹陷，只有骨盆兩側凸起，充滿某種很難形容的女體蠱惑——

男人再怎麼瘦，都不會浮露出月牙彎似的骨盆形狀，那是烙印在女人身上的、獨一無二的『性』的標記。

隱藏在那樣的骨盆裡，就在毛髮血肉的包覆下，有著溫暖濕熱、神秘而魅惑的緊束肉腔……狂亂的欲望攫取了我，懷著做惡的念頭，我捏住一塊小小的金屬圓片，喀的一長聲，拉開了牛仔褲的拉鍊。

『不要……』小蕙哀求著，宛若哭泣。

我記得上一次停在這裡的挫敗感。

但小蕙不一樣。她……她是我的。

我們……我們剛剛說好了的。她是我的。

『跟某些拒絕你的女孩子不一樣，對吧？』

呂翰大人的嘲弄像惡魔一樣，突然在腦中響起。

可惡！我咬著牙，用粗魯的動作揮開最後一絲猶豫。

小蕙仰起頭，輕輕的哀叫了一聲，聽起來居然像是很尖很細的呻吟。

我探進她的最後一道防線，撫過汗濕的平坦小腹，以及一片茂密的纖細捲茸，陷進一團極濕極熱的黏滑。那裡遠比肌肉柔軟也更強韌，令人難以自拔……

其實我不知道接下來該怎麼辦。

雖然從高中到大學看了不少愛情動作片，但是在淺倉舞和白石瞳征服大家的年代，有碼R片的馬賽克大得跟車輪鋼圈一樣。我們只知道男優在鋼圈裡摳摳摸摸半天，一旦親臨犯罪現場，卻發現完全不是想的那樣。

這就像是高中的時候上數學課，老師在黑板上寫得很清楚，我們似乎也看得明白，但考試面對一片空白的答案卷，才明白其實大家也沒說很熟……

我的指尖還愣在原地發呆，緊要處嵌入一小截異物的小蕙已經弓了起來，牙縫裡緊咬著一絲哀鳴，兩條細腿微微屈起，突然驚慌的抓住我的手。

『有……有人……』她縮著身體滑下座椅，差點連我夾在她腿間的手也一起扯了下去。

『有人……有人來了！』

不知何時，用鬆緊帶勾住兩側遮陽板的反光墊脫落了一邊，恰巧就是副駕駛座前的那一半，透過毫無遮掩的擋風玻璃，一群像學生喝醉酒的人迎面走來，目光直接望進車裡。

小蕙狼狽的蜷在腳踏墊上，慌忙拉上拉鍊，整理頭髮。我突然有些暈眩，軟軟癱在駕駛座裡，看著她紅撲撲的臉頰，還沉溺於剛剛的奇妙體驗，只覺得她非常可愛。

『都……都是你，大色魔！』她埋怨：

『都被人家看……看到了啦！怎麼辦？』

其實我酒精已經開始發作，剛才一陣血脈僨張，後勁更是一股腦兒衝上來，整個人就是不能動，只能伸手過去，輕輕拉著她。

『就說……說我是妳男朋友好了。』

小蕙一怔，原本緋紅的雙頰又染上紅霞。

我不知道該怎麼形容『紅著的臉又臉紅了』，她的肌膚就是如此奇妙。

『嗯，那就這樣說好了。』她咬著唇點點頭。

眼裡雖然水花盈潤，表情卻很開心。

我瞇著眼，手指一比，意猶未盡的訓斥著。

『下……下次不可以忘記喔！跟……誰都要這樣說。』

醉貓一本正經的繼續叮嚀。『我……是妳的男朋友。』

『好。』小蕙終於笑了。

這晚的後續發展只能說是丟臉。

我被兩杯調酒撂倒之後，從天上掉下來的新女朋友開著我向毒舌學長借來的車，送回了親戚牌愛心宿舍。根據被害人石君小蕙的說法，她扶犯人上樓之後，該犯曾經試圖摟著她一起滾床單，可惜力不從心，被她以證物（一）棉被裹成了草履蟲狀，當場昏死過去。

小蕙將車鑰匙留在桌上，用保溫杯幫我泡了一杯熱茶，臨走之前還關了燈，然後自己步行回家。

雖然完全沒有立場，但事後我還是說了她一頓。

『……那麼晚了一個女生走夜路，實在是太危險了！』

我小心隱藏心裡的惡魔：『等第二天早上我送妳嘛！』

『那更危險。』她噗哧一笑，雪嫩的臉頰紅彤彤的。

PUB定情夜的第二天，醒來時已經下午快三點了。

宿醉就像小孩一樣，死纏著不放，嗡嗡嗡的，一直在你耳邊煩；越生越煩，然後越煩越生。我的住處西曬很嚴重，但醒來時室內卻不怎麼熱，我也沒被刺目的陽光曬醒。搖了搖灌鉛似的腦袋，等頭殼裡的妖精們打完架，才發現百葉窗是放下來的。

桌上的車鑰匙底下壓著一張便條，熟悉的字跡十分秀麗，線條溫軟。

『我把車子停在公園邊，在門牌××號附近。杯裡有茶，要好好休息喔！我回家會call你。愛你的蕙。』

流暢的書寫一到『愛你的』三字前略有停頓，我彷彿可以想像她害羞的模樣。

保溫杯裡的茶還有一點溫，我住的地方沒有電熱壺，她用茶壺煮開水沏完茶，把剩餘的滾水倒進了碗公，再把旋緊蓋子的保溫杯放進碗裡，就擱在水壺旁邊。

杯裡並沒有茶包，所以茶味剛好，沒有泡隔夜的苦澀；垃圾桶裡也沒有泡過的茶包，顯然她連垃圾也帶走了。

如果不是太晚太累，說不定她會幫我掃掃地什麼的吧？

我這才深深感覺到，有個女孩真的走進了我的生活中。室內擺設與昨天並無不同，但就在剛醒來的十分鐘裡，小蕙的形影及痕跡卻無處不在。

捧著保溫杯，我一口一口啜飲著變涼的茶，心裡有股說不出來的、快要滿溢出來的感覺。

梳洗過後換了套衣服，拿著車鑰匙走到公園。

奇妙的是：小蕙停放金全壘打的地方，距離上次周令儀的大發銀翼不遠，大概只隔兩、三個車身而已。

停過大發銀翼的地上，依稀還有些許反光。那是當晚車燈撞碎的玻璃渣。

我應該要打個電話給周令儀才對。

我跟小蕙都是她的朋友，既然在一起了……似乎該知會一下比較好。

——想是這樣想，但我坐在紅磚道的水泥沿邊上，對著手機發呆，一下子忽然不知道該怎麼說出口。

從這個角度望過去，可以看見愛心牌宿舍的窗。

但現在，什麼都看不到了。

小蕙幫我放下了百葉窗，擋去了午後刺目的驕陽，也阻斷了來自彼方的注視。

就是這樣了，我想。

風停，一切自然就塵埃落定。有選擇就會有結果。

我握著手機抵著下巴，默默坐在公園邊上，右手食指湊近鼻端，腦海裡忽然浮想翩連。——這隻指頭，昨天撫摸過小蕙……

那種惑人的濕暖彷彿又回到指尖，我感覺它就像針刺一樣微微發麻，似乎有種麝香般、既濃烈又刺激，散發著甘美氣息的味道……

我無法分辨這是豔麗荒誕的幻想，還是小蕙真正殘留的氣味。思緒，已經飛到我無法控制的地方。

我沒有打電話給任何人。呂翰、耳東……誰都沒有。

我只是一個人上了樓，守在電話機旁，望著牆壁默默發呆。

在想像奔馳的異空間裡，我不斷播放昨晚酒精發作前的那一段，一遍一遍的回味著小蕙的身體、小蕙的溫順，一點一點還原情緒，重新回到那個狂亂時刻……

電話響起前，我吃掉了中間十二個小時的空白，身體跟心，都回到了車子裡頭的時空。

『喂……是我。』小蕙的聲音有點害羞：『我下課了。』

『嗯。』

『你……有沒有好一點？』她帶著笑。

『嗯。』

『我晚一點……帶苦茶過去給你。聽說解酒很有效。』

我沒答腔。

胸口有些東西快爆炸了，我不知道該怎麼說。

『你……怎麼了？』她怯怯的問：『生氣了？』

我搖搖頭。這個動作很蠢，但我無法思考。

『我……很想見妳。』

這聲音啞得簡直不像我自己。

『快來我家，好嗎？』

親戚牌愛心宿舍還滿大的，大概有三十六坪左右。不過就如前文所說，這是親戚懶得整理，才好心借給我住的。二十幾年的老房子沒有經過大翻修，連牆壁都是我搬進來之前，拗耳東、炳爺幫我粉刷的。三房兩廳兩衛裡，三個房間跟一間廁所已經不能使用，不是堆滿雜物，就是壁癌橫生，平常都直接把門鎖起。

我把跟廚房、飯廳相連的客廳整理到勉強能住，學耳東把一張小尺寸的雙人床搬到客廳來，算上半間廁所，這就是我全部的起居空間。

所以一進門，就可以看到床。

有些事根本就無須語言傳達。我不知道自己是怎麼辦到的，但小蕙完全聽得懂我的意思。她沒去士林夜市買苦茶，搭最快的一班公車回到這裡，進門脫鞋放下包包，我把她推倒在床，激烈擁吻起來。

我不知道她是怎麼做的，但我們不約而同壓縮了時間，氣氛回溯到昨晚被中斷的汽車裡，有些非做不可的事已經無法忍耐。

我吻著小蕙，抱著她坐起身，掀起她的罩衫。

小蕙溫順的舉起雙手，裸露出白皙的上半身，她穿著一件鼠灰色的運動型內衣，細小的乳房劃出兩抹淺淺的圓弧，尖膨的乳蒂像櫻桃核般挺翹浮凸。

我從沒看過女孩子穿這樣的內衣。

不知為何，她小小的奶脯非常性感，我聽見自己胸腔裡劇烈的心臟撞擊，眼睛、耳朵裡滾燙到即將休克。

我們替對方解開下圍，冷靜裡帶著即將失速的慌；兩件牛仔褲被扔下床，小蕙穿著同款的棉質內褲，寬扁的臀部被裹得緊緊的，細直的雙腿側坐屈起，帶著動人心魄的修長曲線。

她連腳趾都纖細而長，蜷起來的模樣無比誘人。

我一言不發的褪去所有衣物，勃昂到會覺得痛的程度。

小蕙雙手抱胸退到了床裡，雙頰緋紅，水汪汪的細眼盯著我。與其說是害羞，更像恍惚出神的迷醉，就跟吃了藥一樣……

『脫掉。』我冷靜到了崩潰的邊緣。

『你……你來。』她閉起眼睛，羞意忽然湧現。

很奇怪的，我沒有一點愛撫的念頭，彷彿再不進去整個人就會爆炸。

飛快解下她最後的一道防線，我們熾烈相擁，小蕙閉著眼睛分開大腿，迎接我緩慢的沉埋……

我在她無比濕潤的門前連滑幾次，每一次擦刮的刺激都讓我忍不住想打哆嗦，但無論如何提腰放落、提腰放落，就是沒辦法進入小蕙的身體。

但摩擦的刺激同樣撩撥著她，小蕙閉著眼，仰頭輕聲哼著，粉臉紅彤彤的非常豔麗。

她溫柔的抱住我的腰，將大腿分得更開，視覺的強烈震撼加上她掌心柔膩的觸摸，差點讓我噴薄而出；越是緊張，越不得其門而入。

漸漸我失去了興致，只覺得焦躁難堪。

『沒關係……慢一點……』

小蕙羞羞的哄我，仍是閉著眼睛。

強烈的挫敗感讓我慢慢消軟，額頭上開始冒汗。

『對……對不起！我……』我試圖讓氣氛別那麼尷尬：

『我……我是第一次。我……我不太懂得怎麼……』

小蕙閉著眼睛羞赧一笑，細膩的小手捉住前端，緩緩導引著。那是比我想像中再低一點的位置……

『對不起！我……我是第一次做。』

雖然還沒完全勃挺，但我有點明白自己錯在哪裡了，不由得鬆了一口氣。

『那妳呢？』

我發誓這句話裡全無惡意，只是緊張過後壓力一鬆，沒話找話、脫口而出罷了。

不論當時或現在，我毫不覺得『處女』跟『愛情』有何瓜葛，我愛的她就是眼前這個全部的她，無論是構成她的哪一部分，只要是讓她今天得以來到我身邊的，統統都是我傾心所愛。

如果時間能夠倒流，如果神能應許，我願意用十分之一的生命做為代價，交換這句話不曾出口。

小蕙突然睜開眼睛。

我毫無準備，正想重新挺腰進入，是她灼烈的目光像有形的劍一樣，刺得我抬頭睜眼，正好迎著她滿面的錯愕與驚恐。

我直覺我說錯話了——雖然一下子不知道錯在哪裡。

『小蕙！我……我不是……』我慌亂的想要解釋：

『我沒有……不是那個……』

她突然掩面痛哭。我從來沒看過她哭得這麼傷心，試圖擁抱、安撫，卻被小蕙用力揮開。

我們在床上拉扯角力著，小蕙再也不願讓我擁抱，更別提合而為一。我一整個不知所措，無能為力，眼睜睜看著她穿上衣服，拎著包包奪門而出，木然的呆坐在床上，全身冰冷。

窗外，應該是夕陽正好。

但關上百葉窗後，什麼也看不到。

15

第二天傍晚，我意外接到廖玉婷的電話。

廖玉婷也是我們六年一班幹部桌的八人小組之一，五年級時是衛生股長，後來好像也做過經建股長，是個黝黑健美的長腿妞，體育跟成績都很不錯。

現在想起來，我覺得她可能帶有平埔族的血統。

在寫這個故事的當下，如果記憶無差，我最後見到廖玉婷時她不但已經結婚，而且好像已經是兩個孩子的媽了。

她嫁給了同一家公司的同事，據說男方殷實而可靠，廖玉婷按部就班的組織她自己的小家庭，毫無花巧、不求捷徑，就這樣做了別人的太太，做了別人家的媳婦，甚至媽媽；大概廿年後也會成為別人的婆婆或丈母娘吧？

就像她小時候那樣。總是按時做功課，按時預習、複習，雖然全班的前三名裡不會有她，但成績一直非常的穩。

國中畢業之後，沒有很愛唸書的廖玉婷選擇了五專。

在那個年代，希望早點幫忙負擔家計的孩子，通常都會捨高中而就五專，即使成績很好的王亮弘、廖玉婷他們，也差不多都是這樣的情形。

高二的那場同學會，為了閃避小蕙的緊迫盯人，其實我大部分的時間都在跟廖玉婷聊天。

廖玉婷明顯想把談話的主導權交回小蕙手裡，但拜一旁的王亮弘死纏爛打所賜，小蕙接不了球，這個移轉的企圖始終沒有成功，直到我匆匆逃離。

而平台的烤肉聚會裡，整晚我的心思都在小蕙身上，除了開頭的寒暄外，其實幾乎沒跟廖玉婷聊上什麼。

換句話說，我跟她根本沒有互通電話的交情，連現居地的號碼也都是當天隨手抄在便條上，周令儀帶回去整理好之後才發給大家的。

『喂，是妳啊！』我有些意外。

她安靜了大概三秒鐘。

『你到底，跟小蕙說了什麼？』

廖玉婷昨晚打電話給小蕙的時候，她只是不斷啜泣著。

我後來才知道，自從上國中之後，廖玉婷跟小蕙不知為何成了超級好朋友，反而從小要好的周令儀與小蕙慢慢疏遠，最終成了僅止於點頭打招呼的『舊識』。

如果不是搭上徐安齊這條線，或許，小蕙和周令儀從國中之後就已經分道揚鑣，再也沒有交集了吧？

在小蕙『不很順利』的人生階段，一直陪伴著她的，其實是廖玉婷。

我無法向她描述那樣私密的事。況且熊熊被一問，也不知道小蕙吐露到什麼程度，我直覺興起了想保護女朋友的念頭——

即使我毫無把握自己還是不是她的男友。
『小蕙怎麼跟妳說的？』我小心翼翼。
『什麼都沒說，就是哭而已。』
廖玉婷的聲音並沒有透露出過多的不友善，我想起她從小就是個愛笑、開朗，性格卻很溫和的女生。
『她……她還好嗎？』
『還好。還能哭就沒事，她要是不哭，那我就要擔心了。』她淡淡的說：『前天她說要約你出去，我猜跟你有關係。』
所以小蕙什麼都沒說。
我小心斟酌著字句。『我請求小蕙和我交往。』
『嗯。』她聽起來一點都不意外。
『我……我問她之前跟誰交往過，』
我撒了個小謊，反正意思差不多。『小蕙就生氣了。』
話筒彼端，廖玉婷沉默許久。
『你知道她以前曾經自殺過嗎？』
我想起小蕙幼細的腕上，那橫過淡淡青脈的五條粉紅。像初生嬰兒的頭皮一樣，粉紅中帶著白慘的……疤痕。
『五次，對吧？』我盡量說得泰然。『我看過她的疤。』
『送醫急救的一共五次。』廖玉婷糾正我：

『自己包紮就算的，在學校、在家裡……已經數不清了。』

逃避現實的自殺行為，很可能會演變成一種慣性。

但我不知道發生在這麼親近、活生生的人身上時，感覺竟會是那麼樣的驚悚與壓迫。一瞬間，我突然意識到自己涉入了一個全然陌生的世界，那裡存在著太多我不曾面對、遑論處理的傷痛，讓我不知所措。

『我一向反對小蕙去找你。』她慢條斯理的說：

『小學六年級的愛情承諾，不會讓人的一生變得更好或更糟，不會有這種事的。我一直覺得，你只是她逃避現實的藉口。

『她想像中的那個人，根本就不是真正的你。很多年沒見了，其實就跟陌生人差不多，我跟你是這樣，小蕙跟你也一樣。我並不是說你不好什麼的，但她抱著那種一廂情願的想法，希望從你那邊得到愛情，我擔心她會因此受傷。』

廖玉婷透露了一件我始終想不通的事。

高中的時候，有一次她跟小蕙下課一起約在西門町，卻很偶然的在公車上看到了我。當然我完全沒察覺，但她們卻從我的制服和書包上，認出了我唸的學校。

『小蕙想查出你住哪裡、讀什麼班級、電話幾號……就像著了魔一樣，勸都勸不聽，我們還吵了幾次。』

廖玉婷笑著說：『讓她為了男生跟我鬧彆扭，你是第一個。』

後來的事就很容易猜了。小蕙想盡辦法打聽，最後終於找上了周令儀，女魔頭向來講義氣，於是透過手帕交徐安齊傳紙條……

『你們……在一起了嗎？』

『算是吧！』斟酌了一下，把PUB那晚的事簡單說了。

『如果這就是小蕙的決定，那我也只能夠支持她。』停了片刻，廖玉婷輕聲問：『你會好好對待她嗎？』

『對不起。』

『我不是故意要惹她哭的。』

這是真心話。過去的二十四個小時裡，我懊悔得快要去撞牆，卻無從彌補。

『但你還是讓她哭了。』儘管溫和，責備畢竟就是責備。

『有女朋友』之後的所有事，對我來說其實非常陌生；衝擊在我還來不及摸索之前，已經一棒將我打翻在地。若不是廖玉婷打這通電話來，我連呼救都不知道該怎麼開口。

『小蕙跟我提過，』她慢慢說，似乎是想好了才出口：

『周令儀說你之前沒交過女友，所以你還可以有一次機會，我相信你不是有意傷害小蕙。但，我要請你記住這件事，如果你真的把她當女友看待，就必須對她的眼淚負責任，並不是沒經驗或不熟練，就可以名正言順的傷害人。』

我感到非常羞愧。『女友』跟『責任』就像兩記重錘，轟得我抬不起頭。交往並不是只有做愛而已，如果……如果我能多替小蕙著想，而不是只想著佔有她的身體，或許就不會說出那種愚蠢的話。

廖玉婷說得很對。

『沒交過女朋友』並不是犯錯、甚至傷害人的藉口。

對承受的小蕙來說，傷害了就是傷害了，不會因為出發點的無心就能夠少痛一些。從這點來說，傷人的我沒什麼好無辜的。

『接下來我要跟你說的事，其實該由小蕙自己決定告不告訴你。』

廖玉婷慢慢說：『但我認識石小蕙很多年了，她即使真的想說，恐怕也說不出口。你聽完之後，就知道我為什麼反對你們交往。』

石伯伯過世後，就在和母親家人衝突最激烈時，區部法商學院一個大她一屆的學長向小蕙告白。他當街下跪，無視於人來人往，宛若求婚一般，浪漫得像是電影裡的場景。

『那個家如果沒什麼好留戀的，就到我身邊來吧！』

據說那人是這樣說的。『我會給妳一個全新的家。』

廖玉婷見過那位學長幾次，是一個身高一百八十三公分（這個數字在當時還沒有別的意思，就是高而已）、留著長髮與奇妙的長山羊鬍子，有著詩人氣質的清瘦青年。

小蕙就這樣答應了。『就像著了魔。』廖玉婷喃喃說，口氣聽來猶有餘悸。

那個學長是重考一年才考上的，算起來還比我們大兩歲，白淨的皮膚配上烏黑的長髮，與其說是法商學院的學生，更像是文學院哲學系出身；氣質憂鬱，抽菸的手勢尤其滄桑。

『他看起來像有三十五歲。』頓了一下，廖玉婷才又補充：

『不是很老的意思。他算長得帥的，只是聲音很低沉，聽起來很有磁性，講話的內容又常常讓人聽不太懂……但他很有耐心，會反覆的、慢慢的說，說到她懂為止。

『反正就是很像大人的感覺。』這是她的結論。

在廖玉婷的描述裡，當時的小蕙就像瘋了一樣。向來嚴守門禁的她，才交往不到兩星期，就被學長帶回租屋處留宿。為了這件事，石媽媽快氣瘋了，母女間爆發激烈口角。

一旦撕破臉，言語上的互相傷害只會越來越可怕而已。

以血洗血的激烈衝突持續了兩個多月，某一天早上，小蕙提著簡單的行李，趁著家人熟睡，靜悄悄離開了家。

『同居？』我倒抽一口涼氣。

廖玉婷的聲音有種劫後餘生者的鎮定。

『你見過那人的話，就會知道他有這樣的說服力。』

她輕聲說：『小蕙瘋了似的，只要是他說的都對，只要是他要求，她都拚了命去做，努力討他歡心。

『到了那個時候，所有人終於放棄了……包括他。』

『他？』

廖玉婷一愣，好一陣子沒說話，細微的呼吸聲迴盪在話筒兩端。

我猜她以為我應該知道些什麼。

『周令儀沒告訴你？我以為她會說。』

誰都沒跟我說。我根本就是另一個星球的人。

『他追了她很多年，但小蕙始終沒點頭。比起你或學長，其實我比較希望小蕙能選擇他，畢竟……是認識了很多年的朋友，不是陌生人。』

我忽然領悟。

『王亮宏？』

『王亮宏。』廖玉婷嘆了口氣。

從國中開始，王亮宏就對小蕙展開追求。

至於小蕙拒絕他的理由，我想我大概能猜到。那是一個被稱為『李明煒』的幻影，跟現實生活裡的我一點關係也沒有。

那樣你追我躲的狀況一直持續到小蕙上大學，據說期間他們也有一起吃飯、看電影什麼的，小蕙曾經很害羞的跟廖玉婷說『想跟他交往看看』，但兩人間也僅止於牽手約會而已。

那樣的關係大概維持了幾個禮拜，小蕙決定退回朋友的位置，讓彼此『先冷靜一下』。

『為什麼？』我不禁有些好奇。

『可能逼太緊了吧？等了這麼多年，有些興奮過頭了。小蕙也沒說得很詳細，只說跟他做朋友比較好。』

小蕙跟學長同居之後，王亮宏失魂落魄了好一陣子，幹部桌的同學幾乎被找過一輪，連廖玉婷都不忍心，也陪他吃過一次飯。

後來王亮宏五專畢業，就默默的去當兵了，所以平台烤肉會上並未出現。

『說起來，周令儀還跟他比較熟。』廖玉婷說：
『如果想問什麼，也許她會比我清楚也不一定。』
聽到周令儀的名字，熊熊讓我心虛了一下，但思緒很快就被其他更強烈的念頭所吸引。
小蕙並不是個隨便的女孩子，即使我們倆有過很親密的舉動，但也是建立在她多年單戀幻影的基礎上，即使毫無女性經驗，我仍有自信能區分『放蕩』與『動情』的差別。
學長為什麼能像下蠱一樣，對小蕙產生我跟王亮宏都無法做到的殺傷力？
清瘦、斯文，語聲低沉而慢條斯理，還有那股成熟男子的溫柔與穩重……
我想到了另一個像這樣的人。
『那個學長……很像石伯伯吧？我不是說長相，而是氣質跟感覺。他們似乎有一些共通處……』
廖玉婷苦笑。『你從小就很聰明，長大也一樣。』
我忍不住微笑，心上的凝重稍有緩解。
『只可惜，他只是表面上有點像而已。』她嘆氣：
『世界上，怎麼可能有兩個一模一樣的人？』
等小蕙發現這點，已經是同居一個學期以後的事。
學長的詩人氣質，反方向解讀就是『非常自我』；舉止浪漫，代表他經常不顧旁人的眼光——當然，也包括小蕙的。

他可以當街下跪向她示愛，就像電影一樣。然而這是他自己的電影，只能有一個主角，其他的人不過是情節的妝點，只在某些鏡頭裡才發生意義。

他會很溫柔的跟小蕙說些似是而非的東西，用來解釋他為什麼會跟其他女生流連夜店、為什麼小蕙應該要配合他靈感一來的各種奇想……

到了大四，兵役、預官、各種資格考試的壓力一來，他的喜怒無常更是明顯。廖玉婷雖然沒有明說，但在言語間暗示我小蕙遭受到很大的精神壓力，雖然不到拳腳相加的地步——那人並非暴力狂，這點必須替他廓清——但卻讓小蕙喘不過氣來。

『那是她這輩子第一次，試著讓自己盡力忍耐。』

她守著空蕩蕩的房子，順著他時不時的突發奇想，獨自編織著『家』的想像：再等一下，他就會想起我了，再忍耐一下，就會有好事發生，再多想一點……

但一切都還是原來那樣。

最後，心與愛情都遍體鱗傷的小蕙，終於搬出學長的住所。石媽媽默默把女兒接回家，什麼也沒說。這，並不是久到可以暫時遺忘的事。

『所以，我才反對小蕙去找你，甚至跟你交往。』

廖玉婷說：『連你都傷害她的話，小蕙就再也沒有地方可以逃避了。連最後一點想像空間……也沒有。如果，連你都傷害她的話……

『你知道，自己承擔了什麼樣的責任嗎？』

掛上電話，窗外的天色已經暗下來。

等意識到的時候，我已經走在巷子裡的水泥地上，穿著跟在家時沒兩樣，連夜裡禦寒的外套也沒帶，腳上鬆鬆趿著沒繫鞋帶的舊籃球鞋。

小蕙家的五層樓公寓就在前方不遠。

我坐在公寓對門斜斜停著的機車上，雙手插在兩側褲袋裡。入夜的風穿過小小的巷弄，比想像中還冷。

那並不是個手機非常普遍的年代。

我的手機，是我爸媽合送給我的大學禮物，阿凱、蛋蛋、耳東都算是有錢人家的小孩。小蕙並沒有負擔手機的預算，唯一能打的是她家裡的電話。

所以我只能等。

我還來不及問她的課表，不知道她是不是已經回到家，對於『要等到什麼時候』這件事，我一點概念也沒有。此外，我也不知道見到小蕙時，我應該要說什麼。

可能……應該……是道歉吧？

窗，無預警的亮了起來。

街角的、對門的、遠的、近的……以一種我不懂的規律，接二連三的亮了起來。我不知道自己坐了多久；相對於心中的空茫，時間與寒冷都顯得微不足道。

直到社區巡邏的老伯走過來關切，我點了點頭權作應付，伸伸僵硬的腿，像機器人一樣，回頭走向愛心牌宿舍的方向。

沒用的。即使見到了小蕙，我也不知道該對她說什麼。心空空的，這場即席演講的稿子，我怎麼也打不出來。

我像幽靈一樣爬上漆黑的五樓。住在老公寓的最頂端，樓梯間的燈除了我，不會有別人開。推開木門，昏黃的樓梯燈光竄進室內，一條修長的身影趴在被單凌亂的床上，微帶褐色的長髮披覆著半邊臉頰，藉著身後的微光，我看見她臉上掛著淚漬。

小蕙……是怎麼進來的？

我愣了一下，很快就明白了。也許是我出門時，根本就只是隨手帶上，那一陣渾渾噩噩的，很像是我會做的事。

小蕙她……為什麼會在這裡呢？

仔細一看，她的鞋子和包包都留在門外，紊亂的床單跟雜物散置的地板仍是原狀，看來她並沒有久留的打算。

她可能是不小心睡著的，樓梯間跟室內的燈都沒亮，小蕙的右手垂下地板，指尖下方有一支白色的塑膠衣架，這是我出門之前所沒有的——至少意識清醒的時候沒有。

衣架上原本吊著的那件牛仔外套，從她身下露出小半截，連同左臂一起被壓著。

我沒敢吵醒她，輕手輕腳走到床邊撿起衣架，拉過旁邊的涼被替小蕙蓋上。她動了動肩頭，並沒有醒過來。

俯視著小蕙細嫩的睡顏，我忽然想：這麼近的距離，連呼氣都可能吵醒她吧？

躡手躡腳退到門邊，又擔心她突然醒來，說不定會被一直盯著自己看的臉孔嚇到，替她開了門邊插座的壁燈，悄悄關上門。

下了樓，我慢慢走到小公園邊上，坐在人行道的水泥沿邊，眺望遠方五樓的百葉窗。壁燈的光線透不過頁扇，窗裡仍是黑呼呼的一片。

那時候，我還不會抽菸。頂著冷風簌簌發抖，我把手插在褲袋裡，縮著脖子，呆呆的看著，終於忍不住哭起來。

φ

時間在風裡失去了形狀。

再抬起頭，才發現百葉窗裡透出燈光。小蕙纖細的身影走出了老公寓，她披著牛仔外套，慢慢走到我面前。

明明覺得很丟臉，但我卻無法停止流淚。

她瞇著眼睛望著我，眸裡有一抹我看不透的迷離水光。

『我不知道自己能為妳做什麼……』

一開口，才發現自己哽咽的聲音像磨砂，彷彿風裡滾著鐵礫，鼻酸的感覺全然不受控制。

『我沒談過感情，雖然高中時一直搬來搬去，其實都過得很平靜……我不知道失去親人，或者是想放棄生命是什麼感覺。』

我流著淚，視線裡的小蕙一片模糊。

『我不知道自己什麼時候會傷到妳，不知道怎樣才能讓妳快樂。我希望那是很具體、很明瞭的東西，就像是……割下一塊肉，或是砍斷一隻手那麼簡單，如果是的話，我就會照那樣去做；

就算是再痛、再可怕的事，我也會去做。』

小蕙只是站著，雙手扶著牛仔外套的衣襟。

除此之外，我什麼也看不見。

『我不知道該說什麼，不知道該怎麼告訴妳，妳對我非常重要……

『我很想跟廖玉婷說，我死都不會傷害小蕙，我一定會讓她幸福；但我卻連怎麼道歉都不知道……妳看看我！我，什麼都不知道！

『我不想失去妳……』我咬著牙輕輕發抖，卻抑不住哽咽抽搐：

『但我不知道自己能做什麼。什麼都不懂，什麼都不明白……』

小蕙輕撫著我的肩膀。

不知道什麼時候，她在我面前蹲了下來，笑得像天使一樣，打開了我眼前無法停止的淚簾。

『你，只要愛我就行了。』

她貼過臉，眼淚就像春天的雨瀑，濡濕了我的面頰。

『因為，我一點也不想離開你。』

16

我跟小蕙一起回到了樓上。

彷彿有著共通的默契，沿途我們誰也沒有說話。進了門，我反手將木門帶上。

『關燈。』小蕙輕聲說。

關上日光燈，房子裡只剩下牆角壁燈的昏黃微光。

都市的夜並不是黑的。即使室內的燈火盡數熄滅，街角的路燈、遠處的霓虹，以及比你想像中還要明亮的月……這些，會在房子裡交會成某種半藍半黃的灰調子，帶著某種說不出的幽冷。

我們都知道即將發生什麼事。

小蕙脫掉外套和罩衫，褪下牛仔褲，勾著短襪緣拉掉了小巧的白色棉襪。

她脫衣的動作很輕巧，在半黑的房裡看來猶如剪影，纖細的肢體優雅好看，滑順得像流水一樣。

我只覺得腦袋裡熱烘烘的，回過神時，已經赤著上半身，腰下僅有一條內褲，摟著半裸的小蕙將她壓倒在凌亂的床鋪上。

我和她熱烈的吻著。

愛情動作片總是教導男生各式各樣的愛撫技巧：揉捏胸部、親吻下體，還有可怕的潮吹開關黃金手指……然而當你動情的時候，當你發自內心喜歡著這個女孩，僅僅是與她接吻就足夠你感動不已，所有技巧剎那間全都拋到九霄雲外，只剩下滿心的狂喜而已。

小蕙的嘴唇與膚觸幾乎使我發狂。

那種彷彿抹了滑石粉般、極其細緻的觸感，讓我貪婪的吮著她的唇瓣；小蕙並不呻吟，快感湧現時她會扳起身體，弓得像蝦一樣，濃重的呼吸與喘息聲非常催情。

我慢慢把手移到她的胸脯上。

她細小的乳房沒有結實的手感，攤平後甚至看不出圓弧，但小小的乳蒂又尖又挺翹，乳暈部分只有十元硬幣大小，一經吸吮卻像僧帽一樣膨起，脹成了帶著櫻紅的粉藕色，被口水沾濕之後又晶又亮，偏偏又軟嫩而極富彈性。

起初還含在唇間舐著，到後來我忍不住用牙齒輕輕囓咬，小蕙咬著食指仰起頭，鼻中發出『嗚嗚嗚』的哀鳴。

我順著她的腰臍一路往下吻著，分開她繃緊的大腿，把臉埋進一處濕熱潮暖的禁地。

小蕙輕輕哼出聲來，呼吸聲像是即將窒息一樣，顫出某種很稀薄空渺的悸動，讓我無法自拔的亢奮起來。

我後來在書裡看到『像受傷的小鹿般的呦呦哀鳴』，才知道這樣的形容並不是小說家無病呻吟的誇飾法。

這是白描。是非常非常貼切的描寫，其驚心動魄處，只有經歷過的人才知道。

她的內褲底布裹出兩瓣肉唇的形狀，浸透的水漬印痕裡，透出一股濕熱的氣息。我不會說那是『香味』，事實上，那更接近於體液混合了汗潮、從肉裡散發出來的氣息；不是皮膚，而是肉，是像口腔舌頭一樣豔紅濕潤的肉，泌著溫黏晶亮的液體，氣味略顯刺鼻，卻濃膩而甘美……

根本無法愛撫。我幾乎像撲上羊臀的惡狼，一張口就啣住了她，貪婪的啃吻、舔舐著，用力分開她的大腿。小蕙輕輕哀叫起來，揪著我的頭髮。

ꝕ

如果這是一部情色小說，我應該花三倍的篇幅來描述細節。

女人的第一次如果會帶來痛楚與不適，那男人的第一次絕對是種難言的狂喜。不是因為疼痛所以刻骨銘心，而是感動。

對一個初次經驗女性的男生來說，這個女孩的一切，他將終身牢記，怎麼也無法忘懷。

但我並不想跟大家分享小蕙的身體。

她是我的。會一直珍藏在我心底的某一處，所有關於她為我打開的驚喜、給過的美好。

ꝕ

我沉溺在小蕙濕潤美好的膚觸裡，難以自拔，但想要挺進的衝動已經無法忍耐。

起身將她濕透的內褲除下，我調整姿勢，徐徐的進入了她的身體。

第一次的感覺像什麼？

我印象最深刻的，是前端那種極其尖銳的擦刮感。

那樣的感覺，就像硬生生套入一個硬質的橡皮圓圈，口徑可能比你的再稍微窄一點，即使極富彈性，卻有著極其勉強的、硬『卡』著戳進去的感覺。

即使突破後，立刻就被一股又濕又熱的黏液感裹住，甚至腰部的力量一下子拿捏不好，整個人往下一沉，瞬間就『長驅直入』了，女孩被你推得身體弓起，咬著食指發出長長的吐息聲，抖得像是受傷一樣，前端的不適感仍會停留一陣。

很多初體驗的男孩子，到這裡就會忍不住湧現射意，不是因為沒擋頭，而是在突入的緊束之後，接著又被濕熱的肉腔包裹，原本就是非常快美的刺激。

我們倆一動也不動，貼面擁抱著，維持在我失速進入、不小心直沒至底的瞬間。

進入的痛感讓我原本撐住的雙手一軟，整個人就這樣毫無空隙的壓倒在她身上，我甚至聽見『唧！』非常清晰的液湧聲，伴隨著極端濕滑的觸感。

整個過程裡始終很安靜的小蕙，在插入的一剎那嗚咽起來，聲音很明顯是帶著疼痛的。

『很……很痛嗎？』我勉強撐起來，小心翼翼問。

『有……有一點。』她緊閉著眼睛，火紅的面頰連在幽暗的室內都清晰可見，白皙的裸頸與裸胸卻白得有些炫目。

『那……那我輕……輕一點。』其實我非常緊張：

『萬一……不舒服，妳就跟我說。』

小蕙仍是閉著眼睛，害羞的笑了。

『好。』

很久之後，當小蕙已不在我身邊，我擁抱的是另一個女孩。

『你好囉唆。』有一次，琳這樣跟我說。

『啊？』

『哪有人做……做那種事情，』琳忍著羞取笑我：

『還一直問東問西的？會……會不好意思啊！』

客戶抱怨了，我只好抓抓腦袋。

『那我下次安靜點。』一邊比手畫腳：

『不然妳給我戴個狗狗用的束口罩之類的。』

琳笑得半死。片刻好不容易緩過氣，她才小聲的說：

『那也不用。雖然很囉唆，不過……是幸福的囉唆。』

有些事情雖然有點奇怪，或許不那麼自然，但卻可以給人幸福的感覺，即使微不足道。

但我當時並不了解。

我們擁抱了一陣，被通體緊束住的器官讓我不安分起來，那不是擁抱親吻就能滿足的部分。

『我……動一動好不好？』我小聲問。

小蕙羞得快要暈過去。『傻瓜！』

得到許可令的我如獲大赦，將上身直立起來，其中角度挺舉的落差，又讓仰臥著的小蕙顫抖起來。

我一邊回憶愛情動作片裡的教學場景，雙手扶著小蕙的膝蓋，讓她屈著腿大大分開，這無疑是很淫靡的姿勢，視覺效果十分震撼。

人體的構造非常奇妙，一旦被擺成這種姿態，女孩子在恥丘以下，從外陰、股溝到大腿內側，會形成一整個形狀誘人的凹陷。

我屈膝跪著，坐在自己的腳掌上，身體不由自主的往前挺進。那樣的凹陷恰恰迎合著男人的浮凸，完全勾起衝撞的本能，一切都設計完美。

如今想來，那樣的畫面一定非常可笑。

我揮汗撞擊著，液珠濺濕了床單的各個角落。

小蕙挺著腰，把臉埋在枕頭裡，緊抓著被角，『嗚嗚嗚』的輕哼不斷從枕裡逸出，還有她那比呻吟更催情的粗濃喘息……

我像AV男優般叫著，覺得腰只差一點就要斷掉，卻不敢稍稍停歇。單方面的慘烈肉搏戰持續進行著。

不久，我停下僵硬的腰部動作，把小蕙翻了過來，又從後面粗魯的弄了進去——

媽的！背後體位遠比想像中更累！一點……一點都沒有快樂的感覺！我幾乎累趴在小蕙單薄白皙、像小女孩般細瘦的背上，忽然覺得無比挫敗。

——射……射不出來。

一點想射精的感覺也沒有。脫衣、接吻，甚至愛撫時，那種令人臉紅心跳，彷彿胸腔裡就要爆炸的感覺，不知何時已經消失無蹤，我機械性的撞擊著小蕙，體液、肌肉、黏膜和分泌……突然都變成很寫實的東西。

如果我身下的女孩再豐腴一點，有著碩大雪白的大胸脯，又或者像立花或依然愛田由的愛田由女王一樣淫冶放蕩，也許身體會完全不受我的控制，爽爽快快的完成動物性噴射。

但我卻耗盡了身體的每一分精力，可憐只有腦袋還保持著清醒。

小蕙的雙手已經撐不住了，整個上半身趴在床上，薄薄的臀股掛在我手裡，雪白的細腿屈著，微微內八。她的背脊腰線呈一個好看的S狀，稍微側著半身，那是她的身體一受刺激時的本能反應。

她汗濕的褐髮披散在枕頭上，我看不清她的面孔。

平心而論，這是很誘人的一幕。雪白瘦削的美女、香汗淋漓的肌膚、凌亂狼藉的床單與粗暴的男人……我覺得自己像是強暴了小蕙，而且一想到這點就硬得要命，絲毫沒有消軟的跡象。

我不知道她的感覺如何。比起『欲仙欲死』，捫心自問，其實小蕙看起來比較像累得半死。

我滿懷挫折的退出她的身體，順勢讓她整個臥倒在床上。

小蕙喘息著吐出一口長氣，很乖順的讓我翻轉過來；只是當我再次分開她雪膩的大腿，硬翹著抵住她時，面色微微發白的小蕙睜開眼睛，口吻意外中帶點慌。

『你……你還不累呀？』

這是壓垮駱駝的最後一根稻草。

我連霸王硬上弓的最後一絲狠勁都被洩光，硬了很久的小頭終於安安分分的卸甲歸田，變成溫柔善良的草履蟲。

我趴在小蕙身上，她伸出雙手摟著我，體溫高得像要沸騰一樣，一直喘個不停。

那像是揉碎生命的聲音。

空空的、細細的，帶著無法自制的顫抖與激情。那樣熾烈燃燒的部分連她自己都覺得驚慌失措，如此無助又毫無保留，卻全然無法抑制……

狂亂的肉慾一到了她面前，突然就顯得猥瑣。滿懷羞愧的收起慾念，我忍著疲累擁抱著她，一瞬間，忽然有種無比憐愛的感覺湧上心頭，想親吻、想撫摸，想細細品著她動情的模樣。

『妳……累不累？』我不太敢問她舒不舒服。跑完三千沒有很舒服的，尤其是被人拖著跑。

『嗯。』她輕輕哼著。

『感覺……我……還好嗎？』

她低垂眼瞼，酡紅的臉頰明豔動人，細小的胸脯不停起伏，咬著唇笑罵：

『Beast！』掄起粉拳輕輕搥打我。

男人被形容為『野獸』可能是對性能力的肯定，我承認當時聽到還滿爽的（笑），很久很久以後，當回首已不見小蕙的蹤跡之時，我才赫然醒悟，那或許是一種強顏歡笑的埋怨。

男人總是要經歷過這樣的階段。

有些時候，你就是很想『督』進去，不為什麼。

必須要等到某些事情發生，你才終於明白：性也好、愛也好，並不是進去以後就完事。

停止需索小蕙的身體之後，我睜大了疲憊的眼睛，在藍色的夜裡，低頭審視剛剛才變成我的女人的、不停喘息著的這個女孩子，忽然覺得滿心憐愛。

那不是什麼長久相知的感情基礎，也不是患難與共的革命交誼，我只是，很單純、很單純的心疼著她，希望把她仔細捧在掌心，就像呵護某一件珍寶那樣。這樣的感覺來得像閃電一樣，但發生時你並不覺得意外。

或許我們被空置了一輩子，就是為了等待一個正確的時刻。

ȹ

一直以來，我都習慣逃避。

逃避責任，逃避生活，逃避承諾，逃避痛苦……洪老師就是看穿了這點，才死要我做班長的吧？

因為太容易逃走，所以，把我放上一個無處可逃的位置。

——同學打一下，班長要打三下。

低頭看著小蕙的剎那間，在肉慾已被汗水激情過濾一空之後，我覺得等待我的時刻終於到來。我在短短二十出頭的人生裡，不斷上演著遭遇、逃走、遭遇、逃走的戲碼，只是為了在這一刻來到這個位子，只為了她。

『我愛妳。』

她閉著眼，倦透的臉孔帶著一絲狡黠媚人的笑意。

『男……男人在做愛前後，說的話都不能相信。』

我慌張起來。

『我是真的……我發誓……妳……我……真……』

她輕輕捧起我的臉。

真奇妙。這麼灼熱、像正燃燒的肌膚與吐息，居然有著如此冰涼柔膩的掌心……我呆愣著，一下子忘記了手忙腳亂。

『再……再說一次。』

她閉眼輕笑，熱熱的噴息撲上我的臉。

『我……我愛妳。』我看得痴了，居然結巴。

過了很久很久，小蕙才睜開眼睛。

沒有人工光照的干擾，她的眸子是很淺很淺的褐色，眸光浮漾在水花閃爍的細眼裡，看來既天真又美麗。

『你說的是真的。』她帶著淚光微笑：

『就算全世界的話都是謊言，我也相信這句是真的。』

傻丫頭。

就算全世界的事我們都無法確定，但只有這一件，我很確定它是真的。

我愛妳。而且，再也不會逃走。

我吻了小蕙。我們緊緊擁抱著，不知道什麼時候，我又重新進入了她的身體。

這次並沒有誇張的馳騁。我們，只是彼此抱著，順著親吻的廝磨緩緩動著，卻舒服得不可思議。

就像……沉浸在溫水裡一樣。

我緩慢的動著，捨不得離開她的臉頰和濕熱的吻。

當快感慢慢累積到高點時，小蕙雪白細膩的兩條長腿，毫無預警的從我的腰際滑向臀部，那種絲一般的觸感，讓我瞬間爆發出來，快到像是抽乾了我身體裡所有的力氣，我緊緊擁抱她，一注一注的抽搐著，舒服得像是死了一樣。

為了迎接合而為一的時刻，我厚著臉皮買了一盒保險套，就放在書桌的抽屜裡。但我卻無法稍稍離開小蕙，直到射得點滴不剩，我都不願脫出她溫熱的懷抱。

小蕙是有門禁的，重新被家人接納的她，十二點以前一定要回到家，所以無法留下來過夜。我們窩在棉被裡，捨不得放開對方。這段纏綿不過才幾分鐘的時間而已，卻遠比先前的激烈交媾更令人滿足。

在那個年代，連無碼片的橋段都還不流行中出。

我是到了這時才知道，中出其實是很難善後的——這裡指的不是『恭喜老爺、賀喜夫人』的部分。一拔出來，像調稀的杏仁牛奶般的漿液就呼嚕嚕的流淌而出，兩個沒經驗的人根本來不及防備，量雖然不是很多，但絕對是要挪到旁邊去睡的程度……

我抱著小蕙躺到雙人床的另一側去。

『累不累？』

奇怪的是，這樣問連我自己都有些臉紅心跳。那是和剛才完全不同的感覺。

『嗯。』小蕙雙頰緋紅，連呼吸都沒調勻，無助嬌弱得讓人忍不住想要再欺負她一次。

『那先休息一下。我待會叫妳起來，再送妳回家。』
『嗯。』

回憶至此，總讓我想起一首歌。
即使離開小蕙後，這首歌仍時不時的帶我回到這一晚，回到這個有著半灰半黃的靛藍色光的晚上，不斷反問著：我，是不是做了最好的選擇？我這樣，到底算不算是遵守了許下的承諾？
只可惜夜從未回應過我。

夢醒了

曲：袁惟仁／詞：王菲／編：陳飛午／唱：那英

……
……
如果夢醒時還在一起　請容許我們相依為命
絢爛也許一時　平淡走完一世　是我選擇你這樣的男子
就怕夢醒時已分兩地　誰也挽不回這場分離
愛恨可以不分　責任可以不問
天亮了我還是不是　你的女人

回到那個別具意義的晚上。
或許有很多事早已顯現了徵兆，只是當時的我們並不了解。
沐浴在靛藍色的夜華裡，我摟著光裸如人魚般的小蕙，細數彼此的心跳和呼吸。
我知道她始終都沒睡著，但誰也沒說話。
因為一醒過來，就要分開了。

17

在我的認知裡，我跟小蕙就這樣『在一起』了。

真實人生畢竟不是電影，不是男女主角在幽藍色的夜幕裡，擁抱於冷白的凌亂床單之上，然後淡入淡出就切換畫面了。

我們數著對方的呼吸與心跳，大概躺了二十分鐘。十一點三十分，我跟小蕙不得不起身穿好衣服，稍事整理一下，準備出門送她回家。

一邊穿衣服，我邊從床下的背包裡拿出筆記本。

『這是我的課表。』我撕下筆記本的最後一頁。每學期選課一確定，我習慣抄錄一份隨身帶著；課不一定要去上，但你一定得知道自己蹺掉了什麼。

小蕙愣了一下，瞇起的眼睛閃爍著狐疑的水光。

『這樣，妳就知道我什麼時候有課、什麼時候沒課了。』

我把紙片折了兩折，輕輕塞進她的外套口袋裡。

『方便我的女朋友查勤用。』我笑著說。

『最好是！』小蕙白了我一眼，笑瞇的模樣很害羞，暈紅的白皙臉蛋看起來卻有點高興。

先穿好衣服的我坐在床沿，可能是被盯得頗不自在，小蕙一隻手環著胸部，跳著把兩條長腿塞進牛仔褲，不過顯然有點難度；無論是放棄掩胸先把褲子穿好，或先戴上胸罩，任我的賊眼盯著兩腿間迷人的賁起，對她來說大概都是雙輸的局面。

『轉過去，不許看！』小蕙氣呼呼的瞪著我。

打牌輸了可以怪對手滿手王嗎？是妳自己學藝不精嘛！

女孩子生氣跟害羞的時候，最可愛了。

如果不是十二點前一定得把她送進家門，我當場就想盧她再來一次的……小蕙微噘著嫩薄的嘴唇，連唇上極細極細的一片寒毛都清晰可見，惡狠狠的瞪我，惱羞成怒的樣子有種說不出來的嬌媚。

可愛歸可愛，我基因裡可能帶有懼內的排列組合，眼睛吃過冰淇淋之後，乖乖的轉到床的另一邊去。背後窸窸窣窣一陣，小蕙快手快腳挑起衣物穿上，我想像著她優雅又媚惑的肢體動作。

『好了。』她笑咪咪的從後面捧住我的臉，床邊的穿衣鏡裡映出我心愛的女人的模樣。

我忍不住回頭，兩個人立刻又吻在一起。

『別鬧啦！』可能察覺我的手越來越不規矩，小蕙咬牙輕輕拍打我，奮力從我懷裡掙起來：『只剩不到十五分鐘了，我們要用跑的。』

『騎摩托車五分鐘不到。』我把手伸到她的腿間，試圖解開鈕釦拉鍊。『只要給我十分鐘就好……』

小蕙嚇得尖叫起來，又好氣又好笑：『神經啦！』

我們倆推著鬧著，吃吃笑起來。但水瓶座的女孩非常理性，想要混水摸魚絕對沒門，最後我還是被打了槍；十一點五十分，我和小蕙已經在樓下，發動機車、戴上安全帽，不一會兒就到了她家。

變成情侶之後的第一次道別很困難。

我一點，都不想離開小蕙。一瞬間，我忽然很能體會古代『搶親』習俗的感覺，那種很想不顧一切、說什麼也要在一起的心情。

我跨在摩托車上，靜靜與她對望著。

最後，是小蕙先開了口。

『再見。』她輕咬著嘴唇，眼波朦朧如海。

我突然想起一件事。

『妳……明天……明天我們怎麼約？』

小蕙害羞起來，輕聲說：『我……上到下午第六堂。』

『那……我去學校接妳！』我毫不猶豫：

『也是在校本部嗎？還是區部？』

『不要！不要來接我！』

她急促的反應不只我嚇了一跳，似乎連她自己都有點嚇到。小蕙瞇著水汪汪的眼睛輕輕抿唇，想了一下，才小聲的說：『我……我下課後，直接去……你那裡好了。你在家等我。』

她的臉一下紅了起來，顯然我們都想到了一樣的事。我樂得傻笑起來，幾乎想衝上去跟她吻別，小蕙卻咯咯笑著閃開，輕打了一下我的手背，責備似的瞪我一眼。

『你瘋啦？被……被鄰居看到怎麼辦？』

我目送她上樓，滿眼都是她纖腰款擺、細腿交錯的畫面，有些女孩子的背影扭得充滿挑逗，帶有濃濃的催情激素，但小蕙的姿態動作卻很秀氣優雅，令人回味再三。

我呆呆的看著，忍不住笑了出來，彷彿置身夢中。

那時或許毫無自覺，不過我想那樣的感覺應該叫『幸福』。

其實我第二天的下午是四節滿堂。我的課分布得很平均，大一、大二完全沒超修，再加上一兩門不小心被當掉的課，大三下只有星期四是完全沒有課的，一週內的其他時間，每天都得去學校露個臉、點點名什麼的。

等我想到這件事，已經是翌日中午起床。

打電話到小蕙家裡，接電話的是石媽媽。原來小蕙已經出門了。

法商學院的課跟我們文學院的完全不同，據說大三是最想死的時候。我摸到學校點了第五、第六節的名，為了擔心小蕙撲空，一咬牙蹺了最後兩堂課──那門選修我已經蹺過兩次了，這次的額度一用掉，剩下的後半學期恐怕都得要乖乖的，可能還要找時間跟教授吃個飯……

我在家裡一邊盤算，一邊看著鐘上時間的流逝。

時間，超乎想像的過得緩慢。

小蕙從學校搭車回來，起碼要花費四十分鐘以上的時間，但我騎車一趟絕不超過半小時。其實應該第七節去點個名，然後想辦法尿遁之類的……

電鈴響起的時候，已經快五點了。

在此之前的一個鐘頭裡，我的耐性已經磨到比袖子的肘部還薄。我不停從床上或書桌前站起，踱到放置電話的矮櫃邊拎起話筒，然後才想起不管再怎麼撥號，小蕙都不應該出現在她家裡——

事實上，在漫長（至少我是如此感覺）的等待過程中，我真的撥了三次電話到她家裡，接電話的石媽媽口氣越來越不耐，以致於第四次一接通我立刻就掛了電話，連大氣都不敢喘上一口。

我打開門，不停喘氣的小蕙俏立在門前，雪白的面頰紅撲撲的，鬢邊額際的髮絲被汗水浸透，一綹綹的黏貼在肌膚上，有種非常淒豔頹廢的美感。

『對……對不起！我在學校耽擱了一點時間……』

她笑得瞇起眼睛，上氣不接下氣，單薄的胸脯劇烈起伏。

『今……今天本來有研討……』話還沒說完，嘴唇已經被我堵住。

流汗濕黏黏的很不舒服，應該要趕快洗澡換衣服才對。既然要脫衣服，那就別浪費，把另一件會流很多汗的事也做一做好了，畢竟我們即將進入注重效率的二十一世紀。

『色……色魔！』小蕙趴在我懷裡，瞇著眼睛埋怨著。

她全身赤裸，白皙的肌膚佈滿汗珠，一塊塊的泛著紅，胸口、頸背、腋窩，甚至漿滑狼藉的大腿根部……到處都是。沒有開燈的室內被餘暉一寸一寸的染黃，小蕙單薄的背脊顫抖著起起伏伏，半晌都難以平復。

這次跟前一夜完全不同，我沒有能支持很久。

但小蕙細緻滑膩的膚觸對我有著致命的吸引力，品嚐著她牛奶般的肌膚，我很快就棄械投降了，雖然不至於只有短短幾分鐘，卻也快得讓我有些羞赧。

而且，即使已射得頭暈眼花，但只要摟著小蕙，嗅著她身上散發的氣味、輕觸著她美好的肌膚，慾望總會不斷被勾得昂奮而起，彷彿永難饜足。

到了近三十歲的現在，性愛的形態與意義已與過去全然不同。

我記得二十郎當的時候，男人的身體就像性愛機器，尤其當兵退伍前後，體能被國家訓練得非常之好，做愛簡直就像打樁，引擎一經發動，砰砰砰的撞個不停，除非繳械不然根本停不下來；那時對我來說，射精就是性愛裡最大的快樂，也是攻擊發起的最終目的。

剛出社會不久，曾與一名大我六歲的成熟女性短暫交往。

做愛將近高點時，她常死死的抱著我，雙腿纏著我的腰，緊抱到我無法動彈的程度；帶著香水與汗潮的濃重噴息，就這麼濕熱熱的吐在我耳蝸裡。

『慢……慢點！姊姊……姊姊喘不過氣來了……』

當時年輕氣盛的我，往往一聽到她這麼說就興奮起來，十幾秒內一輪猛攻，帶著征服的快感痛痛快快繳了械。那種『擺佈得她欲仙欲死』的成就感，簡直難以形容，遠遠超過她那豐肌盛乳所能帶來的肉體愉悅。

後來我才明白，連續不斷的身體刺激對女人來說，不僅僅是高潮、快感，可能也會造成極度的疲倦與痛苦，那或許不會是很舒服的感覺。

就像有人嗜吃川菜，有人卻連一點點的辣都沾不得，既然是『食色性也』，吃東西都會有不同的口味了，性愛的愉悅怎麼可能只有單一的標準？

愛情動作片固然對於啟發處男有著卓越的社會貢獻，但也散播了許多錯誤的概念。處女做起來又緊又爽、不會『潮吹』就是性冷感、亂摳一通叫黃金手指……

別再相信沒有根據的說法了。

每個女孩都是獨立的個體，她為你開放的隱密與美好，別人無法知道。除了你的細心、體貼、耐性以及情趣，沒有更好的嚮導。

從什麼時候開始，我們變得比較懂女人？

從打籃球挑不贏高中生；開始拿到球會運到三分線投籃；明明知道該卡住或晃過他，身體卻老不聽話；對方一守你就立刻舉手喊犯規……三十歲之後，你在社會上或許仍舊被認為是青年才俊，老總會拍著你的肩膀稱呼你『年輕人』，但你很清楚自己的運動機能剛剛越過了高峰，每一分鐘都比之前更靠近谷底一些。

我們開始有錢去加州健身，甚至每個月可以指定正妹教練上幾堂課，然而，萬一她真的答應下課之後跟你去中山北路七段的PUB喝一杯，你又會開始非常猶豫。正妹教練的臀部與大腿肌肉十分緊實，騎腳踏車的時候腰部不但有力，而且有著極佳的運動協調性；你現在連維持後背體位的連續抽插，都很難一口氣撐過十五秒，在射精前就會敗於她的騎乘位扭腰，直接在她身體裡頭軟掉。

就像我們不管手腳再髒、臉皮再厚、球品再機八，週日在天母棒球場對上高中生總是越輸越多一樣。

生物構造上，男人被設計成一種射完精就應該立刻去睡覺的動物，如果沒抽抽事後菸提一提神，很難再有餘力為客戶提供後續服務。

當體能不再支援你進行一輪猛攻的野性抽插，我們開始用愛撫、親吻、擁抱甚至傾聽，來延長性愛的時間。射精突然不是最後的目的了，取悅她可能可以帶來更多樂趣，欣賞或品嚐她也是。

色慾，開始變成一種很綿密細膩的東西。

奇妙的是：遠在二十一歲之時，小蕙帶給我的身體魅力，就已經有著類似的感覺。

我喜歡大胸部的女孩，腿長不長對我來說不太重要；我對聲音、喘息的反應，遠大於肉體以及技巧好壞……這些，都剛好與小蕙有著某種程度的扞格。

但，我卻無比的迷戀著她。

即使已經射出來，我整個人像浸入溫水一樣被疲倦所攫，只要擁抱著小蕙，接觸著她連沁著汗都依然滑潤的肌膚，要不多久我就會興奮起來。那種喜悅與貪婪無法被排除，除了再次進入她的身體，我不知道還能怎麼辦——

即使我們都已經累到無以復加。

我記得我整整射了三次。因為昨天的初體驗來不及避孕，小蕙跟我難免耿耿於懷，所以今天是全程使用保險套的，次數算得非常清楚。

當我拖著疲憊的身體再次覆蓋她，試圖將硬到有些麻木的前端插入，小蕙喘息著阻止了我，伸手緊緊掩住腿根，輕咬著有些蒼白的嘴唇。

『不……不要了。我……我好累……不要了，好不好？』

如果我還有一點點的餘力，很可能會霸王硬上弓。不過疲倦已極的身體顯然跟小蕙是站在同一邊的。

『你……Beast！』

她恨恨的瞪我一眼，呼吸紊亂，蒼白的臉頰浮現兩朵病態似的酡紅。

這次我聽出她的不愉快了，這顯然不是在誇獎我能力強橫，或者感謝我剛剛帶她飛上了天。這純粹是埋怨的口吻。

我道了歉，又試圖替自己開脫：『一定……一定是我太想妳了。』

『還……還怪我！』雖然虛弱，但小蕙還是瞪大眼睛嬌嗔著，一副又好氣又好笑的無奈表情。

『是真的啊！』我慌忙辯解：『妳說一下課就過來，但我卻等到五點耶！很擔心妳中途發生了什麼事，又沒辦法隨時聯絡妳，我還打電話到妳家……』

小蕙的身體一僵。

我還來不及反應，她忽然想坐起身，可能是手腳還在發軟，小蕙撐了幾下有些脫力，趴在我胸前抬起頭。

『你……打電話給我媽？』

我被她凝重的表情盯得發毛，故作鎮定。

『我找妳媽幹嘛？我是找妳。妳不在家，當然是妳媽接的囉！』

『你打很多次嗎？』

『四次。』我老實說。以前騷擾黃靜仍時，我可是天天卯起來亂打。這種事雖然沒什麼好誇耀的，不過我當時真的不覺得四通電話很多，以『擔心著妳的男朋友』的角度。

小蕙的表情一下子沉了下去。

她掙扎幾下，慢慢坐直身體，伸手拎起拋在床下的胸罩和內褲，軟綿綿的動作像是拉線傀儡，想到是我讓她累成這副嬌柔姿態，我應該要覺得很有成就感才對，然而當下我只是心底一寒。

『我要回家了。』小蕙板著臉，小聲的說。

我無法理解。『只因為我跟妳媽通過電話？』

『你這樣……會讓我很難跟她說。』

小蕙繼續穿衣服，一點都沒停下來的意思。

『我跟她說我要留在學校跟同學開研討會。你這樣一直打電話，』她抿了抿嘴唇。『……讓我很難跟她解釋。與其晚回去被盤問，還不如早點回去比較好，反正早死早超生，大不了就是吵一架。』

我雖然不懂為什麼會『很難解釋』，不過本人一向超有長輩緣。

『這還不簡單？』我靈光一閃：『我跟妳一起回去不就結了嗎？我們已經在交往了，我也很想見見妳的家人啊！讓妳媽認識我，以後妳想跟我出來，她也比較放心嘛！妳就不用編什麼理由……』

『你瘋了嗎？』小蕙突然大叫。

我整個人愣住。自重逢以來，她從沒用這麼強烈的語氣跟我說話，我以為……我以為大方的去見對方的家長，會是一個好主意。

小蕙卻毫無所覺。她瞪著我，臉色發白，單薄纖細的身體微微發顫著，欲言又止。

『如果讓她……讓我媽知道我們交往了，我……不行！絕對不行。』

我忽然有些氣惱。『跟我交往很糟糕嗎？為什麼不能讓妳媽知道？』

『總之就是不行。』在我看來，小蕙簡直是毫無理性的堅持著。

尷尬凝重的對峙並沒有持續太久，一方面是因為小蕙不停收著東西，包包、鞋子什麼的，絲毫沒有回心轉意留下來的跡象，這讓我很慌。

『妳不要生氣啦。』我低聲下氣：『以後我不打就是了。』

小蕙可能突然意識到我的低姿態，臉色一下變得和緩起來，卻還是蹙著眉，彎腰斜坐的穿著襪子，長髮披在左肩胸前，看來居然有幾分哀婉的感覺。

（她不是生我的氣。只是……似乎真的十分苦惱。）

我本來想安慰幾句，瞬間有個念頭浮現在腦海。

小蕙沒有手機或呼叫器，我又不能打電話給她，難不成……我只能每天在這等她主動跟我聯絡？

這未免太過荒謬。

『我每天都會打電話給你的。』小蕙放軟了口氣，撒嬌似的說。

『只要有空，我就會來陪你。你叫我來我就來，別生氣好不好？』

我想起剛才差點累死在床上的香豔鏡頭，小蕙粉臉微紅，輕咬著嘴唇。她指的意思就是我的綺想，再明白不過了。

『至少妳也把課表給我吧！我的都乖乖交給妳了。』

我笑著說：『我們也可以約在學校見面或約會呀！』

雖然無比迷戀著小蕙的身體，但我也不是整天只想推砲的淫棍。我很嚮往牽著女友的小手、漫步在校園裡閃死同學的經典畫面，多麼健康、多麼正面又激勵人心啊！

小蕙幾乎跳起來，像一隻驚弓之鳥。

『不行！』

不行？為什麼不行？我都被弄糊塗了。

『你不要逼我，我……我想保留一點私人的空間。』

她試圖修正自己的驚慌失措：『再給我一點時間，好不好？』

我一整個就是不懂。

在還車給呂翰大人的那個時候，我已經忍不住跟他透露：『我交了個女朋友。』現在想起來超幼稚，以呂翰的段數，恐怕用腸細胞就知道發生什麼事，我自己在那邊故作神秘，樣子一定可笑到爆。

而我只是，忍不住想跟朋友分享喜悅而已，儘管還不確定。

對我來說，跟小蕙交往是一件那樣美好的事，如果能夠，我希望讓全世界的人都知道。

結婚發喜帖、退伍要請客，不都是這樣的心情？

我無法理解，什麼是『保留一點私人的空間』。

讓妳的親人、朋友認識我，會侵犯到妳的自我存在嗎？這麼樣讓我感到喜悅的事，原來是那麼樣的壓迫著妳？

我咬牙沉聲，一個字、一個字的說著之前一直累積至今的不滿。

『你不要吼我，我很怕人家吼我。』小蕙臉色發白，表情卻很倔強。

『我沒有吼妳！我吼人才不是這樣！』我不知不覺提高音量。

她往後退了幾步，挪向門邊。這個動作深深刺傷了我。

在妳心裡，認為我會傷害妳嗎？我是那樣小心的呵護著妳，難道妳一點都沒有感覺？

不知道是出於憤怒或心慌，我走上前去握住她的手臂，彷彿這樣可以阻止她離開這個房間——或者是離開我。

『放開我！』小蕙掙扎著，感覺忽然變成了個小女孩：

『我要回家！』

『做我的女朋友很丟臉嗎？為什麼不能讓別人知道？』

我無視於她孩子氣的打鬧，滿腔的積鬱猛然爆發：

『我只想知道我女朋友人在哪裡，日常怎樣作息，這很過分嗎！』

小蕙被我吼得一呆，彷彿身體裡的那個小女孩被一吼吼散了魂，儘管力氣還是一樣的嬌弱，再抬起頭時，眼神卻冷靜得怕人，幾乎令我無法逼視。

『我沒有這樣說！我很想……很想跟你在一起，然而有些事情，不是你說變就能變的！』她咬牙切齒，含淚的目光十分淒厲：

『求求你長大一點！我不是你的玩具或充氣娃娃，我有家庭、有負擔、有生活跟學業，你如果愛我，能不能給我一點時間？』

如果換了其他時候，我一定能讀出她話裡的隱忍，即使我並不真的知道原因為何，但在爭吵的當下，那句『充氣娃娃』踩到了我的痛腳。

沉迷於小蕙身體的我，難以自制的惱羞成怒起來。

『我哪裡不尊重妳了？我把妳捧在掌心裡，是妳拒絕讓我進入妳的生活！』

飽受挫敗的我企圖用惡毒扳回一城：『還是妳對男朋友的定義跟我不同？』

小蕙全身發抖，大顆的淚珠像豆子一樣滑下面頰，眼睛卻眨也不眨。那不是悲傷，而是衝擊後的某種破碎。

『我不該給你的。』她慘笑著，眼神像鏽刀剜肉般疼痛：

『現在你覺得我很賤、很隨便，卻還有臉跟你擺架子。

『原來……男人都是一個樣！』

才不是。我不是因為跟妳發生了關係，才想走進妳的生活。

那一瞬間我心如刀割。我心愛的女人非但不相信我的愛情，還用自殘般的姿態踐踏著它。

如果世界可以停止在這一刻……就好了。

一切都不要再存在、全部都一起毀滅……好了。

那樣，連心痛都可以消失不見。

我忽然覺醒過來。
原來，『想要死掉』就是這樣的感覺。
彷彿從異空間被丟回了現實世界，我跟小蕙一起抬頭，錯愕的回想著剛剛那一段，就像看著毫不相干的兩個人。
我鬆開她的手臂，卻一把將她抱進懷裡。
『對不起……』嗓音哽咽著，連著胸腔裡撕裂般的痛楚。
小蕙全身發抖，臉頰貼著我僅著汗衫的胸膛，一整片的溫熱擴散開來，透出她嗚咽的語聲。
『我們……不要吵架了好不好？好可怕……』
我拚命點頭，笨拙的吻著她的髮頂。
她的髮香單純到近乎單調的程度，像小女孩一樣。
『我愛妳。』我喃喃說著。
『我愛你。』她的聲音令我疼痛到彷彿開膛剖肚。
『我愛妳。』
『我愛你。』
『我愛妳。』
『我愛你……』
那晚，我們到底說了多少次，已經數不清了。我一度以為，那至少是一個正常人一生的量。
那實在是過於天真。

18

我跟小蕙的相處模式，一直到那一天她離開我的生活為止，大致都不離這樣的氣氛。愛的感覺也好，傷害的感覺也好，總是硬生生的、剜心剖腹般激烈，帶著我們一生都不會忘記的疼痛。就像，我始終沒拿到她的課表一樣。

有些東西從一開始就沒變過。我們，只是不斷地重複著角力的過程罷了，然而彼此卻毫無所覺。

大吵一架之後如果沒分手，通常情侶會如膠似漆一陣子。

因為爭吵本身就是種激情，跟做愛、甚至高潮的頻率很接近。

我曾經被一位相當要好的女性友人，徵詢過對『分手砲』的看法，當場一整個目瞪口呆。『這……你們兩個覺得高興就好了吧？』一邊擦著斗大的汗珠，我完全就是一根笑得很僵的棒槌。細數過往的愛情歷程，不是被打槍就是被拋棄，我實在是不知道要在哪個階段提出這種要求……是在對方問你『發票要不要打統編』的時候嗎？

『你覺得我很隨便嗎？做這種事情。』她笑著問我，叼菸的手勢有著難以言喻的嫵媚感。我幾乎以為這是種挑逗，熊熊產生『血液加速流動』的錯覺，強迫自己從她白皙的胸口移開目光。

『如果……如果是理性分手的條件之一……』

『理性？』她愣了幾秒鐘，忍不住哈哈大笑。

『理性怎麼能夠做愛？飢渴可以，憤怒可以，嫉妒也可以……』

她伸手輕捏我的臉頰。我感覺自己『唰！』一聲紅了臉，不知道是因為她微醺的潮暖吐息，還是因為自尊心受創。

『只有理性不行。』她湊近了我，挑釁的眼神似有恍然：

『原來你是真的不懂啊！小、男、生。』

對我說這些話的女人，跟小蕙一樣都是非常理性、崇尚知識與力量的水瓶座。我如果想找個水瓶座的女孩交往，她應該至少要小我五到八歲；倘若無法保持這樣的年齡差距，在她們看來，我們這些男孩子始終『難脫稚氣』。

如果是粉皮的言情小說，在我跟小蕙以流淚結束爭吵之後，我們應該要非常火熱的開始滾床單，並且纏綿到天亮才對。

但現實生活中，因為沒有旁白跟淡入淡出這種事情，石媽媽訂下的門禁時間並不會自動消失或人性調整，我跟小蕙匆忙穿好衣服，稍事梳洗一下（做愛之後，如果沒做好起碼的清理，真的是用聞都聞得出來），我拚老命猛催機車油門，趕在十二點以前把她送到家。

直到目送小蕙纖細的身影消失在樓梯間的窗邊，我才想起我們既沒有約定第二天通電話的時間，也沒說好什麼時候可以約會，所以我只好等。

現在想來十足愚蠢，不過我翌日真的是咬牙蹺掉一整天的課，不是很爽的在家看電視打電動，而是連出門吃個午飯都不敢，生怕錯過了小蕙打來的電話──明明我就有手機。

小蕙大約在傍晚五點多的時候打電話來。

『你的聲音怎麼那麼虛弱？你……生病了嗎？』

她的聲音充滿關心，聽得我暖洋洋的。

『我應該是餓過頭了……一整天都沒吃東西。』

聽到我是為了等她的電話，小蕙又好氣又好笑。

『傻瓜！』她輕聲罵著，聲音聽起來卻甜絲絲：

『你先去吃東西……我學校有點事，結束之後再去找你。』

我餓得頭暈腦脹，只記得很高興的掛上電話，然後就睡著了。

被電鈴聲吵醒的時候已經快十點，我掙扎著打開門，小蕙提著塑膠袋進了門，袋子裡飄出魷魚羹的鮮味。

『我就知道你沒去吃東西！』她氣鼓鼓的叨唸著，瞇成兩彎月眉的眼睛裡卻閃著水光，明明就在笑。

趁著她倒出魷魚羹米粉，我毛手毛腳的從後方抱住她，圈著她的細腰把整個人摟起來，往自己腿上放。

雖然餓得眼冒金星，但拜小蕙纖細單薄的身體所賜，不費什麼力氣就讓她坐在我懷裡。這麼修長的女孩，怎麼也看不出來有這麼輕。

小蕙也很怕癢，只是礙於手裡的羹湯作業，難以反抗，一邊弄一邊笑，邊回頭恐嚇我：

『你再鬧，我……我就把湯倒到你的腿上！』

真噠？可是我比較想喝小蕙湯呢！——這麼輕佻的話我當時還說不出口，年紀輕臉皮薄。反正手上正忙著佔便宜，嘴巴上輸一點也沒關係，我們要有運動家精神……

話雖如此，當小蕙發現我正解開鈕釦、拉開拉鍊，一點一點，無聲無息的鬆開她下身的衣物時，還是忍不住尖叫起來：『你……在幹什麼啦！』

當然是想幹妳啊！傻孩子——這種A片式的台詞，就算是現在叫我說也說不出來。

那會當場把你變成劫財劫色的山大王，不但破壞氣氛，我想也沒有女生喜歡。我只好以行動來表達我的理念……

令人臉紅心跳的拉鋸戰於焉展開。

『弄好了。』小蕙舉起沾了羹湯的纖細指尖：『我要去洗手。』

『不可以浪費食物。』我輕輕握住了她的手，拉到嘴邊吸吮著：

『非洲有這麼多可憐的小孩在餓肚子，妳實在是太沒愛心了。』

指尖跟腳趾一樣，都是很棒的性感帶。即使有些愛乾淨的女孩，不喜歡唾沫濕濕黏黏的感覺，只用舌尖輕輕點滑的效果也很棒；另外，只要用嘴唇輕輕含著，不要過度的深入口腔或接近舌板，這樣的吸吮也不會過於濕黏。

雖然當時我並不懂這些，幸好小蕙是個很喜歡濕潤感的女孩。

她在我懷裡扭動著，掙扎得很無力。

『你……你快點吃啦！』她面頰潮紅，連呼吸的溫度都突然升高。

『我不要。』我繼續死皮賴臉：『除非妳餵我。』

小蕙一向很聰慧機敏。『好。』她拿起塑膠湯匙舀了一勺，白色膠勺裡漾著琥珀色的羹湯，浮在液面上的香菜輕晃著。

我只好乖乖把手停在她的腰上。要是一不小心害她灑出來，清理地板桌面還是小事，萬一燙到小蕙，我可就捨不得了。

『啊把嘴巴張開，』她瞇著眼睛，笑得非常得意。『乖！好妳個石小蕙！好一著『投鼠忌器』的妙計！

知難而退那是棒槌的行徑，我們要遇強則強才能做令狐沖。我吃了悶虧硬食幾口熱湯，瞥見塑膠袋裡的一小袋醬包，忽然靈機一動。

『魷魚要沾點辣比較好吃耶！』越過小蕙的肩頭，嗅著香香的髮絲，我抬起下巴往桌上的塑膠袋一比：『是不知道這家的辣醬怎麼漾？』

『這家是我們這邊最好吃的魷魚羹米粉呀！你剛搬來所以不知道。』

她果然中計，放下塑膠碗跟湯匙，俯身去拿醬包跟小碟子。

我趁她打開醬包傾倒，秀氣的指尖沾著辣油時，扶著細腰的手開始往前探，一整個不安分起來。

這一動，小蕙就知道自己上當了。但這個遊戲的精神是這樣：只能智取，不能力敵。如果真的想做愛，我硬把她抱到床上，小蕙絕對不會拒絕我的，然而這樣相互角力的樂趣遠超過活塞運動，還沒進去，我就已經有臉酣耳熱、心跳不止的興奮感覺，小蕙也是。

我們從來沒有約好用這樣的方式調情。

但，至少在這點上，我們不知為何就是有這樣的默契。

小蕙做事很仔細，又非常愛乾淨，即使弄個沾醬也是如此，不會因為重要部位有魔手肆虐，就匆匆忙忙弄得一片狼藉。

我一邊跟她閒話家常，一邊把她的牛仔褲褪到小腿，小蕙的股間非常潮潤，手掌才稍稍游移到大腿內側，就能感覺到一股逼人的濕熱，比腿上的體溫還要高。

我的動作很慢，也很實，盡量不用搔刮那樣輕佻的手法。

這是『品』的問題，小蕙雖然受騙，卻是因為她很有教養，才會形成這樣進退維谷的窘境；如果我趁機刺激敏感部位，那簡直是違反公平原則了，跟按倒在床上硬來有什麼兩樣？

一次，只能得一分。

我用這分，換來她下身半裸。

小蕙羞紅著臉，把沾醬裝在小碟子裡，慢慢坐回我懷裡。我衣著整齊這件事可能讓她有點驚訝，然而卻無須言語，『默契』很快讓她了解遊戲的新規則：

我進攻，她防守，一次只能得一分。

我以為她會再舀一匙熱羹湯來保護自己，但小蕙是個非常有品的對手，她夾起一筷魷魚，轉頭餵我吃。

『我真的怕你餓壞了，這樣很傷胃。』她輕聲說，笑得很羞。

我嚥下很Q的魷魚片，雙手忍不住從她的腰移上胸脯。

這不是欺負她。那一瞬間，我是真的愛煞了懷裡的這個女孩，對當時的我來說，小蕙絕對是全世界最可愛、最美麗的女人，彷彿再怎麼愛都愛不夠，會有種身處極限而不知所措的感覺。

小蕙的胸很細小，從背後握住時，只有掌緣有沉甸甸的肉感，無法握得滿掌都是。正因為如此，她的乳尖就格外的吸引我，從小小一丁點軟肉、最後膨大成小櫻桃一般，變化非常明顯，那種既堅硬又柔嫩的觸感，總令人愛不釋手。

我隔著罩衫和棉布內衣捏著她的乳蒂，那是小蕙全身上下最敏感的地方之一，她雙手扶著桌子，仰頭不停輕輕發抖，嘴裡咬著一絲嗚咽似的哀鳴。

每當她快受不了了，就轉頭湊近我的耳邊：

『再……再吃一點，好，好……好不好？』

那快喘不過氣來的模樣讓我憐惜不已，『好。』我停下動作，她稍微休息一下，又俯身舀湯加醬，再小心翼翼的轉頭餵我。

小蕙起身坐回我身上來時，我才發現她濕到一種程度，泌潤豐沛到滲過兩層褲布，連我的腿間都濕黏黏的。

她餵我的表情帶著一絲狡黠，我恍然大悟。

下身半裸的嬌弱女孩，怎麼抵抗貪婪又有力氣的男人？除了滾燙的魷魚羹湯，小蕙用的第二招叫做『憐惜』。

表面上看來是我佔盡便宜，但在剛剛的愛撫之中，我並沒有侵犯她的意圖，只是本能的透過身體的接觸，傳達我對這個女孩的無比愛憐，甚至連撫摸的程度與時機，都在她的掌握之中。

小蕙的這一分，換來了『控制』。

我們就這樣玩了十幾二十分鐘。

又親又抱，又吃東西脫衣服，還不斷拿話擠兌對方；如果有旁觀者可能會覺得無聊，然而身在其中之時，那種情趣真的是難以形容。

譬如我說要吃米粉，米粉湯很難用湯匙跟筷子來餵，我們倆坐在床緣正對小茶几，湯汁會弄得到處都是，最後搞了半天，是小蕙含在嘴裡餵我，我飛快將食物嚥下（不這樣會很噁心），卻不肯放開她的唇瓣……

『我要吃魷魚，』我咬著她的耳垂：『幫我沾點辣醬。』

『終於會餓啦？』她咬著唇嫵媚的瞪我一眼：『活該！』

不知不覺，小茶几被我們推前了大約二、三十公分，勉強還搆得到魷魚羹，醬碟卻幾乎碰不到了。

小蕙起身向前去，我悄悄將運動褲褪了下來，她這樣來來回回好幾次了，越來越沒有戒心，這一下全無防備，坐回我腿心的一剎那之間，已將昂起的前端吞納進去。

她身體僵住，雙手死死扶著茶几，『啊』的悶哼一聲，體內收縮的力道，讓我差點忍耐不住。我扣著她的腰，一點一點扶著她坐回來。所幸小蕙已經足夠濕潤，不然其實雙方會非常疼痛，而且也容易造成女方的開口撕裂，以及男方的挫傷。

『你……』她閉著眼睛，有點像呻吟，又像是在呼痛：

『壞蛋！』

為了怕弄翻茶几上的湯碗醬料，我們的動作十分小心，與其說是抽送，倒不如說是研磨，和著接合處漿滑濕涼的體液。

就像小蕙在做愛間不時餵著我的，已經不再溫熱的黏稠羹湯一樣。

那是我這輩子，最難忘的身體經驗之一。

我每次看到A小說描寫愛液用『濕熱』這個字眼，就會忍不住笑出來。愛情動作片或許可以讓你預習女人的裸體，卻無法傳達做愛裡最奇妙難言的部分：氣味、觸感、心跳汗潮，以及不同部位的溫度變化……

愛液離開女人身體之後，就是又濕又涼的。

抽插時的感覺，絕對跟用手指愛撫不一樣。

在小蕙之後，我還跟幾個女人發生過關係。

數量並沒有多到『過盡千帆』或是『取次花叢』的程度，以一個三十上下的男人來說，就是很普通、很正常的經驗。女孩子們各有各的美好，單單討論身體、敏感度或技巧，小蕙絕對不是最突出的那一個；但，像那樣極富情趣的做愛方式，我卻再也沒有遇到過。

即使是長腿巨乳、肉體魅力極端吸引我的Candy，都無法像我和小蕙那樣，兩個人靠在一起玩歌名或詩句接龍——

你沒看錯，是詩句接龍，唐詩三百首。

我記得小學時，洪老師會叫人每天在黑板上抄一首唐詩（通常是我或小蕙），按《唐詩三百首》的順序往下背，每天放學要背完才能夠回家；如果是比較長的樂府詩就分幾天來背。

小學畢業時，我們幾乎把整本都背完，在那個記憶力最好的時期，

即使在交往的當下，小蕙只要隨便唸一句詩，我馬上就能接下一句，哪怕詩題作者全忘了，背誦卻已經成為本能。

我們常常頭靠著頭，百無聊賴的玩著這種接龍遊戲，想辦法接到『二十四橋明月夜，玉人何處教吹簫』、『桃花盡日隨流水，洞在清溪何處邊』、『花徑不曾緣客掃，蓬門今始為君開』之類的，充滿性暗示的詩句，往往越接越覺得臉紅心跳。

做為挑逗催情之用，這個遊戲其實非常有意思。

越接，會越覺得彼此默契十足，等真正做起來時已很有感覺，不用很久就能攀上高峰，即使結束後那種幸福感都不會消失。

在我心裡，小蕙就像是《浮生六記》裡沈三白的妻子芸娘，又或者是《紅樓夢》裡，那個心如針尖的官家小姐林黛玉。

或許以現代的審美觀，體態豐豔的薛寶釵才是長腿大胸部的尤物吧？但我讀《紅樓》的時候，卻很能體會寶玉為什麼獨對愛吃醋小心眼、總喜歡繞彎罵人看事情的黛玉姑娘心心念念。

那不是前世的木石之盟所致，而是為了今生的一點靈犀。

『妳今天忙什麼啊？』完事後，我們沖洗乾淨，躺在床上休息。眼睜睜看著時鐘的長短針不斷走著，越來越接近十二點會很心慌，我試著找別的話聊。『是忙社團或功課的事嗎？』

小蕙搖頭。『我沒參加社團。』

『我……今天去面試。』看著我訝異的神情，她笑著撫摸我的臉：『我找了份兼職工作，在一家咖啡廳當櫃檯。』

小蕙掙扎著想從床邊拾起衣服，但做完愛的她總是非常非常嬌弱，像發了高燒似的，劇喘過後會有點虛脫的感覺，全身都使不上力。

我替她從牛仔褲裡摸出一張名片，店名當然我沒聽過，地址離小蕙的學校和家裡算是不遠不近，差不多是在中間。

當然，我的打工經驗非常有限，寒暑假的工讀性質跟平常不太一樣，我跟阿凱去的補習班班導算是不錯賺，但要配合小朋友的時間，非寒暑假的日子很難配合，除非是文學院的大四幾乎沒什麼課。

『為什麼找這家啊？』我對『距離』的部分耿耿於懷。

學生找打工，通常不是在家附近，就是離學校很近，這樣要趕上班也才來得及，像這種公司、學校、家庭的大三角分佈，本身就是一件很浪費時間的安排。

『朋友介紹的。』小蕙笑著說：『老闆是我們以前的老學長，賺錢後開興趣的。現在的店長也是本系學長，而且薪水不錯。』

『我希望下學期的學費可以自己負擔。』她的口吻裡充滿決心。

現在想起來，當時的小蕙一定覺得壓力很大。

父親去世後，家裡的經濟只靠母親替人家幫傭，要供兩個孩子唸私立學校的確是有點拚。即使小蕙已經申請了相關的軍眷補助，現金的壓力仍然不可小覷。

我跟小蕙一直沒有什麼機會出去玩，因為法商學院的課重到我難以想像，交往以來都是她下了課順道來找我，也都不是用餐的時間。

小蕙平常就吃得很少，食量簡直跟金絲雀差不多，我跟她吃過幾次消夜，但她後來就老實說沒胃口，我們乾脆把時間省下來，就算乾躺著瞎聊天也好。

而我們做愛的次數非常頻繁，幾乎每次見面都做。

但水瓶座的女孩子天生有種冷調——這絕對不是指她們性冷感。

即使水瓶女對性愛樂在其中，她們也絕對不會沉迷深陷，絕大部分的時候都保持著冷靜、知性的風象姿態，所以，我所認識的水瓶座女孩都不是性關係隨便、對肉體採取放任主義的人。小蕙，當然也不例外。

我漸漸覺得，那是她愛我的方式之一。

因為我想要，所以她毫不吝惜的給。

如果不是體力負荷不了，她或許會更熱情奔放，更盡力的來滿足我。比較起來，小蕙似乎更喜歡調情的階段，那些到今天我都無法忘懷的各種瑣碎『情趣』。

意識到這點時，我覺得自己完全不是個稱職的男朋友。

簡直是……糟糕透了！但如果要我完全不碰小蕙，那又太過痛苦了，我一看到她就很本能的想要她，除非砍掉重練，不然絕對是克制不住的（我也不願意）。

不能打愛情熱線，連約會都要等她通知；每天光等在家裡，讓女生自己舟車勞頓，上門來給你推砲……以職場來比喻，這完全是待裁冗員，公司要你幹嘛？應該直接送去燒掉啊！

——這樣下去不行！

不想點辦法的話，我會變成滿腦子做愛的禽獸，並且在學期末因為曠課節數過多，而慘遭退學；更重要的是：我無法如廖玉婷所說，成為負擔起小蕙人生的真命天子！

我決心要為小蕙做點事，站在男朋友的立場。

很快的，我找到了小蕙工作的那間咖啡店。

原本以為是供應紅茶簡餐的那種陋巷小店，沒想到真的是一間咖啡專賣店，就是那種販售原豆、提供代磨服務，還會用虹吸式壺具烹煮咖啡的地方，濃郁的咖啡香在幾條巷子外就嗅得到，裝潢也堪稱典雅，而且工作人員也要穿制服。

這並不是想像中充滿危險的工作場合，儘管制服有些樸素，小蕙穿起來還是很好看。

應該不用擔心有禿頭肥胖的中年主管，會對秀麗的少女工讀生伸出侵害魔爪，我開始想進一步替我的魔爪鞏固獨佔事業……不，是善盡一個體貼好男友的公民義務。

小蕙開始打工的第二天，我就提議要接送她上下班。

『第一，我真的很閒，妳看過我的課表了。』我小時候也是熟讀《小故事大啟示》的，怎麼說也算是歷代偉人的函授學生了，這一點點說服力應該是要有的。『第二，區部到咖啡店還要轉車，其實很不方便吧？摩托車可是台北市交通的地下王者，比小黃還威啊！』

『不行。』她態度堅決。

『為什麼？』

『第一，你很閒就去做點別的事啊！考考托福什麼的，以後才能找到好工作，賺很多的錢啊！時間浪費掉了，誰能夠賠你？我可賠不起。』

我一整個被訓得目瞪口呆。

『第二，你從學校來接我，再去工作的地方，然後再回家……這比我搭公車轉車還遠啊！而且一兩次就算了，每天都這樣，你會累垮的知道嗎？我不要這樣。』

這聽起來當然是很甜蜜，所以我更要堅持。

『我不怕累啊！接送妳我會很開心的……』

『你增加的油錢怎麼辦？你要跟家裡說「因為我交了女朋友」嗎？』

法律系的訓練真的是太扎實了，我完全就是吵不贏。

小蕙像哄孩子似的拍拍我的臉，笑得眼睛瞇瞇的。

『你要乖乖的啊！雖然上班後會比較累，沒辦法天天去找你，但一星期我至少會去兩到三次的，過去之前我會打電話給你。』

她輕輕笑著，眼裡有一絲水光。『你如果有其他別的女朋友，要藏好別讓我看到，我怕我會受不了。』

冤枉啊，大人！我攔轎趕緊喊冤……不，是趕緊攔轎喊冤，並且為了防止大人再度胡思亂想，一定要把干擾正念的衣服全部剝光，進行直接坦蕩的深入溝通，以及具有糾正意義的簡協運動……

雖然被辯駁得啞口無言有點糗，但男人該做的事還是要做……我指的不是攔轎喊冤的部分。

與其空口白話的爭執，其實只要找一天實際接送一次，讓她自己去比較看看就知道了。只要我自己不嫌麻煩，其實機車的油錢並不是無法承受的負擔。

我騎著車，來到了咖啡店的巷口外。

而且為了替自己找個合理接送的名目，我還跑到附近的7—11，留了姓名資料應徵工讀生。『如果我每天也要來這附近打工，妳總沒有理由不讓我接送了吧？』我天真的打著如意算盤。

本來應該在巷口等到她下班，但等了半個鐘頭我就坐不住了，頻頻在店外探頭探腦的結果，玻璃門忽然打了開來，一個妝有點濃的御姊型漂亮女服務生笑著對我說：

『歡迎光臨！有什麼可以為您服務的嗎？』

（魔教妖女！快把我老婆交出來！）

就算我真的很想，也不能這麼說。正想隨便編一個理由從戰場撤退，櫃檯後的小蕙已經看到我了。

『啊！你……』她瞪大眼睛，又好氣又好笑。

『呃，我……』被抓包就很衰啊！還要怎麼形容？

御姊看看她又看看我，露出恍然大悟的表情，笑容一下子曖昧起來：『嘉蕙，這是妳男朋友啊？』

——不然是管區來簽巡邏箱嗎？但我仍然不能這麼說。

問題是，應該說話的小蕙也沒有開口。

她只是尷尬的笑了笑，什麼話也沒說。

19

小蕙就放我一個人在店外等。

隔著玻璃，我看見那位御姊店員跟小蕙交頭接耳，一邊向我投來曖昧的眼光；小蕙堅定的搖著頭，似乎在抗拒著什麼，過了一會兒終於舉手投降，去店後換下制服，背著包包走了出來。

御姊跟雙刀雞姊一樣，都是『姊』字輩的人物，好歹也是江湖上走跳、武林中打滾過的，上道到一種爆炸的地步。

『別讓男朋友久等了。』據說她很堅持。

當然，我是透過小蕙的轉述才知道的，淑惠姊——人家御姊也是有名字的——連推帶送將她請出門，並且再三保證會幫她打下班卡。

小蕙走了過來，我抬起頭，臉色不太好看。

『你這樣我會很困擾的。』她小小聲的說。

如今想來，那是有些撒嬌佯嗔的口吻。如果遇上一個溫暖的抱抱親親，或者一副寬容體諒的廣闊胸膛，也許會轉化成十分動人的愛嬌。

只可惜我當時還太年輕。

『困擾什麼？』我憋久了的怒氣勃然欲起：

『讓人知道我是妳男朋友，有這麼糟糕嗎？』

她瞪大眼睛，可能沒想到撒嬌竟換來這樣的回應；恢復鎮定的剎那間，小蕙神色一冷，我就知道情況要糟——

『你一定要這麼幼稚嗎？』瞇著眼睛，她笑得冷而無奈，左半邊的臉頰擠出一條細細的法令紋，奇妙的是，那樣居然使她的肌膚看起來更加細緻，宛若骨瓷。

『我才上班沒兩天，就要讓同事幫我打下班卡，如果店長知道了怎麼辦？其他同事又怎麼看我？』

我熊熊愣住，氣燄當場熄了大半。

『我又沒叫妳先走……』這是很無力的垂死掙扎：

『人家都說妳可以先離開了，那有什麼關係？』

小蕙莫可奈何的笑著，那樣的神情讓我很受傷。

『那是淑惠姊的好意，不代表這樣做就是對的。』

『我……並沒有否認你是……是我的男朋友。』她小聲說：

『不然淑惠幹嘛叫我早點走？她說「別讓男友久等了」耶！』

剛挨完一頓鞭子，恩賜的胡蘿蔔就顯得特別甜美——男人就是這麼可悲的動物，也沒比馬好到哪裡去。

我樂得像撿到骨頭的小狗一樣抬起頭，差點連耳朵尾巴都豎起來：『真的啊？』

『笨蛋！』

小蕙埋怨似的瞪我一眼，只差沒伸手摸摸我的頭。

『對……對不起。』這感覺真是糟透了。

還好主人趕緊幫我搔癢抓肚子。『我原諒你。』

兩人相視一笑，小蕙跨上後座，我迅速發動了摩托車。

『我來接妳高不高興？』晚風裡，我的聲音隨風逸去。

小蕙把臉藏在我的頸窩，那股刺癢的暖意卻久久不散。

『高興。』她的嗓音悶悶的，有種小貓蜷爪似的嬌慵。

吃飽飯一回到住所，我迫不及待的剝光小蕙，略顯粗暴的進入了她。

彷彿是為了宣示我的主權，這晚我特別用力，打樁般的活塞運動沒有什麼細膩周折的感受，單純的只想留下印記，就像牧場主人的烙鐵一樣。

沒什麼前戲，剛開始的時候連我都覺得刮痛。但小蕙是個泌潤很豐富的女孩，也可能是出於身體的自我保護，不一會兒就進出得很滑順，讓我失速的衝撞起來。

但她劇烈的喘息卻讓我覺得還不夠。

我……還要更多的回應，才能證明我留下夠深的痕跡。

『叫……叫大聲一點！』我咬著她軟嫩的耳垂重複著：

『叫出來……叫出來！再……再叫大聲一點！』

小蕙扳起尖細的下巴，掙扎著轉過頭去，緊繃的身體卻被我解讀成高潮即將來臨，我更用力的動作著，不斷要求她叫喊出來……

『不……不要！』

小蕙突然奮力推我的肩膀，哭泣似的發出第一聲叫喊。

我很想確切的形容那一個瞬間，但我知道我力有未逮。那樣輕、那樣的軟弱無力，彷彿我抽乾了她的每一分力氣，卻讓她累積了龐大的激情與壓力，在一剎那間非迸發不可。

強烈的怒意，配上她被撞擊得狼藉虛弱的樣子，我毫無預警的被推上了高峰，倏然間爆發出來。

按照言情小說的規則，接下來精疲力竭的兩人，應該滿足的進入夢鄉，然後在黎明之前甦醒，再大戰一場。但很遺憾現實生活裡沒有辦法省略這麼多細節。

除了初體驗那夜因為毫無經驗，不小心做了中出這種危險的事，接下來我們幾乎每次都全程使用保險套。

『如果懷孕的話就死定了。』小蕙如是說。

其實當下我並不這麼覺得。

我喜歡小蕙，到了巴不得隨時隨地和她瞎攪和的程度。雖然說以我父母親的家教之嚴格，讓女孩子未婚懷孕，可能會讓我活生生被打斷一條腿，但不知為何，只要一想到這樣就可以讓我跟小蕙結婚在一起，坦白說我心中不無期待。

如果不是我一進門就突施偷襲，她絕對不容許這樣直接硬來的。

我跟小蕙笨拙的清理著下身的殘留物。她跑進浴室用蓮蓬頭沖洗，隔著門板，仍能聽見水柱強勁的聲音。

『我不喜歡那樣。』小蕙圍著浴巾，扶著牆出來。

『怕什麼？』我嘻皮笑臉：『如果有了我就娶妳。』

『不……不是那個！』她羞紅了臉：『那也不好。我不喜歡你剛剛那個樣子說……叫我……那樣……

『你那樣，讓我覺得自已很沒價值。

『很像妓女。』她認真的強調，模樣委屈。

『才不會！』這種說法讓我既驚訝又心疼。

我摟著小蕙，一本正經的跟她解釋那只是一種情趣而已，而且我非常喜歡她的聲音，那讓我覺得非常興奮和性感……

她紅著臉，安安靜靜的聽著，單薄的胸脯不住起伏。

不知為何，我被她凝視得心虛起來。小蕙還是一樣的美麗動人，我摧殘了她似的快感與成就感（？）一如往常，然而她那種水瓶座獨有的眼神卻令我不覺心慌，那不是迷醉耽美的眸光，一點也不黏膩，而是清清楚楚的、滿懷著我無法理解的心思。

也許是一個人瞎掰太久，詞窮了，我慢慢變得沉靜。

『或許有一天你會覺得我很卑鄙。』她突然說，聲音就像流水隨心似的輕薄透明。

『其實我只是，用身體來交換你的愛情。』

『亂講。』我收緊臂膀：『我是真的愛妳。』

她瞇著眼睛微笑著，眼縫裡泛起水光。

『那就是我卑鄙的地方。』

『答應我兩件事。』

起身穿衣之前，小蕙背對著我坐在床緣，光潔滑順的裸背在僅亮著小燈的夜色裡看來，似乎微微泛著幽冷的光暈，就像是象牙一樣。

『第一，「我是你的女朋友」這件事，請你別再懷疑了。』

『好。』我笑了出來。

『雖然你這麼愛吃醋、佔有慾這麼強我有一點開心，但如果超過某個界線，我會受不了而逃走的。』

『真的有一點開心嗎？』男人總是有選擇性失聰的毛病。

『嗯，還滿開心的。』她笑成了瞇瞇眼：

『不過太多了我會喘不過氣來。活著，已經夠辛苦的了。』

搶在我毛手毛腳之前，小蕙趕緊接續正題。

『第二，再也不要來咖啡店接我了。有你接送我很開心，但工作就是工作，我自己可以應付，你要尊重我的決定。』

這件事最大的受害者，應該是錄用我的那位便利商店店長。

他可能永遠搞不清楚，為什麼他的工讀生都還沒開始工作，就突然人間蒸發了。如果店長有上PTT的話，我想為我當時的年幼無知致上最誠摯的歉意……

如果繼續描述我跟小蕙的交往細節，就算僅僅是做愛的部分，大概還可以再寫個七八章都沒問題。我們並沒有很頻繁的做，但那些畫面和感覺我始終難以忘記。

我並不打算這樣做。

即使坐在電腦前打字的當下，我仍然在思考：

『究竟是什麼原因，讓我最後離開了小蕙？』

『小蕙另外有男人了』──這是很聳動的方向。

如果是的話就好了。

如果是的話，很多東西都會變得容易一些。只可惜真實的人生總比肥皂劇或鄉土劇要複雜得多。

我打開電腦裡的播放程式，開始播放那英的〈夢醒了〉。在結局之前，這可能是最切合這個故事的主題曲。

在結局以前……

大家可能很難想像，我跟小蕙始終都在爭吵。

儘管十次裡有九次半會在做愛後流著眼淚，確認彼此的心意，但其實爭執的內容總是大同小異。

她被生活及課業壓力壓得喘不過氣來，而我卻一點忙也幫不上。土象星座的浪漫對她來說，似乎是干擾居多，我的愛情在其中不斷的遭遇挫折，然後小蕙只能在床笫之間補償我，任我予取予求——

那種大男人似的滿足感，以及使不上力的挫敗經驗，讓我變得有些扭曲而神經緊繃。

小蕙跟廖玉婷抱怨我的易怒，而我則向廖玉婷大吐苦水。

『我到現在還不能隨便打電話給她。』這點最讓人火大：『我簡直就像是黑道大哥的女人！』

『你要更體貼一點。』廖玉婷溫吞的口氣還滿火上加油的。

『她對你已經非常好了，百依百順的。我現在約她都約不出來耶！她剩下的所有時間都給你了。』

『比對那個學長還好嗎？』我冷笑著，口無遮攔。

話筒彼端突然一片死寂。

『你也跟小蕙這樣說嗎？』過了很久，廖玉婷才慢條斯理的問。

我頭皮發麻，只是拉不下臉認錯。『當然沒有。我只是……』

『我以為你是個比較好的男孩子。』廖玉婷淡淡的說：『當初你跟我說的話那麼動聽，沒想到你是這樣子想。』

我很確定自己並沒有處女情結。

但潛意識裡，卻是如此在乎小蕙的過去，不斷和那個未曾謀面的該死傢伙做比較，看看小蕙愛誰比較多……

霎時間我忽然醒悟。

原來，我是那樣的憧憬著可以不顧一切、離家跟男友同居的小蕙。那種強烈激情，才是我想像中的愛情頻率。

那個理性至上、冷靜實際，在床上又非常熱情的小蕙，對我來說其實反差太大，我沉迷在肉慾之中無法自拔，卻被逼著不斷回頭省視愛情，一點都沒辦法感到安心。

我努力跟廖玉婷解釋，我並沒有因為她跟學長的那一段，而覺得小蕙不好或是沒價值。

『我只希望……她讓我多愛她一點。』我苦笑著：

『不用那麼理性，模糊一點也沒關係……犯錯也沒關係。』

『你跟周令儀……有沒有怎麼樣？』

這一下肘腋生變，我冷不防的一悚，幾乎是本能反應：『什麼怎麼樣？』

廖玉婷儘管說話溫吞，卻一向是個直率的女孩。

『你跟她，有沒有發生過什麼……譬如說上床？』

『當然沒有！』我嚇得魂飛魄散，其中不無心虛。

這關周令儀什麼事？自從跟小蕙開始交往，我發現自己已經很久都沒有想到周令儀了。

『小蕙一直覺得，你跟她如果沒發生過親密關係，大概也發生過類似親密關係的什麼事。』

憑什麼？天眼通嗎？我幾乎叫喊出來，在緊要關頭狠狠咬住舌尖，痛到飆淚。

『女人的直覺。』她的笑聲透過冰冷的話筒線路，有種很溫煦柔軟的觸感。

『我本來覺得是她想多了，但經過那天陽明山烤肉之後，我倒不覺得是小蕙一個人在胡思亂想。』她停頓了片刻，似乎在斟酌用字，要怎樣才不會聽見那個她不想聽見的答案：

『你跟她，真的沒什麼嗎？』

現在，已經可以坦然回答了。我暗自鬆了口氣。

『真的沒什麼，我向妳保證。』

廖玉婷笑了，那是如釋重負的感覺。

『以前，小蕙就很在意周令儀的事。』

這讓我無比詫異。至少在國小的時候，她們是焦不離孟的，更何況長期以來，周令儀完全就是石小蕙個人的御用殺手，專門執行最困難的A級任務。

『小蕙始終覺得……周令儀比她更漂亮，也更吸引你。她不自覺的排拒著周令儀，卻又依賴周令儀來連結你。』

廖玉婷的笑聲有些虛渺。『人就是這麼矛盾，對吧？

『小蕙很容易受傷，過去也太相信人，但現實又逼她不得不成長……比起你跟我，她可能想的、做的會更矛盾，也更複雜。換作我是你，也不一定知道該怎麼辦，我所能想到的也只是更包容和更體諒而已。』

這回輪到我沉默了。

『你看不看棒球？』廖玉婷突然問。

『難道妳看棒球？』

對，她看，而且還是三商虎林仲秋的球迷。

『如果你要當救援投手，就不能像先發一樣，每一場都可以從零開始。這是你早就知道的，我提醒過你。

『況且……』話筒裡傳來她溫和的笑語：

『「多愛她一點」怎麼會是由她來決定？主詞是你呀！』

棒球女神廖上師的一席話，當場讓我覺得自己開悟了。

跟小蕙交往將近三個禮拜，我始終都讓自己處於被動。因為能把握的東西太少了，讓我像個快溺死的人一樣，緊抓著某些東西不放（譬如小蕙的身體），忘了感情其實需要更全面的視點——雖然我還不知道，那究竟是什麼東西。

為小蕙著想，給她她需要的東西，做她的依靠……

原則很容易理解，但落實到日常生活裡去很困難。

如果依照小蕙的既定行程，那我就是什麼都別做，白天照樣去學校上課打屁，或者是找份兼差賺錢，然後晚上回家，等小蕙自己過來……

這樣我能為她做什麼？提供更好的性服務嗎？。

這個思考的方向毫無建設性。

水瓶座的人，連面對性愛的態度都非常理性，她們不是不懂享受，甚至也能是感度十足的箇中好手，但不會像我們這些好色的土象星座一樣，被慾望支配，而是保持一種『優雅而投入』的淡藍色冷調。

如果她們願意，甚至可能做到無性、在愛情之中卻仍然優遊自得的地步。
為了反客為主，我二度向久違了的呂翰大人借車。
『你失蹤一陣子了，大家都很擔心。』
他笑得一派溫文，一點都看不出狼心狗肺的樣子。
『被蜘蛛精抓去盤絲洞了嗎，三藏？』
出於心虛，我頭皮一整個發麻。失去處女都看不出來了，難不成失去處男有這麼明顯嗎？
『這是有訣竅的。』呂翰大人附耳傳授：『人類的祖先是猴子，在自然界雄性必須突顯自身的生殖能力，來延續更有力的基因，就像鳥類的羽毛越鮮豔，代表攝食能力越強……類似這種特徵。』
喔喔喔喔喔喔喔！原來處男和非處男，是可以從外表分辨的啊！真是太驚人了！那訣竅是……
『當你失去處男的時候，尾椎會變得比較長。』
我連忙回頭去摸屁股，呂翰很辛苦的忍著笑，全身發抖。
『如果是悟空的話會更明顯的，三藏。』
在呂翰房裡打麻將的學長們開始狂笑。
『幹！你車子到底是借不借啊，八戒？』
完全沒人理我，那群麻將渾蛋繼續忘我的笑著。

我開著銀色的金全壘打，在咖啡店的巷口臨停。

如果每天騎機車接送小蕙被斥為浪費，那麼挑交往三週的紀念日，專程開車載她回家，應該算是一種浪漫與體貼。

這不禁令我雀躍起來。小蕙她……一定會覺得驚喜吧？

我耐著性子等到下班，小蕙跟那位御姊店員淑惠相偕出來，兩個人有說有笑，看起來心情很不錯。

我跨出車門迎上前去，期待小蕙露出欣喜的模樣。

『小蕙……』話沒說完，她突然板起臉來。

我愣在當場，忽然想起我們的約定。

就我的理解，那並非是一點例外都不容許的鐵則。

『你來做什麼？』她咬著嘴唇小聲問。

『我……我來接妳啊！』我硬撐笑臉：『今天是我們交往三……』

這次小蕙並沒有露出無可奈何的苦笑——也許是停留的時間太短，直接就跳到了冷戰的態勢，我的視線還來不及捕捉。

周圍的空氣一瞬間凝結。

『我們說好的事，你都沒放在心上嗎？』她壓低聲音，但那樣的刻意本身就是一種敵意。

『可是今天是我們交往三週的紀念日……』

『你又來了！』小蕙忍無可忍：『永遠都有理由！那你答應我的事呢？等我去你家再慶祝，不行嗎？』

雖然我們用很小的音量交談，但壓力已經開始擴散。

後面的淑惠尷尬的笑了笑，聳肩說：『我先走好了，你們倆要好好的去約會呀！』

小蕙卻一把拉住她。

『我們說好了要一起回家，』她眼睛看著我，冷靜的說：

『答應別人的事就要做到。走吧！』

她挽著尷尬的淑惠，越過我繼續往前走。

我腦袋裡一片空白。說是沒有這麼嚴重，但小蕙從未對我擺出這麼強硬的冷戰態度，這讓我深深的受到了驚嚇。

回過神，我快步追出巷口，鑽進車門發動引擎，老舊的金全壘打沿著人行道緩緩滑行，一眨眼就跟上了小蕙她們。

小蕙鐵了心繼續往前走，淑惠頻頻回頭看我，似乎在勸她不要這樣，小蕙卻連頭也不回，一逕往公車站牌走去。

公車並不是隨傳隨到，我不能停在候車區，只好遠遠的暫停在人行道旁。

她們等了大約七、八分鐘，公車仍然不見蹤影，我正想下車去勸，小蕙卻拉著淑惠走進一間咖啡連鎖店。看著兩人的身影消失在樓梯間，我呆愣著不知該怎麼辦。

好……好難堪。

除了難堪之外，我甚至覺得自己很不堪，卻不知道到底做了什麼十惡不赦的壞事，要遭到自己心愛的女朋友如此對待。

尤其是在外人面前，我彷彿被當眾打了一巴掌。

連候車處的路人都看得出我在跟著那兩個女孩，卻明顯沒獲得善意，投來的眼光像在看個變態，在小蕙她們上去咖啡連鎖店之前，甚至有個上班族模樣的男人上前關切，一邊跟小蕙交談，一邊指著車子這邊，我看到他比了個打電話的誇張動作，當然是比給我看的。

足足等了四十分鐘，才又看到她們走出店門。

我一直希望小蕙覺得懲罰夠了，會走回車子這邊，只可惜這樣溫馨的結局畫面卻始終沒有發生。

等不下去了。我打開車門，連鑰匙都忘了拔，快步走到公車站牌下。瞬間小蕙警戒的眼神，又再度刺傷了我。

那或許是因為我看起來很瘋狂的緣故，然而當時我毫無所覺。

『上車吧！我載妳回家。』我的語氣幾近哀求。

『我說過了，今天我要跟淑惠一起搭車。』

她淡淡的說：『你先回去吧！明天我再找你。』

要是現在問我，我會說那是一種軟化的徵候。

有些剛硬的人，永遠都無法說出柔軟的言語，只能用比較的方式來察覺她們的退讓；這是個好預兆，應該要懂得見好就收。

但當時，我只覺得絕望已經滿到胸口，幾乎使我當場溺斃。

這次連老天都不幫我。對話還沒繼續，公車已經停下；拉著不停回頭的淑惠，小蕙毫不猶豫上了車。

如果不是開著呂翰大人的愛車，我可能會一把跟著跳上去。

我像行屍走肉般回到車裡。怎麼回到愛心牌宿舍、甚至停好車什麼的，我已經沒有印象了。要不是還有一絲理智，顧念著呂翰的車，路上有幾次我很想踩著油門就這樣衝下河堤，或者是衝出高架橋的護欄也不錯……

胸口，有一種深積的鬱氣無法消除，我分不出是痛苦還是憤怒。罕見的，我到便利商店裡買了兩手罐裝啤酒，回到家一罐接著一罐的喝。

那是非常奇妙的舉動。

我坐在地上，像機械人一樣拉開拉環，就這直挺挺的仰頭灌完一罐，然後拉開第二罐，仰頭，倒完；接著開第三罐，仰頭……一邊想：

『我怎麼還沒有醉？怎麼還這麼清醒？為什麼？』

正常人的肚子一口氣能裝進多少啤酒？

根據我實驗的結果，應該在九罐上下。

我像表演儀隊耍槍一樣，一口氣狂開到第九罐，才開始覺得肚子不舒服，那種感覺很像要打嗝、但你很清楚喉頭一動馬上就會反胃吐出來一樣。

開始覺得有些暈眩，我掙扎著躺到床上，酒精的力量這才開始慢慢發作。

我不知道自己這樣癱了多久，直到喉頭那股痙攣再也忍耐不住，根本來不及起身、爬到廁所，我攀著床沿低下頭，『嘔』的吐了一地。

那樣的感覺，就像肚子裡所有的一切，一口氣壓出胸腔一樣，我嘔得涕淚直流，手腳一軟，跌進那攤自己吐出的穢物中。

然後我就醒了。

醉過的人都知道，嘔吐最是醒酒。

一旦吐過幾次，想繼續醉都不行。我趴在自己的嘔吐物間，突然覺得無比淒涼：如果能這樣醉到天亮，至少我還昏沉過一夜，不必如此面對自己的難堪，然而卻不可得。

我撐地坐了起來，慢慢的，無聲的清理自己。

連接我和小蕙之間，那一根名為『理性』的琴弦已然斷去。

寂靜的夜裡，我支著額頭，頹然坐倒在氣味刺鼻的穢物間，溫熱的液體擠出痠澀的眼眶，我忽然難以自制的大笑起來。

20

失去理智是一件可怕的事。

那並非意味著你變成一個捶牆壁、摔東西，甚至會抄傢伙上街見人就砍的變態神經病，而是有些東西你再也不在乎。

不在乎她流眼淚，不在乎心正碎著，一切……都變得毫無意義。

收拾完嘔吐的穢跡，我拖著滿身的疲累，還跑去沖了個澡，卻無法覺得比較放鬆，也沒有能夠擺脫那種胸口鬱悶的低氣壓，就這樣呆呆坐著，直到窗外透出一點亮。

凌晨四點，我拿起電話撥給小蕙。

『喂。』我粗魯的說。

接電話的是她，聲音有些悶鈍，那是從睡夢裡被挖起來的徵兆。

被令人反胃的刺鼻酒臭與疲憊折磨了一整夜，那個讓我痛不欲生的女孩卻好夢正酣，這令我毫無道理的忿怒起來。

我完全，無法控制想要傷害她的衝動。

『你……』小蕙似乎這時才清醒過來，壓低聲音：

『你……你瘋啦！現在才幾點？吵醒我媽怎麼辦？』

『我……我才不管！』我嘟囔著。

奇妙的是，記憶中我並不覺得自己醉了，然而回想起來，當時我的確是滿嘴渾話，聽不出一丁點的清醒與理性。

小蕙嘆了口氣。『你又來了……』

這個『又』字像針一樣扎中我的心口，讓我差點跳了起來。

一直以來如此捧妳在掌心裡的我，原來是個『又』做混帳事的傢伙？

彷彿被胸中一股氣擠壓出來，我像連珠砲似的，劈哩啪啦述說著交往以來心中對她所有的不滿，那種一洩千里的快感淹沒了我的理性與組織力，以至於現在我全然想不起當時究竟說了些什麼，只記得壓力一空的混亂與失序。

小蕙一言不發的聽著，直到我被自己的唾沫嗆到，劇咳著中斷了話語；回過神時，只覺得腦筋一片空白。

話筒的另一端很久都沒發出聲音，連呼吸都很模糊。

『你說完了嗎？』小蕙說，語氣異常冰冷。

一瞬間，我突然害怕起來。明明氣到理智全失的人是我，但土象星座完全沒有打冷戰的本錢，我們怕孤獨、怕寂寞，怕滄海桑田怕愛成逝水，怕回頭只餘一身寥落，什麼東西都失去原有的形狀……

『小蕙！我……』

『你說完了嗎？』

無論回答『是』或『不是』，我覺得接下來的話我可能無法承受。

小蕙卻連最後一點灰色地帶都不給。

『如果你說完的話，我九點還有課，要先去睡了。』

『小蕙……』

喀嚓！電話掛斷，耳邊只剩下『嘟嘟嘟……』的空響。

我有多怕這種冷處理？怕到電話掛上的一剎那間，我立刻就崩潰了。

理智、情感、節制……統統都崩潰殆盡。

我拿起電話，飛快的按下小蕙家的號碼。

電話只響了兩聲，小蕙立刻就接了起來。清晨四點鐘，電話鈴聲想必是異常刺耳。

『你到底想幹什麼？』她的語氣像冰刀一樣。

『不要那樣子跟我說話！』我吼叫著，口吻卻近乎哀求：

『說妳愛我！說妳以後都不會這樣跟我說話，會很溫柔……』

『我不要。』她非常冷靜。我幾乎能想像她瞇著眼睛，冷笑中帶著波紋不驚的淒苦與無奈。

那是『你傷我無法復原』的意思。讓我悔恨，看著我悔恨，這就是小蕙對付我的方法——因為激情無法傷害激情，激情總是相互吸引著；唯一能殺死激情的，只有冷漠。

『為什麼……』話還沒說完，小蕙已經掛上電話。

我赤紅雙眼，咬牙按下小蕙家的電話號碼。

如今想來，小蕙一定是異常難堪。

清晨不斷有電話打進來，就算家人再怎麼深眠，總有被吵醒的時候。她該怎麼面對母親的責難？又該怎麼面對弟妹的眼光？

半年前，她才剛結束一段不堪的感情，重新回到家裡，家人也重新接納了她……雖然母親仍不時有些尖刻的冷語埋怨。小蕙該怎麼向她解釋，自己又招惹了一個不理性的瘋男生？

當時，我全然沒有想到這些。

數不清是第幾次被掛斷後又重新接通，小蕙的聲音聽來已經是忍無可忍。

『我不想，再跟你說話了。你長大一點吧！』

我已經做好重撥的準備，但這次小蕙卻沒有掛斷，她只是把話筒輕輕擱在桌上。凌晨四點半的客廳，小蕙家中一片寂然。

彷彿被扔進真空的宇宙監獄裡一樣，那當下我只覺得無比害怕絕望，聽不到小蕙的聲音又什麼都不能做，這幾乎讓我發狂。

我喊著小蕙的名字，從清晰到嘶啞、從分明到崩潰，話筒彼端卻毫無回應。我一把將電話往牆壁上扔去，『砰！』話機摔得四分五裂，我這才發現自己已然喑啞，連喘息聲聽起來都像是垂死之狼。

我一拳捶上牆，那種骨裂般的劇痛讓我本能弓起身體，兩拳、三拳……捶到第八拳時，我終於失去揮動手臂的力氣（及勇氣），右拳指節擦破油皮，手指痛得無法伸直，卻沒有預期中滿牆血染的景象。

連自殘都如此狼狽，我可笑的痛苦已經累積到臨界。

不知從何而來的愚勇，我披上外套衝下樓，就這樣一路跑到小蕙她家樓下。

時間是凌晨五點。我按下她家的電鈴。

『你再不回去，我要報警了。』小蕙寒聲說著。

那是我從未見過的憤怒與驚恐。

『除非妳下來。』我一整個就是紅了眼，什麼都豁出去了。

『你！』小蕙忍無可忍：

『幼稚！為什麼你就是不能替我想一想？』

『我不要想！』我咬牙切齒：『除非看到妳，我死也不走！』

『好。』小蕙突然冷靜起來，又回復成那種傷人傷己的口氣：

『我馬上下去。我受夠你了，我們來做個了斷。』

那個時候，我想對小蕙做什麼？我不知道。

在一絲一縷爬梳著回憶時，我確信自己是愛著小蕙的——不管再幼稚、再不成熟，有些單純的東西始終都不會改變。在愛情裡，只有技巧會隨著歷練而改變，不變的卻是本心。

但，當下暴怒已極的我，說不定會在無意識之間傷害她；儘管我直到現在都是個很道地的非暴力主義者。

言語如刀，出口傷人；行為舉止也是。

當小蕙離開我的生命之後，我發誓再也不逞一時之快，對喜歡的人口無遮攔。這十年以來，即使與女友吵架，我都絕不出人身攻擊的話語，不在口舌之上發洩怒氣。

傷害即使是無心，但不會好的傷口就是不會好了，只會留下怵目驚心的疤。

我們都不是聖人。與其盲目的相信自己，不如善盡保護另一半的職責——

這，也是當我們說出『我愛妳』的時候，早已承諾過的諸多之一。

小蕙下樓的時間彷彿比平常都要久。

我怒火中燒，攢著拳頭站在門前，全身簌簌發抖。

斑剝鏽紅的鐵門緩緩打開，卻不是熟悉的、高挑白皙的小蕙，一張皺得像乾橘子似的褐色小臉探出鐵門，接著是佝僂的身體，拄著枴杖的、柴枝似的手……

那是個很老、很老的老婆婆，頭髮是很純粹的銀白，她衝著我瞇眼一笑，那樣的神情有著說不出的熟稔。

『我常常聽小蕙跟我說起你。』老婆婆笑著，軟軟的江浙口音很好聽。她年輕時，一定很有教養也很美麗，就像……

就像小蕙那樣。

雖然我從沒見過這位老婆婆，但我忽然知道她是誰了。

她，是小蕙的祖母。

21

我呆在半敞的鐵門前，望著陌生卻慈祥和藹的老奶奶，一下子失去了言語的能力；怒氣，隨著錯愕煙消雲散，只留下我不知所措的枵空軀殼。

『我是小蕙的奶奶。』她瞇著眼睛笑著，緊了緊披在肩上的羊毛織絨披肩。

『奶……奶奶好，我是李明煒。』

一瞬間，我突然清醒過來。這……簡直是蠢透了，我到底在幹什麼？

電影裡、小說裡，主人公永遠可以嘗試各式各樣的蠢事，只要畫面一跳，或者翻過紙頁之後，那些瘋狂舉動的後果就統統不見了，變成『翌日，他們……』之類的新段起頭，或是十年以後某個意外重逢的場景。

被省略掉的那些，恰恰就叫做『生活』。

是一口接著一口的呼吸，是落下後永遠都會升起的夕陽，你的不顧一切並不能毀滅這個世界，充其量，它只能毀壞你生活裡的一小部分，或是傷害你生活裡的某些人而已，沒有別的。

我無法自制的慚愧與內疚著。

原來我所侵擾驚嚇的，是這麼慈祥的一位老人家，讓她為她疼愛的孫女擔憂著，唯恐電話那頭的男生失控，做出什麼傷人傷己的事情來。

低著頭，我連說聲『對不起』的勇氣都沒有，只差一點就要夾著尾巴逃走，老婆婆卻慢慢握住我的手。

石奶奶用兩隻有些乾燥微冷的手，慢慢的握住了我的。她的左手掐握著我的指丘，右手掌覆到了我的手背上，就這樣輕輕搖晃著，那是很親密、很沒有戒心的握法。

『有什麼事，你們好好說，好不好？』老人叮嚀著：

『好好的說，不要吵架。你們都是乖孩子。』

老奶奶的髮頂只到我的胸口，舉起手來摸不到我的頭，只是象徵性的在我肩上拍了拍，力量不是很實。

不知為什麼，我忽然胸口一脹，所有的委屈像是炸開了似的，一下子全都湧上心頭。

『有空再來看石奶奶，啊？』

石奶奶帶著了然於心的神情，輕撫著我的手臂。

『嗯。』我咬牙忍住眼眶裡的酸澀，擠出笑容。

小蕙從鐵門後走出來，輕扶著奶奶，低垂眼簾，眼光卻始終不與我交會。

『奶奶，我們上去啦。』她咬著唇輕聲說。

『不要吵架啊！』奶奶虛浮的撫著她的手，步子顫巍，力量彷彿都用在空處。

小蕙小聲的哄著她。『知道啦，知道啦，都會乖乖的。』

祖孫倆的背影消失在昏暗的樓梯間。很久之後，小蕙才慢慢走了下來，肩上披著一件牛仔外套，那是她曾經還給我的，不知哪次我又讓她穿了回去。

『對不起……』我低著頭，心裡像是有一千把刀胡亂割著。

第一句說出口，剩下的就很容易了。

我滔滔不絕的述說著歉意與悔恨，那不是精心羅織的巧辯，而是胸口的懊惱與歉意多到滿溢出來，彷彿傾盡不能歇止。

我向她保證：我再也不做這種孩子氣的愚蠢行徑，我會尊重她的私人空間、相信她的愛情，並且努力成為一個可以讓她遮風避雨的男人。我會好好唸書，並且考上研究所；等我當兵回來、找到一份踏實的工作，我會為她組織一個家——以她想要的形狀……

小蕙只是靜靜的聽。

太靜了，那樣異常的靜謐忽然令我心驚。

我抬起頭，握住小蕙的手掌，她一動也不動，細長的鳳眼微微瞇著，卻只是安靜的凝視著，彷彿這樣可以把我的影子印死在她淺褐色的眸裡。

她突然微笑起來。

奇怪的是我一點也不覺得溫煦，小蕙的笑容帶著幾乎可以細數出來的淒苦與無奈，令我全身發寒。

『我以後一定會後悔的。』她瞇著眼睛，眸裡有水光滾動。

那是種名為『淚窪』的面相，注定一生所愛皆苦。

『讓我走吧！我不想再這樣下去了。我們不……』

『我會改的！』我慌忙打斷她的話：『我發誓我會改掉我的脾氣，我不會再吃醋，不會再胡思亂想了，不會再做今天這種事，我……』

話到嘴邊，我忽然愣住。

原來……失去小蕙竟是如此令我驚慌。

不是為了她的美貌，不是為了她夜裡羞澀而來，在床上為我敞開身體，任我予取予求……與慾望無關，只要一想到生活裡再也沒有小蕙這個人時，我就痛苦得快要站立不住，沒有辦法呼吸……不想呼吸……

我這才發現，我是這樣的愛著、依賴著小蕙，一點道理也沒有。

而小蕙只是搖搖頭。

『妳……喜歡了我這麼久，我們……我們終於在一起了……』

我語無倫次的挽留著，淚水湧出眼眶：

『妳說過「就像做夢一樣」，妳記不記得？不要離開我……』

小蕙身子發抖，細細的手臂環抱著雙肩，只是一個勁的搖頭。『你不要哭……』

她滿臉是淚，勉強笑著撫摸我的臉。

『這樣我會走不了的……你不要哭，好嗎？不要哭……』

『不行！』我要起無賴，緊握著她的手不放：

『我的心都碎了，沒辦法不流眼淚！只有妳能治好我！只要妳不離開我，我自己就會好的，不然我就會死掉！』

小蕙笑起來，淚水卻無法停止。

『又說傻話了，你能不能長大一點？我們都不是小孩子了。』

『妳還愛我，對不對？』我就像即將溺死的人一樣，緊抓著浮草不放：『說妳愛我，就像我愛妳那樣……』

『我愛你，可是我們不能在一起了。』

她忍住抽泣，一個字、一個字的說：

『再這樣下去，總有一天我會不愛你的，你也不會再愛我。我們會彼此傷害，直到我開始憎恨你，而你開始憎恨我……我不要那樣。現在分開，我會一直愛著你，你也會一直……』

『我會改的！』我叫著，才發現自己泣不成聲。

『可是我不會改，我已經受不了了。你也是……』

我想把她拉進懷裡，小蕙卻堅決撐拒著；我的掙扎徒勞無功，終於明白她的決心有多麼駭人的剛強。

我跪在水泥地上，讓難以寸進的面頰緊貼在她蒼白的手背，想用淚水濡濕她的冰冷堅硬；誰知她並不是一塊冷冽寒巖，從她面頰垂落的每一滴雨都是熱的，就這樣滲進我的髮頂。

這一定是一場惡夢，眼睛睜開，夢就醒了。

我斂著刺鹹的淚水閉眼，又猛然睜開，然而卻無法從椎心刺骨的疼痛裡逃脫。

小蕙鬆開我的雙手，我像喝醉了似的往前一攀，卻撲了個空，呆愣愣的站在原地。她慢慢退後，半邊身體隱入門中。

我奮起餘力叫著，這是我最後的機會。

『……我答應過妳的，我絕不離開妳！這是我的承諾！』

『除非我要你離開。你忘了對不對？那天你是這麼說的。』

小蕙笑得瞇起眼睛，淚水爬滿整張臉。

我的視線浸入海中，朦朧裡只看見那一片紅鏽慢慢攏起。

『我們，分手吧！這是我的請求。』

我的日記就斷在這一頁。

想起來，我從來就不是一個每天規規矩矩寫日記的人，但漸或的，那一本本日記也斷斷續續記錄了我的青春。只是從這天以後，我再也沒有寫過日記。

坐在電腦桌前，我翻著泛黃的日記本子，那是從前很流行的厚皮精裝硬卡封面，附外盒跟用自動鉛筆尖就能撬開的小銅鎖，日記扉頁還印著奇妙的『箴言』語錄，現在唸出來連自己都會臉紅——我怎麼會買這種怪東西？

這不是我大學時代流行的樣式，而是更早以前。那時候我們會花大錢買這種索價不菲的東西當畢業留言冊，拿給好朋友或喜歡的人留言。當時，我是懷著怎樣的心情，翻出這種老古董來記錄我和小蕙的這一段？

我不知道。

所幸連著硬盒銅鎖的精裝冊子並沒有像我其他階段的日記，隨著青春時代不斷搬家、漂泊，最後消失在人生的某一處；我從老家的舊相簿堆翻出這只盒子，直接用老虎鉗剪斷銅鎖鉤，取出發黃（我拿它來寫日記的時候邊緣就已經黃了）的書冊時，已經是我跟小蕙三度重逢之後的事。

我一頁一頁的翻著薄脆的劣質紙，那天早晨曙光微露、路上還飄著濕薄霧氣的情景彷彿就在眼前，還有那扇緩緩關閉的紅鐵門。小蕙留著眼淚的微笑，還讓我心裡一點一點刺痛著。還有哪裡可以逃呢？當年跟著我到處流浪的那台愛華收音機，早就不知道丟到哪裡去了。我只好闔上封面，點開桌面的播放器，開始聽起那英的〈夢醒了〉。

『……我答應過妳的，我絕不離開妳！這是我的承諾！』

『除非我要你離開。你忘了對不對？那天你是這麼說的。』

『我們，分手吧！』

22

『失戀』跟『失去一部分』的痛苦是不一樣的。

前者涵涉的範圍比較廣：可能是不甘、是憤怒，也可能是悵然若失，而後者則是痛得比較專注。

據說有一種心理病徵叫『幻肢痛』，當人們失去身體的某一部分時，即使傷口已經癒合、重新長出皮肉，然而失去肢體那一瞬間的疼痛，仍時不時的在斷卻處反覆出現，疼痛的程度甚至與受傷時無分軒輊，足以讓患者從睡夢痛醒，整夜輾轉呻吟。

因為這樣的疼痛並不是生理所引起，所以止痛藥對它的效果也十分有限。

就這樣，你那已經長出新皮的斷口，不斷在黑夜裡呼喚著不存在的殘肢，透過對被斬斷的那一瞬間的無限追憶，讓你從睡夢中嚎叫著驚醒，痛到抽搐、臉色慘白，幾乎將嘴唇咬出鮮血來，全身汗出如漿……

差不多就是這種感覺了，在我當時。

可能是經過這一段的『訓練』，後來我居然變得比較能體會離婚的心情（笑）。

有些夫妻明明是協議離婚，即使說不上和平分手，然而人到中年，無名火大多都進化成了有情淚。很清楚勉強在一起不會比乾脆分開對彼此更好，但不知為何，少了對方的生活就是覺得不自在。

有人撐過去了，笑說『自由也是需要習慣的』，但也有人過不去，用餘生呼喊著再也回不來的那一部分。

我跟小蕙分手之後，過了一小段很悲慘的生活。

行屍走肉、渾渾噩噩就不用說了，最糟的是搬離五虎大旅社之後，兄弟們勞燕分飛。大三下學期剩沒幾天，不比之前告白失敗的時候，隨隨便便就能找到一群幫你止痛療傷的狐朋狗黨。

但我居然也撐過來了。

只要前三年別被當太多，文學院的四年級是很輕鬆的，感覺上沒過多久就畢業了，考研、找工作的心懸出路，準備當兵的則是忐忑不安，拍畢業照的時候儘管感傷，但大家都各懷心思，那種感覺十分奇妙。

我幸運的抽到空軍，卻不幸進了有『空軍陸戰隊』之稱的防警司令部，開始過著『防砲豬、警衛狗』的悲慘日子；不過拜操練所賜，從小就是三寶身體的我，退伍時已是操兵當吃飯的魔鬼班長。

如果服役給過我什麼珍貴的紀念，除了軍中結識的好兄弟外，大概就是對『生命會自找出路』這句話的深刻體驗……

領到退伍令的第三天，我就到台北來找工作了。當時也不知道為什麼，就是在家裡閒不住，急著想替自已找到方向。

我是個工作運不錯的人，即使是好工作很難找的現在，離開舊公司不久，就有新工作找上門，待遇比之前更好；我想，只要夠積極的為自己爭取，機會永遠都不會少的。

當時我在一〇四登錄履歷一週，就得到了一個不錯的職位，一待就將近六年，六年間認識了很多人、發生了很多事，琳、Candy……都是從這裡走進了我的生命。

記得是到公司的第二年，有一天我接到一通電話，打的是我的手機。

『喂，李明煒！你猜猜我是誰？』

略顯沙啞的女聲頗有魅力，然而最奇妙的是，這樣的嗓音聽來居然讓人覺得『很有精神』，活力十足到可以去拍麥當勞早餐的廣告……

這一次我沒有猜得太久。

『我某段愛情裡的逃兵。』我哈哈大笑：

『我該稱呼犯婦周小姐，還是冠夫姓叫某周氏？』

周令儀差點笑岔了氣。

『媽的！連你也變得油腔滑調了，還有沒有男人可以期待啊！』

我邊想像著她笑到抹眼淚的模樣，豪邁的大媽式笑聲持續發威：

『還「某段愛情裡的逃兵」咧！你他媽的噁不噁心？』

『我是實話實說啊，大姊！』滑頭歸滑頭，我堅持要釐清責任：

『是誰寧可開車撞我也不讓我把的？』

『幹！你就這麼記仇啊？』周令儀還在笑：

『那姊姊補償你好啦！喏，現在給你把呀！敢不敢？』

一瞬間，周令儀泛著紅潮的面孔突然浮上腦海，還有那迸開前兩顆鈕釦的白皙胸口……明明是多年以前的事了，畫面卻清晰得像在眼前似的，壓得我一下子難以開口，鼓膜裡迴盪著怦怦的心跳聲。

我勉強一笑，手機裡卻只聽到呼吸的起伏。

而永遠都是周令儀先醒過來。

『老娘開你玩笑的，你還當真啊！』她哼了一聲：

『嫩！就是嫩而已，嘖嘖。』

『口無遮攔，小心妳男朋友來找我算帳。』我企圖扳回一城，心中卻不無別想。

『分啦！剛分不久。』周令儀乾笑：『他不會找你算帳的，德國人不會講中文。』

站在朋友的立場，我應該要安慰幾句，但不知為何，剎那間我居然心口一跳，忽然有種寒毛直豎的感覺。

這樣子的竊喜實在是太卑鄙了，我忍不住譴責自己。

『妳學壞了，居然變成西餐妹。』

『少囉唆！』她笑了，聲音卻收斂起來；即使爽朗，原本肆無忌憚的豪邁感卻已在不知不覺間消失無蹤。

也許是我的錯覺，但那並不是插科打諢的口氣。

『再給你一次機會好了，不要說姊姊對你不好。』

在這通電話打進來之前，我跟琳才剛邁入互有好感的階段，一起吃過幾次飯、看電影逛街什麼的，大概比好朋友再好一點，相處的感覺很舒服、很自在，我還沒想過要向她表白的問題。

我的心動大概維持了有半分鐘之久，說起來好像很短、很微不足道似的，但有好幾次我幾乎要開口說『好』，那樣的渴望強烈到簡直像是性衝動。

『萬一這次妳再逃走，我會受不了的。這得要好好考慮一下。』

我笑著說。或許這樣的玩笑話最不傷人，或者比較能夠說服自己看開……

周令儀『吁』了一聲，居然像是鬆了口氣。

『這次你可以考慮久一點……就考慮到死好了。』

我們倆齊聲大笑。

或許你現在並不覺得，但在人生之中，即使是最含蓄、最沉潛的人，都會面臨這樣的抉擇：你可以選擇發展一段更深、更親密的關係，或者是保持原地不動，放棄一些甜蜜或痛苦。

這看似戲劇化，一旦放大到人生的規模，很多人都有機會複數地面臨這樣的選擇。

機會來臨的時候並不會考量到你的現況，豔遇不總是挑選在你單身之際翩然降臨，一段付出的開花結果，也不見得會在渴望收成時到來。

問題是：選擇放棄到底是過於做作，還是其實並不可惜？

我不敢驟下定論。雖然我犯的錯可能傷害到兩個好女人，關於Candy的一切仍然對我深具意義；而對於周令儀，我很高興我們一直都是好朋友——周大媽超講義氣的，為了朋友兩肋插刀，眉頭都不皺一下，足以令大多數的男子漢汗顏。

當然，不做抉擇也許更為安全。

不前進也不後退，站在原地可能是最保險的選擇……

坦白說，我很嫉妒她那個分了手的德國男友。

無論外表或個性，周令儀都是很棒的女人；她的善良與天真更是無價可得。

但能與她輕鬆談笑也是一件很棒的事，放下雜想之後我忽然這麼覺得。

『妳不是專誠打電話來討戰的吧？』我笑得有些手軟，搗著手機斜靠辦公桌：『說吧！大姊，這回有何指示？』

『星期天早上十點，陽明山。你有機車吧？如果有汽車……』

『等一下！』我聽得一頭霧水：『星期天早上是要幹嘛……』

靈光一閃，我忽然懂了。

周令儀笑了笑。『同學會啊！班長。我還找過你別的事沒有？』

的確沒有。距離……距離上次的小學同學會，已經過了多久？有五年了嗎？

『算寬一點的話，勉強是快五年了。』周令儀唸了我一頓：

『老娘如果不辦的話，你們一整個就是死人哪！你們這些……』

眼前忽然浮現一抹纖細修長的背影，我困難的吞了口唾沫。她會去嗎？這些年，她過得好不好？她……還想見到我嗎？

周令儀彷彿聽見了我的心聲，笑著問：『你現在有開車嗎？』

『沒……沒，我上班騎機車比較方便。』我如夢初醒。

『那好。』不容我置喙，女大王熟練的下達了指令：

『我的車送保養了，所以星期天我們一起搭便車去。』

她說了一個我非常熟悉的地址。

『那是……』

『小蕙她家。』女大王哈哈大笑，我可以想像她得意的獰笑：

『小蕙還住在那裡？對，她一直沒搬家；小蕙有車？對，不久前才拉的；小蕙會開車？她考到駕照好幾年了；她開車安全嗎？至少我還活著……好了，你還有沒有別的問題？』

我愣在當場。

原來……她們一直有聯絡。如果小蕙要派刺客來，絕對也只有周令儀而已……我彷彿掉入了時間的迴圈裡，昔日交往的情景、分手的撕裂，還有在文化大學的附近，過往的片段紛至沓來，像希區考克的驚悚經典『鳥』中發狂的鳥群，瞬息間衝撞了我。那時候我還相當年輕，然而面對失控衝出的回憶，卻依然毫無招架之力。

周令儀自顧自的說著：

『……機車上山會危險，而且我們要去的地方有點上面，要跟車也很麻煩。小蕙的車可以坐四個人，這樣剛剛好。』

但有件事，我一直沒有告訴妳……

『你會很介意搭小蕙的車嗎？』周令儀繼續教訓我：

『男子漢大丈夫，不要這麼小氣。小時候的事又……』

不，不是這樣的。已經不會痛了，而是我沒跟妳……

『大家都還是好同學啊，以後也有很多機會見面……』

『等……等一下！』

周令儀還想再說，我卻堅決地打斷她。

『等一下，有件事我一直沒告訴妳。』

手機的彼端一片死寂，周令儀終於安靜下來。

『大三那年，就在同學會之後，我跟小蕙交往過……』

我試著讓自己平穩的表達，但聽起來卻笨拙不堪。

『雖然時間很短很短……但我們交往過。就在那天，不，是那晚，妳在公園邊開車撞我之後，沒過多久。』

周令儀很久都沒說話。

『為什麼分手？』

『一下也說不清楚。』我苦笑：『總之，就是分了。』

她輕笑了兩聲，並不是高興或幸災樂禍的感覺。聲音悶悶的，並沒有高昂的情緒。

『我當時應該跟妳說的。對……對不起。』

周令儀笑了起來。彷彿剛才那個不是真正的周令儀，現在這個才是……是貨真價實、但並沒有開心的周令儀。

『幹嘛跟我說對不起？』她不禁莞爾：

『你們兩個分手是哪裡對不起我？』

我有些愕然。為什麼，我要跟周令儀說對不起？

這麼強烈的歉意，令我耿耿於懷……到底是為什麼呢？

思緒帶著我回到小公園邊的那一夜。

昏黃的路燈、變色的大發銀翼，碎了一地的車燈玻璃，還有我那扇放落了百葉扇簾、什麼都看不見的窗……

一瞬間我突然省悟。

答案原來是這麼樣的簡單啊！

『那個時候我不敢告訴妳，連拿起電話撥號的勇氣都沒有。如果聽到妳的聲音，我可能會發現：原來我要的人，是妳。』

電話的另一頭悄無聲息。我嚥了口唾沫，著魔似的繼續說著，彷彿進入某種出神的狀態。

『或許我應該追著妳的車子去才對，只不過我太膽小了，沒辦法這樣做，只好向靠近我的小蕙求救。』

周令儀安靜的聽著，片刻才說：『如果是這樣，你要說「對不起」的，應該是小蕙才對。』

過往的某個片段重又浮現腦海。那是為了打工爭吵過後，我忘情的射入小蕙體內的那一夜。

『或許有一天你會覺得我很卑鄙。』小蕙說：『其實我只是，用身體來交換你的愛情。』

『亂講！我是真的愛妳。』

她瞇著眼睛微笑著，眼縫裡泛起水光。

『那就是我卑鄙的地方。』

我嘆了口氣。

『是啊，我也該跟她說對不起呢！』

周令儀寬容的笑著，像是多年相伴的好朋友。

『有沒有覺得壓力變大了？那你星期天還想去嗎？』

胸口哽著的什麼東西像是被消化一空，說出來之後，我突然覺得能夠面對周令儀了，也更能面對自己。

至於小蕙，我想知道這些年她過得好不好。

『星期天早上十點。』我笑著說：

『我一定到。』

23

『同學會』是一種很奇妙的東西。

多年後，當你無預警的接到一通久違的電話，回憶卻還蟄伏在身體裡混沌不明。你不知道該表示驚訝，還是欣喜；比起這些，其實有太多的東西你還沒想起來。

那天我起得很早。

穿好衣服，在家裡東摸西摸老半天，捱不到八點，我拿起手機晃蕩出門。

其實不必這麼早的，我知道。

來台北之後，我在離公司大約二十分鐘車程的地方租了個小雅房。雖然幾乎是分處在台北盆地遙遙相對的兩側，從這裡搭公共汽車到當年的親戚牌愛心宿舍，絕對花不了一個小時。

況且，現在還有捷運。

在我們讀大學的那個年代，剛啟用的捷運總給人『不安全』的印象。我爸就是怕我想不開跑去搭乘捷運，終於答應把老家那台光陽寄上台北，讓我正式告別顧人怨的車後座一族。

所以，有這種機會就千萬別浪費了。

快跟你遠在下港的父母親打通電話，說你今年春節一定會搭乘高鐵回去，你很有機會可以得到一部車……

星期天的早晨對台北來說，是個很奇妙的異空間。

明明建築物都沒變，路卻反而顯得很寬敞，車流不見了，連空氣的組成結構都和平時不大一樣，那是一種令人覺得舒適靜謐的陌生與突兀。

我坐在捷運車廂裡，托著腮幫子望向窗外，試圖找尋這些年來，這個城市和當時有什麼不一樣，直到離站之際才恍然想起：在我和小蕙相戀的年代，我們並沒有在台北捷運上留下回憶；儘管城市變遷，缺乏有意義的對照組也無從比較。

台北縣邊緣的小社區則變得更少。

等回過神時，我已經身在小公園的邊上，蹲踞在紅磚人行道的灰色水泥護沿。

愛心牌宿舍彷彿從記憶裡就這樣被倒了出來，放在我熟悉的地方，一樣斑剝的牆、一樣的窗，只是五樓的窗玻璃被貼上了黃褐色的牛皮紙，我不知道窗裡還有沒有熟悉的木百葉。

我在水泥護沿上坐了下來，就跟那一夜，周令儀差點開車撞倒我的時候一樣。

還有……還有我曾在這裡流下眼淚，為著我不知道該如何走下去的愛情。

那晚小蕙披著我的牛仔外套走下樓，張開雙臂，緊緊將我擁入懷中，她單薄的胸脯依舊柔軟而溫暖，透著乳嗅般溫甜的女孩兒體香。

『你只要愛我就行了。』我記得她如是說。

還有我們分手的那一天。我也是像現在這樣，弓著背瑟縮在小公園邊，然而並不是因為寒冷……

我站了起來，甩甩腦袋，把凍僵的手插口袋，低著頭往巷子裡走去。

上一次這樣走，是我再也受不了在家裡呆等著小蕙的時候……

一瞬間我忽然省悟。

原來在這一刻以前，我並不真的知道自己要面對的是什麼，就這樣傻傻的答應，傻傻的來了。

於是，回憶直到現在才漸次甦醒，出其不意的衝撞了我一把。

我差一點點就想回頭逃走。

周令儀早就想到了，所以昨晚特意打電話給我。

『妳專誠打這通來就太傷人了。』我嚴正抗議。

周令儀哈哈大笑。『誰叫你前科累累？』

我有一點點生氣。『說到前科，妳也沒好到哪裡去。』

她笑了一陣，漸漸收聲。

『有這麼耿耿於懷嗎？跟小孩子一樣！』

『妳有立場說我嗎？』我反唇相識：

『妳幫石小蕙傳了一輩子的話，誰比較像小孩？』

周令儀的聲音帶著明顯的驚訝。

『你以為一直以來，我都是為了小蕙辦同學會？』

『難道不是？』

『至少有一半不是。』她笑起來：

『我也很想見你啊！』

我愣了一下，不禁啞然失笑。

如果當初能聽到她這麼說，我大概死也要跟周令儀在一起吧？周令儀的笑聲裡不無遺憾：

『早知道，老娘就跟你這麼說了。』

『原來……』我得意起來：『妳有這麼喜歡我呀！嘖嘖。』

『去你媽！老娘偶爾也想吃吃童子雞啊！』周令儀笑裡帶殺。

我們之間，彷彿有什麼東西被打開了。

毫無顧忌，我把所有想說的不想說的，該說的不該說的……一股腦兒的全說了出來：包括那一天在車子裡擁抱她、親吻她的感覺，還有她一直是我性幻想的對象這件事，統統一吐為快。

『你說完了沒？』她冷不防的冒出一句。

摸摸滾燙的臉頰，才發現自己口乾舌燥。

『可以了，再說下去我要燒起來了。我現在……有點想。』

『想你的頭！』周令儀吃吃笑著，怎麼聽都是在害羞：

『幹，我現在臉好燒，都你害的。』

我忍不住哈哈大笑。

當時還沒有『電愛』的說法，我從來不知道自己這麼有天分。但比起臉紅心跳的曖昧，真正讓我愉快的是這種自在的感覺，想說就說，無拘無束。

以我的衝動和周令儀的剛烈，如果我們真的在一起了，最終可能免不了要走上『鐵對鐵，血對血』的路子——

十幾歲的時候說這種話，可能是『為賦新辭強說愁』的哭腰，但到了三十歲的現在，我們逐漸相信情感不是只有分合兩極，這世上存在著很多很多其他的可能，比『分』或『合』更好。

『那個女孩怎麼樣？』笑累了，她又冷不防的問。

但不知為何，我就是知道她指的是我正在追的琳。

『好到不行。』

『能給她幸福嗎？』這種問法很不像她。

『我覺得我可以。』我想了一下。『只有我可以。』

她笑起來。

『加油！』

從這一夜起，周令儀真正成為我的朋友，而不再是夜幕垂星之下，窄小的車廂裡一具誘人的女體。

我們偶爾通通電話，彼此互相加油打氣：她的情路不很順遂，堅強的外表下有著沉重的背負；我在工作上、感情上遭遇挫折的時候，周令儀爽朗的笑聲總是很能振奮人心……

直到她被外派到德國去以前，我們都是很要好的哥兒們。

周令儀是個很好看的女人，我們喝醉了會勾肩搭背、摟來摟去的，但後來我真的沒再想過要把她弄上床。

在生命裡，有些人我們會格外的珍惜，有些人則是你根本不會想到那檔事去，我不確定周令儀到底是哪一種。

讓我們再回到第二天的早晨。

我慢慢踱到小蕙她家樓下，熟悉的大發銀翼停在巷子裡。

周令儀從掀開的行李箱門後探頭，她變得比從前更豐腴，挑染成褐色的捲髮很有女人味，連化妝技巧都變得很棒，裹著黑絲襪的長腿又細又筆直，完全是外國佬會很喜歡的型。

她上下打量著我，嘴角抿著一抹笑。

『你沒變很多嘛！我還在想你穿西裝打領帶是什麼樣子咧！』

我哈哈大笑。『週一到週五可以穿給妳看，週末恕不奉陪。』

那輛大發銀翼勾起了我很多的回憶，我忍不住撫著引擎蓋。

『妳還沒換車啊？真是好懷念呢！』

周令儀不懷好意的笑著。

『我的車送廠保養了，現在這台是別人的車。』下巴往樓梯間一抬，老公寓門口走出一抹窈窕纖細的人影。

『嗨。』小蕙咬著嘴唇衝我招招手，雪靨飛上一抹紅。

『嗨……嗨。』我有點呆。

這個場景我在腦海中構想過無數次了，關於我和小蕙的第一次重逢。

但眼前的小蕙卻彷彿是從我的回憶裡走出來似的，那薄薄的套頭毛衣覆著平坦的胸脯，略顯內八的修長細腿，似乎能掐出水來的細嫩肌膚，還有頰畔極其細緻的法令紋……

一點，都沒變。

我連分手那一天的痛苦都被清楚地翻了出來似的，襯著一點都沒變的老舊巷弄與大發銀翼，好像一瞬間被丟進了時光隧道，幾乎以為其中並沒有將近四年的隔閡……

更可怕的事情還在後頭。

周令儀突然瞪大眼睛，指著樓梯間：『哎呀呀！妳怎麼下來啦？』慌忙轉頭，衝著小蕙胡亂揮手：『快……快啊！妳家的……』

小蕙抿嘴一笑，轉身伸出雙臂，柔聲拍著手掌。

『妳好棒啊！會自己下樓。來，慢慢走，慢慢走……』

兩個女人一個慌、一個哄，看得我一頭霧水，片刻一團圓嘟嘟的『東西』球似的跑出大門，踉蹌倒地之際，正好一把撲進了小蕙的懷裡。

小蕙抱著她站了起來，轉身對著我。

那是一個白嫩的小女孩，棉花糖似的臉頰脹著紅，淡褐色髮絲捲在汗濕的額際；這樣形容可能很俗，不過她看起來就像是外國畫報裡常見的小天使，可愛到像是假的一樣。

『小翔，叫叔叔。』小蕙在她耳邊輕聲說，愛憐橫溢。

『叔叔。』小女孩很乖。可能是太喘，還來不及害羞。

我有些發愣，一下子反應不過來。

小蕙噗哧一聲笑出來，霧濛濛的眼縫裡掠過一絲狡黠的光，彷彿是個惡作劇得逞的小女孩。

『來！姨姨抱妳去坐車車。』周令儀把小孩接了過去，小女孩被她搔癢得咯咯直笑，一大一小兩個美人就這樣鑽進大發銀翼的後座裡去了。

『她……』我瞪大眼睛，一整個就是驚魂未定。

『是我女兒。』小蕙輕咬著唇，神情似笑非笑：

『放心，她不是你的女兒。』

小蕙大學畢業後不久，進入一家外商公司工作，跟部門裡的一位同事相戀不到三個月，兩人就閃電結婚了。

『他一定對妳很好。』我盡量不讓自己的話聽起來很酸。

小蕙微微一笑，眼裡似有淚光。周令儀抿抿嘴，嫌惡的說：『得了吧，那個爛人！我們來組個Gay家庭，我來當爸爸都比他好！』

『別亂講話，小孩子聽得懂。』小蕙從後視鏡裡瞪了她一眼，專心握著方向盤。『也沒她說得那麼糟，就是……就是不適合吧？』

那個男人據說是公司裡最受矚目的新進分析師，年紀輕輕，薪水加分紅就足足拿七位數，才華過人。

起先小蕙只是覺得他有些恃才傲物，人緣不是太好，直到他被爆出私下操作投機股票，不但公司虧了錢，他跟小蕙的積蓄也都付諸東流……

『我早跟妳說過，錢不能都給一個人管。』周令儀越說越火大。

小蕙沒理她，對我笑了一笑。『她唸過我八百遍了，比我媽還煩。』

小蕙跟她先生一起丟了工作。那男人開始喝酒，埋怨自己運氣不好，酒氣一上來就動手打她。

我整個熱血都衝了上來。我完全沒辦法想像，怎麼有人能狠得下心，在小蕙那比象牙更瑩潤、比絲緞還滑的肌膚上留下瘀青傷痕；何況她還為他生了個那麼可愛的女兒！那殺千刀的禽獸畜生！

『他現在人呢？』我盡力壓抑著咬牙切齒的恨意。

『我也不知道。』小蕙聳肩苦笑。『他變得越來越不常回家，又一直有債主上門，我看看不是辦法，就帶小翔回娘家來了。』

『是我開車去接她們「落跑」的。』周令儀得意的逗弄小翔：

『姨姨有沒有很棒？姨姨有沒有很棒？』

看一個充滿女性魅力的妙齡女郎逗小孩，那樣的畫面真的是非常好看而且有意思。只是一不留神，周令儀就越說越不像話：

『小翔乖！姨姨跟妳說啊，要是讓老娘遇上妳那個混帳老爸，一定揍他媽個滿地找牙！沒用的咖小，是不是男人啊？幹……』

小蕙惡狠狠的瞪她一眼。『別亂講話！小孩聽得懂。』

周令儀雙臂環過駕駛座，諂媚的抱著小蕙的肩膀。

『所以她就知道姨姨講話超沒水準，以後都學她媽媽那樣有氣質，人見人愛、車見車載，好不好呀，媽媽？』

小蕙還想瞪她，卻忍不住噗哧一聲笑出來。我們三個人相視大笑，連小翔都拍手叫著。

她們倆……什麼時候變得這麼好了？

或許，在一切事物都不停改變著的人生裡，有些東西是不會變的。我們可能要花許多時間，兜兜轉轉繞了一大圈，最後才能學會這個道理。

現在想起來非常可笑，然而在當時，在我們一路往陽明山駛去的路途上，我無法自制的覺得小翔『很可能是我的女兒』。

我跟小蕙在一起的時候，至少在那些對我們別具意義的夜晚，或許出於無知，或許出於無奈，我們很多次都沒做防護措施。如果離開之後才發現懷孕，以小蕙的個性一定不會回來找我，她會獨力生下孩子並撫養她。

這也可以解釋：何以那個畜生這麼不珍惜她，因為他知道那孩子不是自己的親生骨肉……

我一整個就是想太多。

如果按照這套台灣屁屁火的劇本來操作，小翔起碼應該是個四歲的小女孩，已經可以上幼稚園小班了，絕對不會是個一歲七個月、還不太會走路說話的小寶寶。

我撫著額頭，遠眺窗外，其實眼裡都是映在車窗玻璃上的小蕙。

再一次，我在小蕙的人生低點遇到了她，她的遭遇與負擔令我無比憐惜；但這次，與平台烤肉的那一夜不同，車窗上映著的是個努力向前的母親，儘管肩膀單薄，儘管擔子很重，卻不是我可以任意干預的人生。

原來，我們都已經改變了。

小蕙、周令儀……和我。我們都跟從前不一樣了。
我希望那是好的改變。

這個故事將近尾聲，但那天，我們的同學會才剛要開始而已。
周令儀選了某家在馬槽附近的泡湯餐廳，料理很好吃，湯屋很棒，只可惜不是男女混浴。泡完湯之後大家回到餐廳包廂，先回來的人已經唱起卡拉ＯＫ來了。
『酒不能亂喝，歌也不能亂唱，要有規矩。』
喝到半high的周令儀站起來宣佈：『每個人……都要站起來說一句敬酒辭，然後……唱一首歌！為我們其中……的任何一個人唱一首歌！』
她是炒場子的高手，一下子氣氛就熱了起來。
『妳簡直就是媽媽桑的人才。』我小聲取笑她。
周令儀乜著眼，捧著脹紅的面頰，歪著腦袋笑。
『我差點就去做媽媽桑了，』她閉著眼睛笑著，呼出來的氣熱烘烘的。
『謝謝你那個時候那樣看我。你讓我覺得……應該要珍惜自己比較好。』
她歪歪倒倒的坐上我的膝蓋，像捧西瓜一樣的捧著我的頭，大聲宣佈：『我要親李明煒一下！』大家起鬨：『親他！親他！』
我拚命掙扎。我……我寧可她拿胸部貼我的臉，也不要跟喝得半醉的女人舌吻！
『貼胸！貼胸！』同學們繼續起鬨。
『貼你媽啦！』周令儀一夫當關單Ｐ眾人，氣勢銳不可擋。

我的脖子快被擰斷，周令儀終於決定饒了我，轉而去找別人的麻煩。身旁的小蕙拿著杯子，衝著我微笑，瞇起的眼裡水花花的。

小翔已經玩累了，蓋著媽媽的外套當薄被，睡趴在她的大腿上。小蕙隨手順著她的髮尾，彷彿在逗一頭可愛的小貓。

『我常常在想，如果她的爸爸是你就好了。』

『我其實沒什麼當爸爸的自信。』這是肺腑之言：『但如果能有這麼可愛的女兒，我會覺得很幸福。』

很久，我們都沒有說話。

我們已經過了會把這個當成是挑逗誘惑的年紀了。

『什麼時候，把你的女朋友帶來給我們看看？』

小蕙瞇著眼微笑：『我很想看看那個幸運的女孩。』

我笑了。『我會加油的，等我追到她。』

蝗蟲過境般的划酒拳集團又回頭找上了我們。

『厚小倆口講悄悄話！』周令儀手指一比：

『公開場合，不准有姦情！石小蕙，輪到妳祝酒辭了！』

小蕙臉一紅，想了一下，舉起杯子。

『祝幸福。我們，都要努力找到幸福。』

周令儀愣了一下，看看我，又看看她，微微瞇起眼睛，也舉起了杯子。

我們三個人的酒杯碰在一起，發出清脆的聲響。

『祝幸福。』

對我來說，代表小蕙的一首歌始終都是那英的〈夢醒了〉，但在這天，小蕙唱的那首歌卻讓我無法忘懷。

我想，沒有比這首歌更適合這個故事的結尾了。

『麻煩你幫我照顧她。』小蕙把熟睡的小翔交給我，輕咬著嘴唇，接過了麥克風。午後的陽光之下，她的眸裡似乎閃爍著微漾水光，笑容卻很燦爛。

Some say love, it is a river
有人說，愛是一條河
that drowns the tender reed
容易將柔弱的蘆葦淹沒
Some say love, it is a razor
有人說，愛是把剃刀
that leaves your soul to bleed
會任由你的靈魂淌血
Some say love, it is a hunger

有人說，愛是種饑渴
an endless aching need
一種無盡的帶痛的需求
I say love is a flower
我說，愛是一朵花
And you, it´s only seed
而你，只是花的種子

It´s the heart afraid of breaking
害怕破碎的心
that never learns to dance
永遠學不會跳舞
It´s the dream afraid of waking
害怕醒來的夢
that never takes the chance
永遠沒有機會
It´s the one who won´t be taken
不願吃虧的人
who can not seem to give

不懂得付出
And the soul afraid of dying
憂心死亡的靈魂
that never learns to live
不懂得生活
When the night has been too lonely
當夜寂寞不堪
And the road has been too long
去路無盡漫長
And you think that love is only for the
當你覺得真愛只屬於
lucky and the strong
幸運兒及強者
Just remember in the winter
謹記，在嚴寒的冬日裡
Far beneath the bitter snow lies the seed
酷雪的覆蓋下，躺著一顆種子
That with the sun's love in the spring becomes the rose
一旦春陽臨照，就能化成玫瑰

國家圖書館出版品預行編目資料

同窗 / 法爾索著.--初版.--臺北市：皇冠文化.
2008〔民97〕.01
面；公分（皇冠叢書；第3699種）
（JOY；94）
ISBN 978-957-33-2383-9（平裝）

857.7 96025134

皇冠叢書第3699種
JOY 94
同窗
作　　者—法爾索
發 行 人—平雲
出版發行—皇冠文化出版有限公司
台北市敦化北路120巷50號
電話◎02-2716-8888
郵撥帳號◎15261516號
皇冠出版社(香港)有限公司
香港灣仔告士打道88號19樓
電話◎2529-1778　傳真◎2527-0904
出版統籌—盧春旭
責任編輯—盧春旭・丁慧瑋
美術設計—許惠芳
行銷企劃—李邠如
印　　務—林佳燕
校　　對—鮑秀珍・劉素芬・丁慧瑋
著作完成日期—2007年
初版一刷日期—2008年1月

法律顧問—王惠光律師

讀者服務傳真專線◎02-27150507
電腦編號◎406094
ISBN◎978-957-33-2383-9
Printed in Taiwan
本書特價◎新台幣199元/港幣67元

第七屆【皇冠大眾小說獎】讀者直選活動

最後五部決選入圍作品，究竟哪一部才是你心目中的第一名？
請踴躍投下你神聖的一票，就有機會參加抽獎！

直選辦法

請剪下本頁選票，勾選你的給分，並詳填個人資料後，直接寄回本公司（免貼郵票）。

直選期限

即日起至2008年3月20日止（郵戳為憑）。

抽獎活動

只要在直選期限內投出有效票，您就可獲得抽獎資格，有機會贏得大獎
（廢票和個人資料不完整者除外）：

·壹獎

·貳獎

- **壹獎3名**：Licorne力抗男女時尚對錶（市價10,500元）
- **貳獎5名**：Pathfinder Quality is Everything! 探險家經典系列26吋可擴充旅行箱（市價7,000元）
- **參獎10名**：Logitech 羅技電子mm50 iPod專用可攜式喇叭（市價4,990元）
- **肆獎20名**：Herbal Seemoli 蒂沐麗茶樹清爽潔淨控油組(市價2,100元)
- **特別獎30名**：第六屆【皇冠大眾小說獎】5部決選入圍作品《純律》、《離魂香》、《將薰》、《地獄門》、《最美的東西》一套（定價1,000元）

·參獎

·肆獎

◎將於第七屆【皇冠大眾小說獎】頒獎典禮上抽出幸運中獎的讀者。
◎本活動限台灣地區讀者參加。每位讀者以得一項獎品為限，以較高金額的獎項為準。

第七屆【皇冠大眾小說獎】讀者直選活動選票

《同窗》

您對這部小說的評價是：（請勾選。請特別注意，廢票將無法獲得抽獎資格）

☐ 5分 ☐ 4分 ☐ 3分 ☐ 2分 ☐ 1分

（喜歡←————————→不喜歡）

◎我的基本資料（抽獎用，請詳細填寫）

姓名：＿＿＿＿＿＿＿＿

出生：＿＿＿＿ 年 ＿＿＿＿ 月 ＿＿＿＿ 日 性別：☐男 ☐女

職業：☐學生 ☐軍公教 ☐工 ☐商 ☐服務業

☐家管 ☐自由業 ☐其他＿＿＿＿＿＿＿＿

地址：☐☐☐ ＿＿＿＿＿＿＿＿

電話：（家）＿＿＿＿＿＿＿＿ （公司）＿＿＿＿＿＿＿＿

手機：＿＿＿＿＿＿＿＿

e-mail：＿＿＿＿＿＿＿＿

☐我不願意收到皇冠新書資訊和電子報。

你對本書的其他意見：

寄件人：

地址：□□□

北區郵政管理局登
記證北台字1648號
免 貼 郵 票
〔限國內讀者使用〕

10547
台北市敦化北路120巷50號
皇冠文化出版有限公司 收